ハヤカワ文庫JA

〈JA869〉

マルドゥック・ヴェロシティ 1

冲方 丁

早川書房

5967

Cover Direction & Design 岩郷重力＋WONDER WORKZ。
Cover Illustration 寺田克也

Mardock Velocity 1
マルドゥック・ヴェロシティ

■法曹界・警察関係者

フレデリック・ウォーマン ………… 連邦検事
フライト・マクダネル ………… マルドゥック市警刑事
サム・ローズウッド ………… 弁護士

■保護証人

オーディ・ジョンソン ………… 殺し屋
エリザベス・マグリフィン ………… フリージャーナリスト
ウィルバート・アラン ………… マルドゥック市警巡査部長
ケイト・ホロウ ………… 孤児

■ネイルズ・ファミリー

ロック・ネイルズ ………… ファミリーのボス
ニコラス・ネイルズ ………… ロックの息子
チャップ・ネイルズ ………… ロックの弟
ナタリア・ネイルズ ………… ニコラスの妹
ウォーター・ブラウネル ………… ロックの義弟

■オクトーバー一族

ファインビル・ノーマン・オクトーバー ………… オクトーバー社創始者
グッドフェロウ・ノーマン・オクトーバー ………… オクトーバー社CEO
ファニーコート・ブレイク・オクトーバー ………… 地方検事補
クリーンウィル・ジョン・オクトーバー ………… オクトーバー社重役
ノーマ・ブレイク・オクトーバー ………… ファニーコートの娘

オートソール・リッチ ………… リッチ建設総裁
ジェシカ・リッチ ………… オートソールの孫娘
ライスビル・フェンダー ………… フェンダー・エンターテイメントCEO

デズモンド・ハーヴェイ ………… 市長
ビル・シールズ ………… 医師
ワン・アイド・モス ………… 主任検屍医補佐

characters

■特殊被験者／研究者
ディムズデイル=ボイルド
ウフコック=ペンティーノ
ジョーイ・クラム
ハザウェイ・レコード
レイニー・サンドマン
ワイズ・キナード
クルツ・エーヴィス
オセロット
ラナ・ヴィンセント
オードリー・ミッドホワイト
イースター博士
ウィリアム・ウィスパー

トゥイードルディ
トゥイードルディム

■シザース
エッジス&ブレイディ

■三博士
チャールズ・ルートヴィヒ
サラノイ・ウェンディ
クリストファー・
　ロビンプラント・オクトーバー

Prologue　100

マルドゥック市《シティ》――ウェストリバー沿い。

つらなる安価で劣悪な建物群／ひび割れたアスファルト――銃撃を交わす二人の怪物＝男と少女。

男＝ただ一挺で最悪の重圧を生み出す巨大な拳銃。かつての異名＝〝徘徊者《ワンダー》〟――目に見えぬ重力《フロート》で壁面を移動。相手の攻撃で喪失した左脚――重力《フロート》を義足代わりに。

少女＝両手に銃／白いスーツ――〝万能道具存在《ユニバーサル・アイテム》〟による限りない武器の供給。

これまで男が戦ってきた中で最も若く、優秀な、類《たぐ》い希《まれ》なる同胞――その右手首から伸びるワイヤーがビルの窓枠に絡みついて飛翔。

男が引き金を絞る／少女が壁を蹴る──交錯／男の放った弾丸と少女の放った弾丸が正面から激突──目も眩《くら》む炎／飛び散る鋼《はがね》の輝き。

少女の右手の銃が変身《ターン》した。新たな武器──なぎ払われる高磁圧《ハチスン》ナイフ。

男は身をひねって右腕を犠牲に──切断──右腕の落下。少女の落下。

少女のスーツがクッションに変身《ターン》──路面で柔らかく跳ね、男を見上げた。

意志を持つ道具存在＝一匹のネズミが、ついに嗅ぎ当てた最高の使い手の姿に、

（ウフコックは俺以上の使い手を見つけ出すだろうか？）

突然、失われていた過去の声が響き出した。約束の地《グラウンドゼロ》──ここがそうだという思い。

男は壁に立つための重力《フロート》を消し、少女に向かって落下した。

解き放たれた一個の爆弾──訪れる追憶／多くの思い＝多くの者たちの顔。

遠い昔、味方の上に爆弾を落としたときに自分の口から迸《ほとばし》った祈りの叫び。

おお、炸裂《エクスプロード》よ──！

哀れな生存者たちを生み出した後悔と──恍惚。

そのときから望み続けてきた軌道──爆心地《グラウンドゼロ》へ。

スーツが少女の体を覆って白い繭《まゆ》と化した。

ウフコック──かつて自分の武器であり友人であり相棒であった存在めがけて。

爆撃──重力《フロート》の鉄槌が白い繭を直撃してアスファルトが瘡蓋《かさぶた》のようにめくれ返った。

濛々《もうもう》たる土煙――膝の下で、男の血が繭を濡らした。

遠い過去の声――一匹のちっぽけな喋るネズミ――空洞のような心に響き続ける。

(いたぁ……い、の？)

「何も……痛くはない」少女の頭部がある辺りに銃口を向けた。

引き金＝力を込めた。

にわかに繭が弾けた。少女の刃＝確かな意志――男が狙い定めた一瞬を狙って。

六四口径の銃――最後に残された魂が真っ二つに切断された。爆発――ばらばらに砕け散る鋼鉄のかけらが、いっとき男の中で、失墜していった者たちの記憶に重なった。

転変――少女の左手の銃が、男の喉元に。

悲しみに満ちた少女の眼。

男は、最後に一度だけ銃を握りしめた。魂の残骸――それを手放した。

(道具存在が自由意志を持つことだ)

過去から響く声――全ての始まりが胸に甦る。

「よせ、ボイルド――」道具存在――ウフコックの叫び。

男が少女の銃をつかんで立った。重力《フロート》――少女を白い繭から引きずり出す。

その手から銃を奪って少女を壁に叩きつける／そこにいるはずの存在をつかむ。

だが――相手は逃れた。構えた銃の冷たさ／かつていた場所を去り、ネズミは自由意志を獲得した。その確信とともに体を支える重力《フロート》に最後の役割を命じた。

カウントダウン――力の逆転。重力《フロート》が体内で飽和に向けて収縮／その果ての炸裂を夢見て引き金を引く――ともに吹き飛べと叫ぶその心を、ネズミが嗅ぎ取った。

道具の跳躍――守るべき者のために。死を拒む少女の眼差しに応えて。少女が突き出す最後の武器が変身《ターン》――銃が現れ、それが自らの意志で放った弾丸が、男の胸を貫いた。

銃声――何かを大声で祈るような残響。

少女の驚いた顔。男の手が下がった。銃を落とし、のろのろと胸に空いた穴に触れようとした。何かこの後のことを確信させてくれないか期待して。

男の体を支える重力《フロート》が消え失せた。膝をついた。噴き出す血――動くことをやめた。

彼方で迎え火の光を感じたとき、やっと、自分の死んだ肉体が運ばれる先を悟った。

装置は働き続け、少しずつ重力《フロート》を収縮し続けるだろう。

男の最後の役割――彼らが／少女とネズミが、約束の場所《グラウンドゼロ》へ運び出してくれたのだ。

少女が歩み寄った。男が顔を上げた。感謝――願い――それをただ口にした。

彼女が何を受け継ぐかは、もう問題ではなかった。

男から光が失われ、音が失われ、深い安堵とともに、記憶が迎え火となって訪れた。

再会する人々の顔ぶれ。魂の信奉こそ兵士の特質であると信じた仲間／敵たち。

男の去りゆく魂は、奔流となって甦る記憶の中を通り抜け、

（おお、炸裂《エクスプロード》よ――）

死へと至る一瞬のうちに、全人生に等しい時間を追憶した。

失われた記憶と、決して失われなかったもの――虚無へ還る軌跡を。

99

足早に、できる限り足早に。可能な限り平静を装って。

巨体を猫のように音もなく動かせるディィムズディル＝ボイルド——その渾身の演技。

青灰色の目——冷淡な印象を与えやすいのと同じくらい、怒りや憎悪を相手に伝えやすい、自分が思う以上に馬鹿正直な二つの目に、憤然たる感情があらわれないように。

万が一にも怒りを秘めた急ぎ足を研究員たちに咎《とが》められ、「焦燥兆候」や「不満足感の行動的な表出」といった訳のわからないたわごとで行動を制限されてはならなかった。

今、このときだけは。

つい先ほど、畜獣用の管理棟から姿を消した、己の相棒の行方を確かめ、その心に無意味で無遠慮な爪痕が刻まれるのを止めるまでは。

長い長い渡り廊下——何台もの円盤形清掃機。

床の隅を舐めるようにして動く「皿」どもを、怒りに任せて踏み潰したくなる気持ちを抑えて窓へ——その向こうに広がる緑野の丘へ目を向けた。

丘を越える道路からは、この建物は日当たりの良い平和な療養施設にしか見えないだろう。地下に広がる様々な実験施設は、決して外部の人間の目に触れることはない。

広大な山林に設けられた研究所——優れた兵士と兵器を開発する最後方支援施設。

肉体や精神やキャリアに回復不能な傷を負った兵士が、最後に送り込まれる公営機関。

ボイルドは自分自身を売り渡し、ここに来た。

得たものは、傷の回復、定期収入、軍属の維持、そして——パートナー。

昼——軍属扱いで放り込まれた者たちに許された自由な時間。

廊下を渡って目的の場所へ。

一階ロビー——空港の搭乗口のように整然と並んだ椅子。

ぽつぽつ座る者たち。特殊検診——肉体改造／機械との一体化／薬物による強化——には耐えられず、もっぱら肉体や精神の回復データを提供する、一般被験者の群。

みなカフェインレスのコーヒーを手に、巨大な窓に広がる丘陵の景色に見入っている。

背後には職員たちのオフィス——外へ出るための正面玄関＝三重の電子ロック。

この空間を好む者の傾向。

『精神的な疲労感を回復する手段を他者に求め、後方任務に堅実な働きをみせ、特権的な地位にある者への協力的な態度を惜しまず、職員の助手になることを自ら望む』

背後で何万個ものファイルを処理する職員たちの存在と、出口に一番近い位置によって、安心感を得る集団。

協力的な態度＝他の被験者たちの世話をし、特殊被験者の異常行動に目を光らせる。

密告好きの群。

彼らの目を引かないよう、ゆっくりとロビーを通り、受付カウンターのベルを押した。

分厚い強化ガラス――かっとなった被験者が、職員たちのエリアに乱入しないように。

女性職員――微笑みを浮かべて通話ボタンを押し、こちらの目を覗き込んできた。

《なにか御用？　ディムズディル？》わざとらしい親しさ＝職員のマニュアル――相手がどの程度の怒りを抱いているか、最初に確かめること。

「俺のパートナーがいない。あいつが検診を受けるなら俺も参加するはずだが――」

一般被験者たちの視線が集まるのを感じ、咄嗟《とっさ》に口をつぐんだ。

何かをする「はず」＝抗議のニュアンス――行動の制限につながる態度。

「俺の」パートナー――自分の権利を主張する言葉。

女性職員が小さく首を傾《かし》げながら、ボイルドの様子を観察している。

「俺が、検診通知を見忘れたかどうか確かめたい。俺の記憶では、そんな通知はなかったが……もし俺が命令を受け取り損ねているなら、すぐに応じなければならない」

自分のキャリアを心配する口調に切り替える。研究所の職員を上官とみなす従順な男。

たちまち背後の一般被験者たちの視線が離れた。職員の顔に満足げな笑み。

「待ってて。すぐに確かめるから」職員がデスクへ——ボイルドは、目の前のガラスを叩き割って乱入し、今どこで検診が行われているか知りたい欲求を抑えた。

職員が戻ってきた。「あなたには何の通知も出されていないわ。大丈夫。あなたのパートナーは教授《プロフェッサー》たちに呼ばれただけで、あと数時間もしたら戻ってくるから」

思い切ってパートナーの居場所を訊きたくなる——自制＝演技を続けた。

「では、命令無視を問われたりはしない？」

「ええ、そうよ。定期検診まで自由にしていて構わないわ。二階の身体訓練《フィジカル・トレーニング》室と娯楽《アミューズ》室《メント》がお薦め。どちらも空いているわ」

「礼を言う。安心した」

「いつでも歓迎よ、ディムズデイル」

プロフェッサーたちという有益な情報を漏らした職員に、本心から感謝だった。

誘導＝二階へ行かせ、そこにとどめておこうとする意図。

二つの可能性——パートナーの居場所は第二もしくは第三検診棟。

移動——一階・北棟へ。突き当たりに並ぶ小部屋＝「撮影所」。CT、X線、放射線、温熱測定——体内を映像化する機械が山のように積まれた区域を横切る。

階段の踊り場。煙草を吹かす被験者たち。みな倉庫の管理人と親しくしたがるタイプ。

この空間を好む者の傾向。

『自分が優位に立てるよう偽りの情報を流し、不法な手段で手に入れた薬物等の売買を平気で行うため、助手には不適』とされる一方、『自分の得になる場合に限って、どんな検診にも耐え、検診中の事故死が最も多く出る群』でもある。

そうした分析項目《プロファイリング》を、ボイルドは研究所の職員たちとの会話で少しずつ知っていった。どの場所に居座るかでさえ注意深く観察され、様々な適性を判断されるということを。

その全貌を理解したのは、プロファイルを担当する博士が赴任してきてからだ。

何でもぺらぺら喋る博士――〝お喋りイースター〟の話し相手になれば、大抵の情報は手に入る。

パートナーを探し出す方法として、まずイースター博士を見つけ出すべきかもしれないと思った。だが職員がプロフェッサーのことを――研究所の最高権力者たちのことを口にしたからには、イースター博士も同時に拘束されている可能性がある。

今まさしく、ボイルドのパートナーの検診の真っ最中であるという可能性も。

二階――言われた通り娯楽室へ。マニュアル通り監視カメラでボイルドを追っているはずの職員も、これで目を離して書類仕事に戻るだろう。

刑務所並みの監視／観察＝分析――入所時にサインした書類にふくまれていた項目。

二階娯楽室――図書ブース／映画・音楽の視聴ブース／それ以外のゲーム・ブース。

何人かが読書に没頭／映画観賞＝くすくす笑い／ヘッドホンをしたまま うたた寝。

玉を突く音――ゲーム・ブース。

二人の若い男がビリヤード台に一ドル札を並べ、キューを握っていた。

ジョーイ・クラム＆ハザウェイ・レコード――特殊検診に志願した最年少の面子《めんつ》。

台に向かっていない方――ジョーイが振り返った。

童顔＝茶目っ気たっぷりの笑顔／短いブロンド／シャツをまくった肩に、陸軍機甲歩兵が好みそうなドクロの刺青。歩兵友好会ボクシングクラブのライトミドル級筆頭――通称〝拳骨魔《フィストファッカー》〟ジョーイ＝タフさが自慢の小柄なハードパンチャー。

「ハイ、〝徘徊者《ワンダー》〟。今日は壁を歩かないの？」

「壁を歩けば『皿』どもが俺の足跡を清掃しようと追いかけてくる」

「すげえ面白そう！　今度見せてくれよ！」

「お前の部屋でやってやる。俺のパートナーを見なかったか？」

「あんたと一緒じゃないところは見たことないけど。おい、ハザウェイ！」

玉を突く音――ハザウェイ＝しかめっつら／舌打ち。

ハンサムな横顔／赤毛のダックテール／元衛生班出身。持久力が自慢――歩兵マラソンクラブの常連トップスリー。化学兵器を撃ち込まれて全滅しかけた部隊を、自身も毒に冒されながら救助――勲章＋研究所行きのチケット。

ハザウェイの活躍で命を拾ったジョーイ――ハザウェイの「大したことじゃない《ピース・オブ・ケーキ》」の一言で、二人は生涯の盟友に。

「くそったれの死に損ないのマスかき野郎！」ハザウェイ＝滑らかに放たれる罵詈雑言《ばりぞうごん》。「ショットの最中に声をかけるなんてのは、犬とファックするくらい外道な真似だって学校で教わらなかったのか？　見ろ、外しちまったじゃねえか」

ジョーイ＝両手を上げて歓声。「ハレルヤ！　久々にドル札どもが俺に握られるってんで喜んでるぜ！」

「腐れたマスかき野郎の手に握られるドル札が、憐れでならねえってんだ。で……なんだって？　ボイルドの旦那も一勝負？」

「俺のパートナーの居場所を探している。知らないか？」

「あんたに訊かれたんじゃなきゃ、間違いなくあんたと一緒だと答えるね。……おっと、そういやお喋りイースターが、くそ無口なウィスパーをつれて畜獣棟行きのエレベーターに乗るのを見たぜ。もしかすると今ごろ――」

やはりイースター博士が検診中――怒りが増す――声を抑える。

「どの検診棟かわかるか？」

「いいや。見たのはエレベーターに乗るところだけだ」申し訳なさそうなハザウェイ。

「てっきりあんたも一緒の検診かと思ったんだ。情報を集めてきてやるよ」

「いや。俺があいつを探していることを、職員に知られたくない」

「上手くやるさ。ジョーイ！　お前も手伝えよ！」

玉を突く音――ジョーイ＝呻《うめ》き／身を起こす／キューを握りしめる。

特殊検診＝その成果。度重なる強化手術による万力並の筋力――ジョーイの手の中で、キューの柄がクラッカーのように粉々に砕けた。

「ショットの最中に声をかけるなよ！　外しちまったじゃんか！」

自分のキューを棚に戻すハザウェイ。「なんだまだ打ってなかったのか。いつまでものろまな遅漏野郎だな。いいから札をとっとけよ」ボイルドに向かって肩をすくめる。

「何かわかったら無線通信で伝えるさ。職員どもにも聴かれるだろうから、それらしい言い回しで。……そんなにひどい検診かい？」

「あいつは今、ひどく不安定だ」ボイルドは死んだ女のことを思った。

ハザウェイが視線を落とす。「ああ……彼女のことは気の毒だったよ」

ジョーイは札を等分に分け、一方をハザウェイの尻ポケットに突っ込んだ。

「貸し借りはなしだぜ、ハザウェイ。俺も行くよ。総務室の辺りをぶらついてりゃ職員から声をかけてくるだろ」

「すまない」

「行こうぜ、ジョーイ」

二人が去る――ボイルドは反対側から別のブースへ。

視聴ブース――半円形のソファ／つけっぱなしのテレビ。

一般チャンネル――日々のニュースを延々と流し続けるモニターに向かって、二人組の男が煙草を吹かしながら、ぶつぶつ文句を言っていた。

木訥《ぼくとつ》で舌っ足らずな口調。「なあ聞かせとくれよ、ワイズ。あのレポーターのタイ、あれはどう思うだ？」

すらすらと淀みない声。「ありゃ最悪だ、レイニー。タイってのは自分の知性をアピールする小道具だが、紫のストライプなんてのは、自分が弁護士か何かだと思ってなきゃ締めねえ代物だ。あんなものを身につけるやつは、決して信用しちゃならねえのさ」

レイニー・サンドマン＆ワイズ・キナード――元斥候＆元通信兵。

「情報こそ命」が口癖のニュースマニア。テレビが映すあらゆる物事に文句をつけ、何時間も議論し続けていられる二人組。

「まったく、そう思うだよ」レイニーの相づち。「レポーターは自分じゃ何も調べやしねえだ。自分がニュースを見つけたなんていう顔をしちゃならねえだよ」ブースに来たボイルドを向く。「なあ聞かせとくれよ、ボイルド。あんたはどう思うだ？」

「お前がレポーターをやれ、レイニー。俺の相棒を知らないか？」

「さあなあ、心当たりはないだな。それよりレポーターになれっていうんなら、いつでもなってやるだよ、ほれ、こんなふうに」

のんびりした口調のレイニー――その顔が、突然、さらさらと音を立てて変化した。鼻筋／目蓋《まぶた》の形／頭の形状／髪の色・長さ――全てがテレビに映っているレポーターの顔そっくりに。

レイニーの特殊検診＝その成果。

無数の粒子状に変化する皮膚・筋肉組織＝〝砂男《サンドマン》〟レイニー。

その特殊な皮膚は火傷の痕も再現。義手・義足・皮膚・人工声帯――手足の太さや背の高ささえ変化可能。

「わたくしは部隊のレポーターでもありましたからね。敵部隊に接近、配置を確認、客観的に何もかもを見て報告する。それが、わたくしの仕事です」テレビのレポーターと同じ声・口調＝木訥としたレイニーの面影なし。

レイニーの戦績――自軍の裏をかいて進軍する敵を発見＝自軍の壊走必至。

そして客観的な即断――斥候兵全員で火炎弾を手に突撃＝敵ごと火だるまに。

ボイルドはうなずいてワイズの方を見やった。

「お前の相棒になんざ興味はねえな」質問される前に返答＝ワイズ。「それよりここに来て一緒に油をさしたらどうだい〝錆びた銃《ラスティポンプ》〟よ」

〝徘徊者《ワンダー》〟／〝錆びた銃《ラスティボンブ》〟――ボイルドの異名。前者はここで力を得た後のもの――後者はここに来たばかりの頃のもの。麻薬中毒のせいで体重が半分近くにまで減り、骨と皮だけになったボイルドを言い表した言葉――使い物にならない男。

テレビの方へ手を振ってみせるワイズ。「少しはニュースに目を向けとかないとな、時代に取り残されるってもんだぜ」

「けっこうだ。失礼する」

「待ちやがれ！」ワイズ＝いきなり起立――立ち塞がる。「俺の前で澄ました顔をするんじゃあねえ、このドアホ。俺たちが駄法螺《だぼら》を吹いているとでも言いてえのか？」

「そうは思っていない。どいてくれ」

「俺とお喋りするのは時間がもったいないか？　ええ、〝錆びた銃《ラスティボンブ》〟？　ガリガリの骸骨だったお前を思い出すぜ。ネズミの鼻息でも飛んでいっちまいそうだったお前をな」

「俺も、あんたが鼓膜を失って壁を叩いていた頃を思い出す」

迫撃／轟音弾の雨――通常の爆弾の何十倍もの音を出す兵器によって、塹壕の中で聴覚を完全に破壊された、優秀な通信兵ワイズ。

その通せんぼを迂回するボイルド。「錆は全て落とした。俺が相棒を探していることは黙っていてくれ」

「了解《コピー》だ。後でわけを聞かせてくれるだな、ボイルド」元の顔に戻ったレイニー。

「むかつく野郎だ。テレビの方が、てめえの無駄なお散歩よりはましってもんだろうが、〝徘徊者《ワンダー》〟」わめくワイズ——ブースを出るボイルドの耳に、ふいに声が届く。

〝情報通にゃ愛想良くしとくもんだぜ間抜け。振り返らずに聞きな。お前の相棒のことを検診室の上官どもがお喋りしてやがった。教授《プロフェッサー》たちの名前が出てたから、おそらく地下だな。無茶は禁物だぜ〟

ワイズの集極音波による声なき声——特定の相手には耳元で告げられているように、はっきりと聞こえるが、周囲にいる誰にもその声は聞こえない。

ワイズの特殊検診＝成果——人工の鼓膜と声帯／あらゆる音を聞き取る／どんな音や声でも自在に作り出す／特定の人間にだけ聞かせることができる——究極の通信兵。

「忌々しい〝徘徊者《ワンダー》〟め。壁でも天井でも歩いて、とっとと行きやがれ」

気の荒い〝悪党《ワイズマン》〟キナード——喧嘩っ早くキレやすいワイズの異名《ワイズマン》。何にでも怒りを剝《む》き出しにするが、本気で怒ったことは一度もない——本物の切れ者。

言われた通り、振り返らずブースを出る／近道——トレーニングルームへ。

プッシュバー／ダンベルセット／マルチマックス／ランニングマシン——フィジカルテストのための計測器をどっさり積み込んだジム。何人かの男女がサンドバッグを無心で叩き、ベンチプレスに励んでいる。

男が一人、マルチマックスに座って前腕二頭筋を鍛えるための錘《おもり》を持ち上げていた。

盲人用の帽子＝頭頂から鼻の頭まで、ぴったりと覆って顔の傷を隠している。

光を失った元狙撃兵——こめかみ＝眼窩を真横から銃弾で貫かれ、一度に両眼を吹き飛ばされた正真正銘の盲人クルツ・エーヴィス。

「ハロー、〝徘徊者《ワンダー》〟。お前でも床を歩くことがあるとは驚きだ」クルツの微笑＝ダンディズムの発散＝錘を持ち上げながら——ボイルドが声をかけるより前。

「俺にとっては、どこも床だ、クルツ。あんたの視界は今どこまで届いている？」

「この部屋の他に、娯楽室と廊下とエレベーターホールにバルコニーだけだ」錘が持ち上がり——下がる。「私に許可されているのは半径二十メートル以内の視界で、むろん職員どものオフィスを覗けばすぐに露見して厳罰を受ける。女性兵士の棟は、私の立ち入り可能区域から二十五メートル離れている」

クルツの能力——その何十倍もの範囲を同時に見ることができる視界。

眼球を失った男の特殊検診＝その成果——血中にナノテクノロジーの産物である光学伝達機能を持った「線虫《ワーム》」を飼育／指先や口腔から散布——視界確保／ワームの寿命は五十時間超／数十カ所の視界を同時に処理する複眼能力を獲得した盲目の覗き魔《ブラインド・ピーピング・トム》。

「お前が話しかけると、ジョーイとハザウェイがゲームをやめて一階へ向かうのを見た」規則的に上下する錘——この男がそれを動かしていると優雅な娯楽に思える。「お前とワイズがやり合っているのも見た。まるで誰からも嫌われているようだ」

「あんたほど人望はないからな。俺のパートナーをどこかで見なかったか？」

「私の視界には一度も入ってきていない。お前の上着のポケットの中にいるのでなければ見当がつかんな。私の相棒《バディ》にも訊いてみてくれ」

「そばにいるのか？」

「すぐそばにな」器械から手を離す——足下の何もない空間を探る。その手が目に見えないものに触れる。

「オセロット、私の友人の質問に答えてやれ」

空間の一部が歪む／何かが身を起こす——にわかに大きな犬が現れる。漆黒の短い体毛／しなやかな体軀の軍用犬。焦げ茶色の目を上げてボイルドを見つめ、声を放った。

《今朝、俺が檻から出たときには、もういなかった》電子音声＝喉に移植された器械。特殊検診＝その成果——人間に近い知能／人語を理解。さらなる付加価値／体毛は全て移植された光学繊維／生体電気で身体を透明化——不可視の猟犬の誕生。

クルッ＆オセロット——あらゆる場所を覗き見る盲人＆完璧に姿を消す犬。

《少し前に、第三検診棟にイースター博士が行くのを見たとき、ウフコックの臭いがした。あいつは今、落ち込んでいる。検診には耐えられない》

ボイルドはうなずいた。「礼を言う、オセロット、クルッ」

「礼には及ばん。ただし私たちから聞いたことは黙っていてくれ。プロフェッサーたちに、私の視界を制限されては困るからな」

「了解《コピー》」トレーニングルームを出る――足早に。エレベーターホールまで近道を選ぶ。

バルコニー――鉄柵で囲まれた空間。山林の景色。コーヒーテーブル。

女が一人、テーブルに頬杖をついて景色を眺めていた。

ラナ・ヴィンセント――短く刈った金髪／シャープな面立ちの陸軍女性兵士。

元バイク兵／ボクシングの才能／白兵戦のプロ――歩兵クラブ所属の女性兵士の中でただ一人、〝拳骨魔《フィストファッカー》〟ジョーイと六ラウンドを戦い抜き、カウンターでKO。

ジョーイの言い訳＝女は本気で殴れない。

ラナ＝勝利後に折れた奥歯を吐き出してガッツポーズ。

優れた機銃掃射の腕＋類い希なるガッツ――その両方が原因で腕を喪失。

接近する敵に向かって超伝導式機関銃をオーバーヒートで爆発するまで乱射――今は両腕とも肘から先が本物そっくりの機械の手＝兵器。

ボイルドがそばを通ると、テーブルに灰皿と火のついた煙草が見えた。ラナ本人はバブルガムを噛んでいる。ラナは煙草を吸わない――ラナのパートナーだった者の形見。

数週間前――誰にも別れを告げぬまま、この世を去ったヘビースモーカーへの哀悼。

ラナが景色からボイルドへと目を移す。ボイルドの表情の奥に隠されたものを感じ取る／火のついた煙草をもみ消す／ライターと残りの煙草を上着のポケットに放り込む。

何気ない顔で追ってくるラナ――タフで利口なバックアップ要員。ボイルドとそのパートナー、ラナとそのパートナーは、いずれ四人一組《ツー・バイ・フォー》として機能するはずだった。

だがラナの組《セル》は突然、片方を失った。それでもラナがチームワークを失うことはない。

「あんたのパートナーだろ？」小声＝ガムを膨らませるラナ。「二人じゃ目立つからね。一分遅れで追うよ」

ボイルドは無言でエレベーターに――地下一階へ。

降りる／広々とした廊下が左右に伸びている。迷わず左へ。曲がり角――検診室のドアが並ぶ区画――検体を自由に好きなだけ突き回すための設備。

最初の部屋＝ドアに電子表示板――使用者なし。

次の部屋――使用者なし。

三つ目――使用者アンドリュー・L博士と助手＝外れ。

四つ目――イースター博士と助手。被検体の識閾《しきいき》テスト、能力拡充テスト。

足を止めた。ドアノブに手をかけ、ゆっくり動かした。鍵はかかっていない。

勢いよくドアを開けた。出入り口付近にいた研究員を突き飛ばす／部屋に押し入る。

他の研究員たちが、ぎょっとなって振り返る。

奥に、ヘリウムガスで膨らんだ気球のような腹の持ち主＝イースター博士。

傍らに、車椅子の男＝ウィスパー――虚空を見つめ、前後に体を揺らしている。

「ボイルド？　なんで、ここに？」イースター＝悲鳴のような声。

「あいつはどこだ」

「ま、待ってくれ、これはプロフェッサーたちの指示で……」慌てて立ち塞がるイースター――タイヤを横に積み重ねたようなその体を素早くかわす。

ボイルドの機能発揮＝疑似重力《フロート》の発生――巨体が宙へ／天井に向かって落下／体をひねって天井に着地／そのまま上下逆さまになった空間に立つ。

ボイルドの特殊検診＝成果――疑似重力《フロート》／天井も壁も自在に歩き回る〝徘徊者《ワンダー》〟。

「待ってくれボイルド！　君たち、警報を鳴らす必要はない。必要ないったら」

イースターの命令を聞かず――大抵、誰もこの太った博士の言うことなど聞かないが――研究員たちが警報のスイッチに殺到。だがその前に、飛び込んできたラナが連中の襟首をつかみ、もがくのも構わず軽々と床に放り投げた。

「そこで大人しくしてなって。でないと荒っぽくやることになるよ」

ラナの両手＝青白い火花――両拳を叩き合わせる／バシッと火花／電撃の輝き。

みなが黙る。

ボイルドは天井から壁を移動――床へ降りてモニターへ歩み寄った。

《暗い……》

スピーカーから弱々しい声。

《俺が消えそうだ……バラバラになる……》

いきなり衝撃。検診室の奥＝分厚い鉄のドアの向こうで何かが爆発したような音。

ボイルドが目をみはる／振り返る――イースターは困った顔で、もじもじしている。

また衝撃。研究員たちが不安な表情に。また衝撃。ラナが啞然となる。

「……さっき、カメラが一つ壊れたんだ」イースターがモニターを指さす。

ボイルドはカメラを切り替えた――映らない／また切り替える／映らない。

イースターを見る――冷たい怒りの光を溜めた目。

「お前たちは、あいつに何をさせている？」

「あ……あいつのメンタリティが不安定だってことは僕らもわかってた。でも、それが、あいつの変身機能《ターン・オーバー》にどう影響を与えるか、知っておく必要があるって……プロフェッサーたちがそう言うから。僕はやめさせようとしたんだ。本当だよ」

「この音は、あいつが中で変身《ターン》しているせいだと言うのか？」

「あ、あいつの体の中の……亜空間内に貯蔵された不定型な物質が、無作為に放出されているんだ。僕らが最後に見たときは、棘《とげ》だらけの形状に――」

「あいつがそんなふうに我を忘れたことは一度もない。あいつに何をした」

イースター＝唾を吞み込みながら。「例の、代謝性の金属繊維であいつの体を包んだんだ。君の両手にも移植されているやつを。その上で、無作為に変身《ターン》のための強制プログラムを送り込んだんだ。濫用テストだよ。あいつが誰かに濫用されたときの……無理に変身《ターン》させられたときのための。プロフェッサーたちは、どうしても必要だって……」

怒り――視界が歪む気分。「今すぐ止めろ。お前たちがやっていることは拷問だ」

「僕らも止めたいんだ。さっきから、ずっと止めようとしてたんだ」

ふいにまた声。《俺がどんどん小さくなっていく……俺が消えてしまいそうだ……》

ボイルドはマイクをひっつかんだ。

叫ぶ――壁の向こうにいる相手／パートナーへ。

「俺だ、ウフコック！　俺の声が聞こえるか！」

98

《消えてしまいそうだ……助けて……》

ぷっつりと声が消えた。

「ウフコック！　俺だ！　ウフコック！」

沈黙／ボイルドはマイクを壁に投げつけ、検診室の奥へ続く鉄の扉に目を向けた。

大股で扉に歩み寄る――慌ててイースターがすがりついてきた。

「中に入る気か⁉　八つ裂きにされるぞ！」

「ラナ、こいつらを押さえておけ。誰も扉の正面に立つな」

ボイルドにしがみつくイースターを、ラナが引っぺがした。

「あんたらの尻ぬぐいを、あたしたちがやってやろうってんだ。大人しくしてな」

ボイルドは扉のロックを外した。研究員たちが恐怖の声を上げて部屋の隅に固まった。

イースターが慌ててウィスパーの車椅子に飛びつき、部屋の隅に移動させた。

扉を開いた──中へ飛び込んだ。

五メートル四方ほどの何もないはずの空間が、奇怪な形状をした鋼鉄やプラスチックでできた鍾乳洞と化していた。

中心には、巨大な球状の銀色の物体。

球体から生える巨大な棘や柱のようなもの──部屋のそこら中に広がる、でたらめに溶け合った何か。銃器、電子機器、食器、時計、エアコン、清掃機械──全て、このパートナーが覚えたもの。この数年の成果＝何万種類という道具への変身《ターン》を、ウフコックはボイルドとともに訓練してきた。

「ウフコック！　聞こえるか！　検診は中止だ！」

球体が軋《きし》む／ぐにゃりと車のエンジンの形状をしたものが出現──枝分かれ。円錐状になって天井に突き刺さり、一端がボイルドに向かって凄まじい速さで伸びた。

咄嗟に右手の壁へ跳んだ／背後で、槍が壁に激突してへし折れ、ひん曲がった。

壁に着地──走る／天井へ移動／球体の付近で重力《フロート》の力を弱め、床へ落下した。

着地──球体に絡みついた金属繊維の束をつかむ／引きちぎる／叫ぶ。

「もういい、ウフコック！　検診は中止だ！」

目の前で球体の表面が波立った。顔面を貫かれる恐怖──それをねじふせ、表面に触れた／手のひらに移植された金属繊維から、相手に干渉した。

ボイルドからパートナーへ──変身《ターン》の解除命令。

ぴたっと球体の表面が静まった。周囲に生えていた棘状のものがぐにゃりと形を失ってゆく。部屋に広がる鍾乳洞が溶けるように後退──全てが球体の中へ消えていった。

球体もまた、どんどん小さくなり、ついにはボイルドの左手の上で卵のようになった。

その卵がぐにゃりと形を変え──殻を脱ぐようにして、パートナーの姿を現した。

黄金色の体毛／涙ぐんだ赤い目／ふるふる震えている細いヒゲ＋長い尻尾／お気に入りのズボン＋小さな肩にかけたサスペンダー／ボイルドの手の上で尻をつき、しょんぼりと肩を落としている。

一匹の小さな金色をしたネズミ。ふと誰かの手の上にいることに気づき、顔を上げた。

そして相手が自分のパートナーであることを知ると、赤い目から小さな涙が零《こぼ》れた。

「ボイルド、俺の声が聞こえたんだな」

「声？」

「お前を呼んでたんだ。ひどく苦しくて……俺の声を聞いたんじゃないのか？」

ウフコック――あらゆる物体に変身《ターン》する〝万能道具存在《ユニバーサル・アイテム》〟／人工衛星四基分の予算を投入して作り上げられた存在／生きて喋る道具／人格を得たネズミ。

「お前が苦しんでいることはわかっていた。もう心配ない」

「こんなに怖い目にあったのは初めてだ。お前が止めてくれなかったら、俺はどうかなっていたかもしれない。イースター博士が俺に言ったんだ。濫用されたときのためのテストだって。誰かが俺を滅茶苦茶に使った場合に、俺が耐えられるかどうか……」

「そんなテストは必要ない」

手のひらで、相手の体を包んでやった。ネズミの小さな頬が押しつけられる。

「誰もお前を濫用したりはしない、ウフコック」

扉の向こう側に戻った。

縮こまっているイースターと研究員たち／宙を見ているウィスパー。

ラナがにやりと笑って親指をそらし、検診室の出入り口をさした。「人気者だね。必要もないバックアップが、こんなに集まってるよ」

ジョーイ＆ハザウェイ――後ろにレイニー＆ワイズ。

廊下の壁にもたれる盲人クルツ――足下に黒い犬＝オセロット。

〝世話焼き〟ハザウェイの会心の笑み。「格好いいぜ、一人で検診を止めちまうなんて。ほらほら、五ドルだよ、旦那方」

ドル札を出すジョーイ／レイニー／ワイズ――次々にハザウェイに押しつける。

ワイズ＝しかめっつら。「やれやれだ、〝錆びた銃《ラスティポンプ》〟とネズ公め。せっかく俺たちの助けがいるほうに賭けてたってのに、まったく甲斐のないやつらときた」

ウフコックが、きょとんとワイズを見返す。

ラナが笑った。「駄目だよ、ワイズの旦那。ウフコックは匂いで心を読むからね。賭け事ってやつが、ちっとも理解できないんだよ」

「これ以上、関わるな。早く戻れ」ボイルドが部屋の外に出る。

クルツが近寄ってきた――全てを見通す盲人の助言。「例のプロフェッサーの部下を見た。お前を監視していたんだろう。検診の中止が正当であったことを証言する者が必要だ。そこのイースター博士をふくめて」

名前を呼ばれたイースターが巨体を震わせる。「ぼ……僕は、やめさせようとしたんだ。検診も、ボイルドが入っていくことも」

ラナがガムを弾かせた。「どっちも、ぽかんと見てただけじゃない」

「イースター博士を責めないでやってくれ、ラナ。彼は俺に優しくしてくれるし、本当に申し訳なく思っている匂いがする。仕方なくやったんだ。多分……俺のために」

ウフコックがしょんぼりとなる。ボイルドが口を開きかけたとき、廊下の向こうから二人の男がやってきた。

「エッジスとブレイディ――シザースたちが両方来やがった」ジョーイ＝ひそひそ。

「プロフェッサーの、薄汚ねえお使い野郎ども」ハザウェイ＝舌打ち。

二人の男は、完璧なまでに同じ歩調で近づいてきた。同じ服装、同じくらいの背丈、動作の一つ一つが全く同時に行われるので、本当は一人の人間が二人に錯覚されているのではないかと思われるほどだ。どちらも銀がかった髪、目の色素も同じように青い。だが双子ではない。血のつながりもない。単に肉体的に似ているというだけの男たち。よく見れば違う顔立ちだが、二人とも同じ表情なので咄嗟に似た印象を受ける。

エッジスとブレイディ――同一の精神を共有する男たち。別々に動きながらも一体的である二つの刃――〝ハサミ《シザース》〟のように、二つのものが一対になった存在。

その特殊検診＝成果――脳改造／お互いの情報や体験をリアルタイムで共有し、どんな通信をも上回る、完全無比の連携を実現した〝共有人格者《ユニット》〟たち。

「ディムズデイル＝ボイルド。我々と来てほしい」ブレイディが言った。「プロフェッサーたちが、話を聞きたがっている」

「ウフコックは、ラナ・ヴィンセントと一緒にいるように」エッジスが言った。「イースター博士はウィスパーと報告書を提出すること」

　どちらも感情のない機械のような声——みなが気味の悪さを感じながらシザースを見つめている。この複数で一人の存在が、プロフェッサーたちの手足であり目や耳であることは——密告者であり伝達者であることは誰もが知っていた。

「ウフコック、ラナと一緒にいてくれ」

「でも、ボイルド……俺も一緒に……」

「大丈夫だ。すぐに戻る」

「あたしの肩に乗んな、坊や。あんたのパートナーを困らせちゃ駄目よ」

　ウフコックが渋々とラナの肩に移動した。シザースが無言でボイルドの両脇に立つ。

「ボイルド……すまない、俺のせいで……」

「お前が謝ることはない」

　ボイルドは言った。穏やかに——もう何の演技も必要とせず。

「お前は俺のパートナーだ」

97

　巨大なCの字形を描く研究所の施設——そのカーブの中央／東側の被験者たちの住居

と、西側の職員たちの住居を、同時に支配する場所――管理棟。

その四階――聴取室。

ボイルドは部屋の中央に置かれた椅子に座っていた。外ではシザースたちが衛兵気取りで立っているのだろうかと思いながら。

それぞれのデスクについたプロフェッサーたちが、やはりCの字形に並んで、椅子に座ったボイルドの視界を効果的に占領している。

右側――紳士然とした初老の男。

中央――淑女然とした女。

左側――誰がどう見てもまともではない、髪をまだらに染めた男。

研究所の〝三博士〟――この施設の最高権力者たち、じきじきの面接。

初老の男が言った。

「これは、軍隊でいう略式の軍事裁判でもなければ、組織での進退を問う聴聞会でもない。我々の目的が、合理的に達成されるための状況確認だ」

勿体《もったい》ぶった喋り口調を好む、施設の管理責任者――チャールズ・ルートヴィヒ。

完璧に整えられた口髭ともみあげと頭頂部の禿／知性を武力に転用することを決意した軍属科学者の眼差し――〝厚顔無恥《フェイスマン》〟チャールズ。

その目的＝宇宙開発／宇宙軍の創設／宇宙空間での戦略・戦術開発。漠然として途方もないプランで連邦から多額の予算を奪っておきながら人工衛星一つ打ち上げたことのない男。元ミサイル弾道の専門家、物理学者、新エネルギー開発局局長を兼任、衛星軌道上での都市建設を夢想する野心家。

「君が実働中の検診室に乱入したことの正当性だが、施設の損害を食い止めようとしたという点については心配ご無用と言っておこう。施設管理者でもない君が案ずることではないし、当検診の被験者でもなかった君が対処する必要はない。実際、大した被害ではなかった。カメラと照明と音響装置の損耗、それに部屋の塗料が剝げただけだ」

「あの部屋は、報告にあった程度の衝撃では破壊不可能です」

淡々とした声＝女。

優雅な模様のついたティーカップを皿の上に置いて、こちらを見る。理知的な顔。涼しげにカットしたブルネット。四十代のはずだが三十代前半にしか見えない。

「あなたの体に移植された、疑似重力《フロート》の発生装置の開発過程で起きた事故は御存知ね。あの装置のプロトタイプを、モニカに——私が管理していた猿の体に移植した際の事故よ。四度目の検診で重力《フロート》が中心に向かって逆転……その結果、気化爆弾並みの炸裂が生じたけれど、そのときも検診室は三重の隔壁によって爆圧を封じ込めたわ」

この施設の職員を束ねる〝猿の女王《クイーン・オブ・エイプ》〟——サラノイ・ウェンディの断定口調。

大脳生理学／遺伝子工学／社会集団の形成を、同列に扱う女。どれも因果法則の結果であり、高度な目的に向けて第三者による操作が可能――無限の上昇志向の持ち主たるサラノイの主張。人間はみな高度な猿、人工的に猿を進化させる手段を模索すべき。

その功績――脳改造のマニュアル作成／被験者たちの管理プログラムの提唱／一部の被験者を助手にすることで隔離政策を施行／そしてシザースの開発。エッジスとブレイディの精神は、この女のプロジェクトによって一体化させられた。以来、シザースとして研究所の管理に貢献――猿の女王が支配する大勢の猿どもの中の体制派の猿に。

「あの場でのあなたの義務は、第一に検診室に入らないこと。第二に研究員たちを拘束しないこと。第三に検診室の内部隔壁を開かないことよ。隔壁は研究員を守るための盾。それを開く理由は皆無です」

ボイルドは、サラノイの目の奥に怒りを見て取った。施設の研究員たちは全員、彼女の保護下にあると同時に、そのプロジェクトに必要な素材だった。

「私は、あなたの直接の管理責任者ではないから、あなたの処遇を決定する権限はないけれど……クリストファー？」

サラノイが左側に座る男に目を移す。ボイルドもその男を見た。

男は、せっせと書類を折り畳んでいた。定規で精確に翼のバランスを計測――デスクには完璧な計算によって製作された紙飛行機が三つ並んでいる。

サラノイの秘められた怒り――その表情がいっとき人間らしさを帯びる。

男は下唇を突き出し、肩をすくめて子供がすねるふりをしながら、四つ目の紙飛行機を諦めて定規を手放した。

「ボイルドが施設を守ろうとしたなんて、いったい誰が本気にしてるんだ？　君かね、サラノイ？　それともチャールズか？　いやいや、それは結局のところ、私がボイルドを叱るよう誘導するための格好の材料に過ぎない。そしてそれは私自身の失点になるだけで、何も面白くない。私は茶番は大好きだが、私自身が損をする茶番は大嫌いだ」

「ク、、、リストファ、、、ァー？」

被験者たちの管理責任者クリストファー・ロビンプラント・オクトーバー――その流《りゅう》暢《ちょう》な発言／軽やかな眼差し・身振り／フラクタル理論に基づいて染めたと主張する極彩色の髪／白衣の胸には、じゃらじゃらとペンライトや携帯顕微鏡やキーホルダーや懐中時計をぶら下げている。四十代のパンク青年、通称〝渦巻き《ホイール》〟――彼と話すと誰も彼もが巻き込まれて渦を巻く、道化的で幼稚な素振りで真実を暴き回る美男子。

噂ではどこかの大企業の社長の末っ子。

噂ではサラノイと婚約したのち破局。

噂では連邦の法曹界に友人多数。

その功績――人体と兵器の一体化／回復不可能な敗残兵に新たな力を与えた魔術師。

娯楽室の拡充と賭博行為をサラノイに黙認させ、喫煙と飲酒を施設の開設記念日にかこつけてチャールズに承諾させる。生物学者にして社会学者。その大真面目な主張——細菌だって恋をする。そして実現不可能といわれたウフコックの開発に成功。

研究所の兵器開発の筆頭となり、サラノイとチャールズの反対を押し切って、ウフコックのパートナーに、重度の覚醒剤中毒の症状を呈するボイルドを選んだ男。

「そもそも、ボイルドは自らに与えられた課題に従って行動したのだ」クリストファーは紙飛行機の一つを手に取り、ダーツの名手のような計算され尽くした最小限の動きで投げ放った。「見たまえ。正しい軌道に乗れば、後は私たちの手を離れても、望むべき結果がもたらされるということの証明だ」

チャールズもサラノイも——ボイルドも、思わずその紙飛行機の行方を追った。

紙飛行機は大きな弧を描いて宙を滑り、部屋の隅に置いてあったゴミ缶の内壁に当たって姿を消した。ゴミ缶の表面には汚い文字——『ほらね？《ユー・シー》』。

わざわざ聴取の前に用意しておいたに違いない代物。

「あなたの茶番好きは、よく知っているわ、クリストファー。嫌というほど」

サラノイ＝抑えた声／抑えきれないものがあるのをボイルドは感じた。

「彼に与えられた課題を、阻害するような検診だったと言いたいの？　ウフコックの濫用テストは、私たち三人の合意によってイースター博士に委任されたはずよ」

「ウフコックの情緒不安定に乗じてね」クリストファーはまた一つ紙飛行機を手に取っ

た。「パートナーシップの成立の指針は、相手のために自分を投げ出すことだ」

宙を滑る紙飛行機がゴミ缶に姿を消す――『ほらね？《ユー・シー》』の文字がチャールズとサラノイの目に印象づけられる。彼らが隠していることを、彼ら自身に喋らせるための行為。

ボイルドはチャールズを、ついでサラノイを見た。クリストファーが何を言っているのか、彼らに説明を求めるために。クリストファーがそうしろと示唆していたからだ。チャールズが施設という城の王であるように、サラノイが研究員たちの女王であるように、クリストファーは被験者たちの側に立つ道化だった。

「確かに……彼らのパートナーシップと矛盾するものであったことは認めよう」

「チャールズ？」研究員が危険にさらされたことを看過できないサラノイの異論。

だがチャールズは別の筋道を辿ることを選んだ。「我々の強引なテストが、被験者たちの反応を誘発した。だが必要なことだったのだ」

「そう、必要だった。それを加味した上で、ボイルドの行動を判断すべきだ。そもそもパートナーシップの提唱者はサラノイだ。その概要を、ここで君から改めてミスター〝徘徊者《ワンダー》〟に確認してやるべきではないかな？」

また一つ飛行機がゴミ缶に消え、クリストファーは四つ目の製作を再開した。

「ここで開発されたものが、あまりに特殊だからよ」サラノイ＝溜息混じり。「実戦に投入しても全員がワンマン・プレーでは軍隊は受け入れられないし、それは到底、高度な人員とは言いがたいわ。よってまず一対一のパートナーを組《セル》として成立させ、さらに二つの組《セル》を一体とさせる訓練が必要だった。四人は八人に、八人は十六人に――そうして全員が特殊技能を有する、一体的で高度な軍事集団が形成されるはずだったのよ」

「はずだった」クリストファーは紙の翼を揃えながら言った。「悲しい言葉だ」

チャールズが身を乗り出した。「ここに来てパートナーを失った組《セル》が出てしまった責任については、我々全員が背負うことで合意したはずだ。オードリー・ミッドホワイトの事故死に関しては」

ボイルドは無表情を保った。

ハザウェイの「気の毒だったよ」という言葉／ラナが火のついた煙草を灰皿に置いている姿――失われたパートナーへの哀悼。

ボイルドとウフコックの組《セル》と合流し、四人一組《ツー・バイ・フォー》になるはずだった相手。

「オードリーの管理プログラムは万全だったわ」サラノイが呟くように言う。「あなたを擁護するつもりはないけれど、クリストファー」

クリストファーは無言。翼が整った紙飛行機を手でもてあそんでいる。

オードリー・ミッドホワイト――救助された捕虜。

元偵察ヘリの女性パイロット。傭兵たちによる略奪現場を調査中、撃墜されて何者かに拘束され、三カ月にわたる拷問を受けた女。友軍が発見したとき、オードリーの手足は医学的知識が豊富な拷問官によって切断されていた。痛めつけられて腐敗した手足が、致命的な病気のもとにならないための措置。

その後、オードリーは拷問によって異常をきたした精神を回復するとともに、研究所で新たな手足を得た。新たな力を。

オードリーの特殊検診＝その成果――相手と同じ空気に触れるだけで脈拍／分泌物質／精神状態をダイレクトに読み取る義手。その足は相手と同じ床に立つだけで僅かな肉体の震動を察知する。拷問の否定――超高性能の嘘発見器／何もかもを暴き出す尋問の天才。自分が直面した体験を克服し、昇華し、新たな技能とした女。

面影――漆黒の眸《ひとみ》・髪・透き通るように無表情な美貌／ときおり見せる微笑――穏やかにして雄弁なメッセージ＝〝隠し事は無駄〟。

賭博の名手を自認するクリストファーは、彼女とポーカーをすることを好んだ。

そのオードリーの死は誰にとっても予想外だった。特に被験者を管理するクリストファーにとっては衝撃だった。オードリーが首を吊った翌日、ボイルドは、真っ昼間から酔っ払ったクリストファーが中庭で警備の人間を相手にわめき散らしているのを見た。

「彼女の事故死の原因は、今後の課題よ。今現在、議論すべきことではないわ」サラノイ＝呟くように。

「今後の課題ね」紙飛行機を投げる気を失ったらしいクリストファー。「そう。彼女は自ら死を選ぶような人間ではなかった。彼女には今後の目的があった」

「復讐かね」チャールズの決めつけるような口調。

オードリーの〝今後の目的〟——自分を拷問した集団を見つけ出すこと。

その集団は全てが不明。友軍が攻め込んだときにはすでに姿を消していた。敵軍か傭兵かもわからない。研究所での回復期間を経て、冷静な心を取り戻したオードリーは、「彼ら」の情報を集め続けた。そのことはラナも知っていた。ボイルドもウフコックも知っていた。オードリーがただ知りたいだけだということを。自分がやられたことをやり返したいのではなく、ただ相手の顔と名前と目的を知りたかったということを。

「復讐の機会を失って絶望したのだろう。何せ彼女を傷つけた相手が戦死していることが判明したのだから。相手は敵軍に雇われたならず者の傭兵で、我らの友軍の掃討作戦によって殲滅された」またチャールズの決めつけ。

クリストファーは飛行機の翼を静かにへし折った。無言のサイン——チャールズが何かを無理やり闇に葬りたがっていることをボイルドは察した。

〝絶望〟はこの研究所の被験者たちのミドルネームに等しかった。回復不能の烙印を押された者たち。敗残兵としての失意が、研究所への転属書類にサインさせた。

それゆえ誰もが、ここで生きた。事故死は純然たる事故死に過ぎない——生存を求めての。精神と肉体とキャリアの回復を強く求めすぎたことでの事故死。

今さら自殺はあり得ない。

ラナというパートナーに何も告げずに死ぬことはあり得ない。

だが——オードリーは、この研究所が初めて出した自殺者だった。

理由不明の死。その美貌に刻まれた苦痛と死の表情。

被験者は動揺した。研究員たちでさえ動揺した。特にウフコックは怯《おび》えに怯えた。死の直前までオードリーから負の感情を全く嗅ぎ取れなかったのだ。にもかかわらずオードリーが死んだ現場で、ウフコックは、それを嗅ぎ取った。

死の匂い——絶望と怒りに満ちた、かつてウフコックが感じたことのない悪臭。

そのせいで一時、ウフコックは死につらなるもの全てに恐れを抱いた。武器に変身《ターン》することを恐れ、病気や老化といった言葉にも怯えた。

ボイルドは、ゆっくり口を開いた。「なぜ、それがウフコックの検診と関係がある？」

チャールズが答えた。「いずれ行うべき検診だった。それが早まったのだ。オードリー・ミッドホワイトの死によってウフコックが非常に動揺しているのがわかった。ウフコックを動揺させることを前提とした検診を行うには、格好のタイミングだった」

サラノイが答えた。「ウフコックは特殊な存在よ。兵士でも兵器でもない、軍用動物。その管理方針は、ウフコックが持つ機能に比して非常に脆弱《ぜいじゃく》なの。ウフコックに関する独自の方針を精査するためのデータがなければ、使い物にならないとみなされるわ」

クリストファーが答えた。「全てが大急ぎだ。私はボイルドとウフコックのパートナーシップに基づいて濫用テストを行うべきだと主張したが、それでは時間がかかり過ぎると反論されたわけだ、この二人に」

「なぜ急がなければならない?」

ボイルドの質問――クリストファーの言葉に導かれるようにして。

チャールズが溜息をついた。サラノイはティーカップに口をつけた。どちらもクリストファーが聴取の立場を逆転させてしまったことに、うんざりしていた。

チャールズが言った。「施設全体の問題だ。君たち被験者が論議することではない」

ボイルドが咄嗟に質問を口に出そうとしたとき、クリストファーが紙飛行機を飛ばした。翼を折られたそれは、くるりと方向転換して、ボイルドの脚にぶつかった。

「これは失敬。お詫びに、その苦心の作をプレゼントするよ、ボイルド」

ボイルドは、紙飛行機を拾った。折られた翼の内側に書かれたメッセージが見えた。

『やめておけ』

クリストファーの方へ目を向けたりせず、くしゃくしゃと紙飛行機を丸め、馬鹿にされた者がそうするように、ゴミ缶へ投げ込んだ。

自分が口にしかけた質問も、同じように宙に投げ捨てていた。

〝もうとっくに戦争は終わっているのか?〟

研究所の今後を揺るがす一言／オードリーの絶望——急がなければならない理由。

「聴取は十分だ」チャールズ——強引な締め括り。

「では最後に一つだけ、私から質問がある」クリストファーが口を挟む。

サラノイはもはや何の興味もない顔でティーカップの柄を眺めている。

「君は、ウフコックを使い尽くしたいと思ったことはないかね？」

ボイルドは、じっとクリストファーの顔を見つめた。

「君が力を発揮し、さらにウフコックを滅茶苦茶に濫用すれば、この研究所を内側から破壊できるかもしれないぞ。どうだね。被験者を自殺に追い込むような馬鹿げた研究機関だ。さっきの紙飛行機みたいに丸めてゴミ箱に叩き込みたくはならないかね？」

チャールズが目を剝いた。サラノイは冷ややかに宙を見つめている。

「馬鹿げている」

「濫用の欲求は皆無だと言い切れるかね？」

甦る声——スピーカーから聞こえる、バラバラになりそうだという悲鳴／解放されたウフコックの、涙に濡れた小さな赤い目。

「どんな下らない検診が予定されているか知らないが、俺にそんな欲求はない」

「答えてくれてありがとう、ボイルド。もう濫用テストはない。聴取も終わりだ」

ボイルドは立ち上がった。誰も止めないのがわかったので、ドアへ向かった。

「ずっとウフコックのそばにいてやってくれたまえ」
クリストファーの声――ボイルドは応えなかった。応えるまでもなかった。

96

地下の分厚い隔壁が開き、中に入った。

地底に広がる樹林――巨大な空洞に設営された自然環境。

チャールズが〝楽園〟と命名した人工の森。天井には太陽光を模した照明／完全管理されたそよ風／適度な温度と湿度――地下施設とは思えぬ光景。

敷石を踏み、穏やかな森の中を歩んだ。

あちこちで日光浴をしている被験者たち――ここに年中いたがる者の傾向。

『瞑想と内的体験を好み、社会的成果を求めず、より抽象的な思考に長《た》ける』

中には研究計画の立案に参加させられる者もいる――チャールズの理想の住人たち。

やがて巨大なプールが見えた。

水辺にラナとウフコックがいた。近くにテーブルとパラソル――ジョーイ&ハザウェイの組《セル》が、レイニー&ワイズの組《セル》と、口汚く罵《ののし》りながらカードをやっている。

やや離れた木陰では盲人クルツが葉巻を吹かしながら、たまに思い出したように脇に置いた本のページをめくる——多元的視界＝クルツ流の読書。

その傍らで不可視の猟犬オセロットが姿を現し、やってきたボイルドをちらりと見ると、すぐにまた身を伏せ、透明化した。

「ボイルド！　もう終わったのか？」ウフコックがラナの肩の上で両手を広げた。

ボイルドが近づくと、プールの底から何かが浮かび上がってきた。

水面が盛り上がり、一匹の大きな哺乳動物と、それより遥かに小柄な肢体が現れた。

銀色の補完機器を頭部に移植されたイルカと、その背に腕を絡ませる少年。

《おや、〝錆びた銃《ラスティポンプ》〟の旦那だ。金の卵がめそめそしてたわりには平気なツラだぞ》

イルカの声＝無線通信——被験者の頭骨に移植された通信機器を通しての声。

同じく少年が口を閉ざしたまま声なき声を発する。

《トゥイードルディムと一緒に、聴取の記録を見てたんだ。ウフコックに頼まれてさ。あなたの名前が出てたよ。『検診について被験者と合意に達した』って》

ボイルドはうなずいた。プール——液体の姿をした巨大な端末機械。

内部が液体で満たされた宇宙船を想定して作られた施設——イルカと少年の住処《すみか》。

トゥイードルディ＆トゥイードルディム——どちらも生まれつき軍属の組《セル》。

少年トゥイードルディは肉体の障害ゆえに両親からこの施設に売り渡され、イルカのトゥイードルディムとペアで被験者になった。少年の言語を司《つかさど》る脳と、イルカの行動を司る脳とが、互いに機能し合う仲に。シザースの開発データをもとに、チャールズ教授が開発——人間と動物の境界を揺らがせる成果。新人類の誕生。チャールズの夢想。

「そいつは失点なしってことだか？」質問好きのレイニーが、カードを片手に大声で呼ぶ。「おったまげただな！　あのろくでなしのプロフェッサーどもと、どんな上手い取り引きをしたんだ？　ぜひ聞かせてくんなよ！」

「クリストファーが、そう仕向けてくれた。集中しろ、レイニー。ハザウェイにチップを取られるぞ」

「あんだって⁉　おい、手を出すだよ、こんちくしょう！」

両手を上げるハザウェイ。「俺はただ、この間抜けづらしてる相棒のチップを数えてただけだぜ」

「くそったれハザウェイ、俺に罪をなすりつける気かよ」ジョーイ＝憤慨。

三人が揉める隙に、悪党にして切れ者ワイズがちゃっかりカードをすり替えている。

ボイルドはラナの隣に座り、ウフコックをその手に乗せた。

「クリストファー教授が、お前を助けてくれたのか、ボイルド？」

「ああ。お前の検診に反対していたらしい」

「当然だね。あたしがウフコックのパートナーだとしても、あんな馬鹿な検診は止めてたよ」言いながらラナはプールの水をかき回している。機械の手――電子的な情報を通して感じる冷たさ。オードリーの面影／ラナのパートナーも、時折そうして人工的な感覚になじもうと手を色々なものに触れさせていたのをボイルドは思い出していた。

ぞっとするイメージ。

ラナの背に張りつく死の影――パートナーの死後も、まるで相手が存在し続けるような言動・行動。それは兵士のジンクスに逆らう、死を呼び込む行為だ。

「必ず止めてたね。パートナーが苦しんでるなら。絶対に止めてた」ラナは言う。

だがオードリーは、ラナに何も言わずに死を選んだ。

「俺の濫用テストは必要なものだとイースター博士が言っていた」

「テストはチャールズとサラノイの案だったらしい。お前の動揺を知って強引に進めたんだろう。クリストファーはそれを止められなかった代わりに俺を無罪放免にした」

「最低だな。あたしのパートナーのことを利用したんだ」とラナ。「オードリーは、あんたのことも、ひどく傷つけてしまったからね。どうか、あいつを勘弁してやって」

ウフコックは、かぶりを振った。「俺は、あのとき初めて死の臭いを嗅いだ。それで俺は動揺したんだ。でも今思うと、俺はそのおかげで大事なことを知ることができた」

「オードリーのことで？」

「ああ。俺は怖かった。死というものの怖さを知ったんだ。最初は武器になることも怖くなった。死をもたらすものだということがわかったから。しかし、その根本には、俺自身の死があった。それがわかったんだ」

「あんたの……なんだって？」水をかく手を止めるラナ。

「死だ。誰もが、いつか死ぬということ。俺が生体組織によって成り立っている限り、必ず死が訪れるということだ。俺はそれがとても怖かった。でもだからといって、それから逃げようとしてはいけないんだということが、今は、何となくわかるんだ」

毅然として告げるウフコックを、ボイルドは黙って見ていた。ウフコックは何につけても真正直に物事をとらえる。そしてそのせいで悩む。それをウフコックの悪い癖だと思ったことは、まだ一度もない。

「あんたの小さなおつむは、たまに、こっちをどきっとさせるね」ラナ＝苦い笑み。

「俺の脳は、ラナと同じくらいの大きさだ。こちら側の空間にはないだけで、今も成長を続けている」

「わかってるよ、あんたを馬鹿にするつもりはないさ」

《そいつは考えるネズミだからな》イルカのトゥイードルディムが茶々を入れる。《いつまでも、煮え切らずにぐちぐち悩むのが好きなのさ。もう少し楽しまないとな》

「深い悩みは、個人の成長につながる場合もあると、クリストファー教授も言ってた。お前の気楽な脳と一緒にしないでくれ、トゥイードルディム」

トゥイードルディムは笑い声を返した。

《イースター博士が来るよ》少年のトゥイードルディが、二人の会話を無視して言った。

《ウィスパーも一緒だ。やあ、イースター博士。こっちにおいでよ》

イースターは、ばつの悪そうな顔で、車椅子に乗った男とともに水辺に来た。

「やあトゥイーたち。それにみんなも」

《いつもウィスパーと一緒なんだね》

「彼は、今では被験者というより、僕の助手だからね。君たちと同じように、パートナーシップを結んでるんだ」

イースターの傍らで、ウィスパーは虚空を見つめている。

禿頭に残るうっすらとした手術痕／平和な夢を見ているような穏やかな顔。

元ヘリコプター操縦者——オードリーの同僚。都市戦で撃墜され、脳に障害を負ったため死体と思われ放置された負傷兵。生前、本人が検体の意志を示す書類にサインしていたことから、研究所は脳を治療・改造した。

特殊検診＝その成果——脳に埋め込まれたハード・頭皮を覆う金属繊維／直感でコンピュータを操作——意味論的データベースを構築するデータ解析のスペシャリスト。

ただしウィスパー自身は、もはや他者を理解しない。コミュニケーションというものを全く理解せず、一日中コンピュータと接続され、データがウィスパーの精神に——囁きになった。クリストファーは、ウィスパーを〝ハイテク世界のシャーマン〟と呼んだ。

「体の悪い弟みたいなものさ。たまに会話もあるんだよ。気づいたらモニターにメッセージがあってね。僕の体重が減ったとか、車椅子のバッテリーが切れそうとかね」

「あんたの体重に関しちゃ信じがたいね」ラナが笑う。

「本当さ。実際に計ったら二百グラムも減ってたんだ。信じてくれていい情報だよ」

「ウィスパーからは、イースター博士への信頼の匂いがする」ウフコックの真面目なフォロー。「たまに面白がっている匂いもする。イースター博士が失敗して慌てているときとか。彼には楽しいんだ」

「そいつはどうも。ウフコックの鼻の正確さに異論を挟む気はないよ」

《ねえ、ウフコックに一貫性のないプログラムを流し込んで拷問したって本当？》トゥイードルディ＝単刀直入。

「拷問じゃないよ」困り果てたようなイースター。「あれは必要なテストだったんだ。まあ、まさかこんなに早くやるとは思わなかったけど……」

「なぜ急いだ？」ボイルドの重苦しい一言。

「なぜって……それは、それだけウフコックの発達が早いから……」

「プロフェッサーたちは、俺たちの検診も急いでいる。戦線に送り込む気か？」

「それは……僕も詳しくは知らないけど」お喋りイースターは、そこで口をつぐむということをしない。「そうかもしれない……プロファイリングの書類を、大急ぎで用意させられたから。外部の人間が閲覧できるように」

《それって何のため?》トゥイードルディの無邪気な質問。

《そりゃ戦争のためだろ》トゥイードルディムの無邪気な答え。

ゲームに熱中しているふりをするワイズたち——みな沈黙している。

ラナはまた水をかき回している。

クルッツとオセロットは身じろぎもしない。

ボイルドは黙って、ウフコックの小さな重さを手のひらに感じていた。

《ねえイースター博士。戦争は、いつまでもやってるものなの?》

「うん……まあ、そうだね」

《いつ俺たちゃ戦争に行くんだ? お国のために体を捧げるってやつをするんだろ?》

「俺も聞かせて欲しいだよ」ぼそっとレイニーが言った。「どう思うだ、ワイズ?」

「それじゃあ言わせてもらおうか、レイニー。正直な意見ってやつをな」ワイズがカードを伏せる/立ち上がる/わめく——大声。「俺が思うにだ、とっくに戦争は終わってるのさ! そのせいでこの研究所の連中は焦ってやがるんだ!」

遠くで他の被験者たちが、ぎょっとしたように身を起こした。

「ニュースを見ろ! どんなふうに俺たちのことが言われているかを! 兵器規制論

だ！　平和的共存のために支障をきたす存在と呼ばれているのが俺たちだ！」

「そりゃまたなんでだ、ワイズ？　なんでそんなことになっちまっただ？」

クルッが本を閉じ、姿を現したオセロットの背を撫でた。

ジョーイとハザウェイが諦めたような顔でカードを置いてチップを整理し始める。

ラナは水をつかもうとするように拳を握っている。

「戦争が始まる前は、滅茶苦茶にやっちまえ、敵をぶっとばせと言ってた連中が、あまりに滅茶苦茶だ、これじゃ地球ごとふっとんじまうなんて言い出しやがったのさ！」

みな、あの日、テレビを通して見たものを思い出していた。

ワイズがキレまくるので、被験者たちが何ごとかと集まってきて見たニュース。

モニターでは政府の人間が喋っていた。

虚空に――無数の人間に向かって。明日のことをどう考えればいいか、昨日と今日の違いから導き出そうというような丁寧に諭《さと》す口調。

非常事態は終結したと政府の人間は言った。

現地の治安維持活動はひと段落したと言った。

撤退／縮小／解体／放棄――そういったことが決定されたと言った。

死んだオードリーもそれを見ていた。そのニュースが原因でオードリーが首を吊ったのではないかと誰もが思った。いずれ自分たちもそうしたくなるのではないかと。

戦争の終結が繰り返しメディアを通して告示された。だがプロフェッサーたちは何も言わず、研究員たちはいつも通りの仕事をし、やがて誰もが、研究所はあと半世紀は存続するのではないかと思い込みたがるようになった。

「俺が前回の検診で何て言われたか知ってるか？　お前のその、集極力を自在に操れる音声は、最低限の武力で平和的解決をもたらすものであることを証明するとさ！」

「なんてこった！　そいつは本当だか、ワイズ？」

「本当さ、レイニー。今までは徹底的に敵をぶっちめるための最新兵器を、できる限り体に詰め込めと言われていたのにな！　それが今じゃ、平和的解決ときたもんだ！」

「なんでだ？　なんでそうなっただ？　聞かせとくれよ、ワイズ」

「びびっちまったのさ！　俺たちがあまりに頑張るからな！　それで急いで誤魔化《ごまか》そうとしてやがるんだ！　俺たちがこれまで以上に、とんでもないことをしでかそうとしてたことを！　つまりこの研究所がしてきたことを！　俺たちの存在を！」

ワイズの声がふとやんだ。その目が、ぎょろっと木々の向こうを睨んだ。

共有人格を持つブレイディとエッジス――シザースがいた。

どちらがどちらかわからないほど似通った他者。

だが今回は、大きな違いが一つ――一匹の大きな猿を抱えている方が、エッジスだ。

スクリュウと名づけられた猿――二つの刃をつなぎ止めるネジ。

猿が彼らの共有人格の揺らぎを司り、言語化されない無意識の領域で衝突が起きないよう緩衝地帯の役目を担っているのだという。ただし同一人格などというものが本当にあり得るのか誰にも確かめようがなかった。もしかするとシザースたち自身、自分たちがどういう精神を獲得したか、わかっていないのかもしれない＝イースターの見解。

「あいつらにお前の考えを聞かせてやんなよ、ワイズ」レイニーがけしかける。

「任せときな、レイニー。おいシザースども！　お前たちはひと安心か？　プロフェッサーたちと一緒にこの研究所の今後ってやつを相談してるのか？　何も知らない俺らが黙って廃棄処分になるのを眺めてご満悦か？　邪魔者になっちまった俺らを？」

　シザースはワイズを見つめながら別の区画へ、ゆっくり敷石の上を歩いていく。

「どこに行こうってんだ、シザースども！　俺たちは処分されるのを大人しく待ってるマヌケな羊の群か？　羊は鳴かねえもんだからな！　縛られて殺されるときも、血を抜かれるときも、絶対に！　鳴くってことを知らねえ哀れな獣！　羊《ザ・シープ》！　いいか、俺たちは羊じゃねえ！　羊！　羊！　羊じゃねえぞ！　わかったか《ユー・コピー・ザット》？」

　ワイズは盛大にテーブルを蹴飛ばした――それを予期していた他の面々が、すでにカードとチップを片付けている。

　怒りに任せて叫び続けるワイズ。だがシザースも職員たちも、誰も反応しなかった。ワイズが本当はキレていないということを知っているのだ。

習慣が形骸化すること——それは実際よくあることだった。戦場にいた頃の習慣。通信兵口調。キレているふり。失われた自分を忘れずにいようとする行為。

「本当か、ボイルド？　俺たちは、廃棄処分なのか？」ウフコックは心配そうにヒゲを震わせている。

「大丈夫だ、ウフコック。お前は何も心配いらない」

「でも……。教えてくれ。俺を必要としてくれる相手は、どこにもいないのか？」

「そんなことはない。俺が、お前を廃棄処分にはさせない」

そっとウフコックの小さな肩に触れながら、ボイルドは言い聞かせた。

脳裏に甦るサラノイの声——「使い物にならない」

この小さなネズミが自分に与えてくれたのと同じだけのものを返してやりたかった。

ウフコックが本当に望んでいるものを。だがそれをどうすれば手に入れられるのかわからなかった。それがいったい、どういうものであるのかも。

95

小さな個室——軍では滅多にお目にかかれないもの。

自分だけの部屋。

ボイルドはベッドの上に座って、本棚を眺めていた。

ウフコックはいない。夜間、睡眠中は畜獣棟の檻の中に入っている。閉じ込めるためではなく、誰かがウフコックを悪用しないためのもの。

ウフコックは眠っている。最低でも一日七時間の睡眠が必要なのだ。

ボイルドは眠らない。この研究所で成果を挙げて以来、一分たりと眠っていない。

偉大なコントロールの達成。

かつて人類が手放したことがなかったもの——睡眠の放棄。

無睡眠活動の唯一の成功例。完璧な兵士。休養不足で判断力を低下させることもない。

多くの兵士が無睡眠活動体となるべく改造され——永遠に眠る生きた死体となった。

クリストファーに言わせれば、ボイルドの体は熟睡状態と活動状態をきわめて短時間で反復しながら、総体的には常に活動を続ける健康なゾンビだった。眠らない動植物の末路は決まっている。睡眠物質の働きを抑制された動植物は、ボロボロに腐って死んでいく。あらゆる高度な細胞群は睡眠を必要とする。

だがボイルドは健全だった。覚醒と睡眠の見事な拮抗。

一方で根強く残るもの——本当の自分は眠ったままなのではないかという疑念。

だがそれも、ウフコックがいる限り、大した問題ではない。ウフコックの嗅覚は、どんな人間の感情も読み取り、いつでもボイルドの心の在処《ありか》を察してくれる。

端から端まで本棚を眺めた。手に取るべき本はなかった。無睡眠の成果――一日九時間の読書。多くが自分とウフコックに関する本だ。生命工学。物理学。ネズミの生態。軍事関連の書物。科学雑誌。銃器の本。電子機器の通販雑誌――ウフコックを変身《ターン》させる際の資料。その他、機械工学／プログラミング／建築／法律／経済学／エトセトラ。

それって何のため？――トゥイードルディの無邪気な質問。

終わった戦争。研究所の閉鎖。だが軍属でなくなることは考えられない。被験者の肉体は、軍の機密の塊だ。肉体の一部と化したものを、今さら引っぺがすことはできない。

廃棄処分。

その言葉が、ぱっと閃光弾のように思い浮かんだ。

すぐにそれが実際に光の明滅として認識され――急にビジョンが見えた。

ボイルドは眠らない。

夢を見ない。決して。その代わりに、毎晩ビジョンを見る。

かつて自分が体験したものの再現――痛烈な記憶として今なお精神に余韻をもたらす物事が、互い違いに入り乱れて眼前に浮かび上がる。

最初に来たのは爆炎のイメージ。

軍服姿の自分――真っ暗な夜／操縦／戦闘機／その翼――ぎっしり積んだ高性能爆薬

の山。敵対国への敢然として決然とした一発。

さあ。お見舞いしてやれ——通信とも自分の叫びともつかぬ声。

灯火管制が敷かれた真っ暗な大地——ところどころに爆撃の炎。

底知れぬ地獄の光景に心が躍る。体はしきりに休養を求めている。パイロットのほとんどが休養を求め、指揮官に直訴し、そして軍医から「任務のための処方箋」を与えられた。デキストロ・アンフェタミン——覚醒剤。疲労を忘れ、高い反射能力をもたらし、信じがたいほどの持久力を与えてくれる薬。

それさえあれば、一睡もしていなくても夜間の空爆任務に耐えられた。闇に潜む敵に、いつ吹き飛ばされるか予想もできない緊張にも耐えられた。任務の間のごく常識的な休養を求めることもなく全精力を任務に傾けられたのだ。

ビジョン——めくるめく光点。真っ赤に光る点の群。どれが敵か味方かもわからず。

ビジョン——快感に打ち震える自分。全ての光点に向かって激しい攻撃をかける。

ビジョン——味方の上に、五百キロの爆薬を降り注ぐ。味方を蒸発させ、引き裂き、貫く劣化ウラン弾の雨。

そして自らの口から迸る快楽の雄叫《おたけ》び。

——おお、炸裂《エクスプロード》よ！　塵と灰に！　炸裂《エクスプロード》よ！　炸裂《エクスプロード》よ！　塵と灰に！

楽しくてたまらなかった。愉快なあまり、大声で笑い、歌を唄った。

砕け散る友軍――顔見知り／友人たち。ボイルドが彼らを滅茶苦茶にした。

展開中の友軍二十二名が死傷＝マスコミの報道――実際の数字は深く隠された。ボイルドもそれを教えてもらえなかった。特に、何人の無関係な民間人を殺傷したかは。

マスコミによる暴露。空挺師団の大多数のパイロットが覚醒剤中毒の症状を呈している。その筆頭である優秀な兵士ディムズデイル＝ボイルドの過失――味方を誤爆。

キャリアの喪失。一転して軍の重荷になった。除隊が取り沙汰され、そして軍は人知れず書類にサインさせると、ボイルドを研究所送りにした。

ビジョン――ガリガリにやせ細った自分の姿。覚醒剤は恐るべき後遺症を残した。

食欲不振、不眠、幻聴、幻覚、暴力衝動。

〝錆びた銃《ラスティボンブ》〟が軋む、耳障りな音。

ビジョン――出会い。右手に優しい感触が起こる。

ビジョン――クリストファーが手渡す小さな生き物の鼓動。金色のネズミ。

自分の手に体を押しつけるウフコック。

ほのかな熱。

――いたぁ……い、の？

たどたどしい言葉遣い。それが、痛いのかと訊いていることを理解した。

疲労し尽くし、絶望の淵に立つボイルドが、手のひらの温もりに流した涙の理由を、ウフコックは訊いていた。

ビジョン――自分が何かを失っていたことに初めて気づいた男。

一匹のネズミとの出会いが、男に失点の回復を目指させた。

キャリアの回復その一――覚醒剤中毒の克服。

キャリアの回復その二――志願＝疑似重力《フロート》の発生装置を体内に移植。

実験に失敗した猿が粉々に吹き飛んだときの映像を見せられた。

味方を爆殺した自分には似合いの任務。

そして開発の成功――〝徘徊者《ワンダー》〟の異名を頂戴する。

キャリアの回復その三――無睡眠活動の被検体となることを打診され、承諾。中毒を克服したときとは全く異質な検診。二度の脳改造。障害が残る可能性――さらに手術。

意識混濁に襲われ、眠りに落ちる。大勢の研究員がボイルドの体をいじる。

最後に目覚めたとき、手術室の時計が目に映った。

ビジョン――午後十一時三十二分。

分針がちょうどその時刻を指した瞬間を見た。

目覚めの時刻――無意識に部屋の時計を探す／ビジョンと現実が重なり合う。

そのとき人影が見えた。

いるはずのない相手が、いつの間にか、部屋の隅に立っている。

微笑み——オードリー・ミッドホワイト。

生前は一度もビジョンに現れなかった相手。

「究極的ね、あなた」生前の声——無線通信よりも鮮烈に脳裏に響く。

女の白い首筋に濃密な死の影を感じる。

〝究極的〟——オードリーの皮肉な誉め言葉／人生の訓辞／賛辞。

「なにがだ？」声に出して尋ねる——過去の記憶のままに／ビジョンを受け入れる。

「あなたが雲の上でしたことよ。地上で起こることはこの上なく強烈《ハード・コア》なのに、そのときのあなたは何千フィートも上空にいて、吹き飛ばした相手の顔も見ていないじゃない？」オードリー——天気の話でもするように／何もかも見透かしたようなことを口にする。なぜか誰もが許してしまう口ぶり——〝クールな解釈〟＝それが今、ビジョンを通して血に濡れた暗い淫乱な声に聞こえる。

「俺が味方を誤爆したことも究極的だと？」

「ええ、そう。どんな虐殺も、あなたがしたことには敵《かな》わない。私が受けた拷問とは究極的に逆の行為ね。人間を閉じ込めて痛めつけるのは人間以下の仕業だけど、空から何かを落とすのは基本的に神様の仕業だもの」

ぞっとなる——恐怖／あるいは心の底をくすぐられる感触。

尋問の名手／心を読むオードリー——それはウフコックの嗅覚とは逆の存在だ。

ウフコックは善意を嗅ぎ取ろうとするが、オードリーは悪意を肯定することでさらけ出させようとする。

「私は、自分が与えられた拷問を懐かしくさえ思っているわ」

諧謔《かいぎゃく》と言うにはあまりに鋭利なオードリーの微笑――それがふいに揺らいだ。

女が消える――視界に目の前の本棚。

深呼吸――背筋を伸ばした。

時計を見る。午後十一時四十分。また眠らない一日が過ぎた。

今ではビジョンに襲われても冷静でいられた。全ての記憶のディテールをつぶさに観察することができる。自分が何をしたか、そのときどんな気分だったか、正確に見つめなおせるのだ。いつもウフコックがその手にいてくれたおかげで。冷静にビジョンを見ることができるようになった。そのビジョンの意味を考えることが。

俺は味方を殺した――今では鏡に向かってそう囁くことさえできる。

俺は醜い生存者を生み出した――ボイルドは疑似重力《フロート》の発生装置を体内に移植する直前、プロフェッサーたちに頼んで、かつて自分が吹き飛ばした相手を見舞っていた。

救出された負傷者――哀れな生存者。そいつはボイルドを見ると、懐かしそうに手を差し出した――吹き飛んでなくなった手。劣化ウラン弾の破片がそいつの脳を放射能で汚染したのだとクリストファーが教えてくれた。今の精神年齢は十歳以下だと。そして重度の白血病。死を待つだけの存在。そいつの力のない微笑みを、思い返すことができる。細かく。感触を確かめるように。毎晩のように訪れるビジョンがそれを可能にした。

そしてオードリーとの生前の会話——〝究極的〟な自己認識。

「あなた、もう一度やりたいのよ」どこからともなく響く死者の声／生前の囁き。

俺はどこかで、あれをもう一度味わってみたいと思っている。アンフェタミンを投与されて出撃したときの異常な快感、手にした武器を全て使い尽くす原始的な喜びを。

自分が神になれた瞬間。あれは最高だった。人生を放棄しても良いと思えるほどに。

忌まわしい中毒者の渇き——決して塞がらぬ心の空洞。それが虚無の淵に通じていることを自分は知っている。その空洞を通して、自分の一部は今も見つめている。

悪夢のような愚かさで——愚かな悪夢を。

それは一生続くだろう。

ウフコックの存在が、そのことに耐える心を与えてくれた。

オードリーは、それを白日《はくじつ》の下にさらすことで極小化することを教えてくれた。

そして手に入れた冷静さ——ビジョンのせいで我を忘れるということはない。

ビジョンは見ようと思えばいつでも見られるし、消そうと思えばいつでも消せた。だがいつしか自然に起こるビジョンを待つようになった。午後十一時三十二分のビジョン。日時計のように。目覚めてからの軌跡を告げるもの。自分をどこかへ運ぼうとする軌道。

クリストファーがゴミ缶に投げ込んだ紙飛行機のように。

爆心地《グラウンドゼロ》——全ての罪と向き合い、清算される場所。自分が生存していることの意味が明らかになる至上の一点。キャリアを回復するごとに、それが近づく予感を抱いた。研究所での第二のキャリアは、その到達点への加速だ。途中で降りることはできない。自分が犯した罪に背を向けることができないように。それは背を向けた途端、猛烈に襲いかかってくる。正面から立ち向かう以外に方法はない。

敬虔《けいけん》な人間がいつか自分が天国へ行くときのことを思うように——自分が向かう地点に無事に到達することを願うほかない。正しい軌道に乗ることを。

たとえ、この研究所と自分たちが廃棄処分にされたとしても。

戦争の終結／処分——無に帰す第二のキャリア。

処分対象となった軍人を片端から再利用してきた施設そのものが、処分対象になる。

それがどういうことか考えようとしても明確な意味が浮かんでこない。

いまだ不明な軌道——プロフェッサーたちでさえ、そうなのだろうか。

あるいは政府の人間たちでさえ、どうしたらいいのかわからないのかもしれない。

ただ単に、出て行けと言われるわけではない。軍属でなくなり、文無しで町に放り出される覚悟があれば良いというものでもない。機密と一体化することがここでの義務だった。様々な成果。軍は自分たちを手放せず、抱き続けることもできない。

捕虜の釈放は常に政治的だ。それと同じことがこの研究所でも起こるだろうと予感された。誰もが予感を抱いていた。何かが起こるべくして起こると。

ウフコックを除いて。

あの小さな喋るネズミは、単純に目の前にいる相手を信じたがっていた。そして自分の存在を相手に受け入れて欲しがっていた。自分を必要とされたがっていた。

ウフコックにとって信じられる相手でありたいと、心の底から願った。ウフコックに正しい答えを教えてやりたいと。それは正しい軌道に乗るのと同じことだからだ。

だがそんな答えはどこにもなかった。

ただあるのは、ちらつくビジョン。そして自分が落とす爆弾が、暗い闇へ落下してゆく様子を再び見つめたとき——突然、部屋の外で異様な音が響くのを聞いた。

94

どこかでガラスが砕けるような音。

反射的にビジョンを消した。ゆっくりと立ち上がり、部屋を出た。

夜間照明が青白い光を落とす廊下——耳を澄ます。

何も聞こえない。エレベーターホールまで歩いた。
また音がした。暗い廊下の向こうのどこか。湿ったもので床を叩くような音。
建物の中で大勢が素早く走り出したような音。
ホール奥の小窓＝三階に位置——そこから中庭を見た。誰もいない。
一階「撮影所」の窓——灯りなし。
すぐ上の娯楽室の窓／トレーニングルーム／バルコニー——暗闇。
Cの字形の一端にあるロビー／灯り——人影なし。
突然、ロビーの窓で光が爆《は》ぜるのが見えた。
一回、二回、三回。職員のいるオフィス。かと思うと誰かが慌てて走るのが見えた。
被験者——光が爆ぜた。つんのめって倒れた。動かない。
ついで全身を真っ黒い服で包んだ者たちが現れ、一人が手にしたものを下に向けた。
閃光——倒れた被験者の頭が、ぴくんと跳ねて動かなくなる。
確信／消音装置＝銃。
——鳴くってことを知らねえのさ、あの哀れな獣は！
甦るワイズの声／よろめいて後ずさり、エレベーターの扉に背をぶつけた。
——羊！　羊！　わかったか？《ユー・コピー・ザット》
馬鹿げたことが起こったという思い／それを否定する／否定しきれない。

息が詰まる——目眩《めまい》／不快感／嘔吐感。

また別の場所で閃光——その輝きに心の全てが呑まれそうになる。

その感覚に抗《あらが》う／ホール隅の火災報知器が目に映る——反射的に飛びつく。

プラスチックの板を突き破って指がボタンを押すのを感じながら、これが答えだろうかと思った。どう考えても持て余すことになる特殊な兵員たちの処分——その決定。部隊を派遣／殲滅／湮滅《いんめつ》——たまらない屈辱が、銃弾となって降り注ぐビジョン。

火災ベルが鳴り響いた。

これが俺の約束の場所《グラウンド・ゼロ》か？

違うという心の声。まだだ。ウフコックにまだ何の答えも与えてやれていない。

ボイルドは小窓に向かって突進し、ガラスを突き破って外に躍り出た。

窓が割れたことで警報まで鳴り始めた。

宙で重力《フロート》を発生させ、建物の壁に降り立った。あちこちの部屋で灯りが点《つ》く。

走った。壁の終わりで目的の窓を確認——跳躍した。

大きく弧を描いて落下——正しい軌道。窓が迫り、肩から突き破って再び建物の中へ。

畜獣棟——オフィス正面のロビー。弱い重力《フロート》を頭上に向けて発生させ、着地の衝撃を殺しながら床に足をつけ、二、三度ステップを踏んで止まった。

オフィスは無人——ドアを開き、様々な実験動物がいる部屋へ。

鳴き声。興奮して騒ぎ立てる獣たち。奥の檻から声が飛んだ。

「ボイルド！　いったい何があったんだ！」

「すぐにここから出るんだ」

檻の鍵の認証番号を押して扉を開いた。ウフコックを乗せようとして、手が血に濡れているのに気づいた。両腕をガラスで切っていた。

「怪我をしているじゃないか、ボイルド」

「大した傷ではない。乗ってくれ。今すぐ変身《ターン》できるか？」

「もちろんだが……何に？」

答えに詰まった。ウフコックがそれを求めているだろうかという大いなる疑問。先ほどロビーで見た銃火が思い出された。明らかに射殺された被験者。呆気《あっけ》なく、なすすべもなく。自分に爆弾を落とされた友軍も、あんなふうに死んだのだろうか。

――俺たちは羊じゃねえ！

ワイズの声がまた甦った。

――羊！　羊！　羊じゃねえぞ！　わかったか？《ユー・コピー・ザット》

正直な答えが込み上げてくる。「ウフコック……俺は、何が起こっているのかもわからないうちに、殺されることには我慢ができない。どうしても駄目だ。昔、俺は味方に対してそれをした……。しかし、俺は、それを受け入れられない」

嗚咽《おえつ》——自分が呪われているように思われた。死が清算の機会となって訪れたというのにウフコックの存在を言い訳にして生き延びようとしていた。

ビジョン——吹き飛ぶ味方の姿。だが自分の死は恐ろしくて仕方なかった。

「泣いているのか、ボイルド？　変身《ターン》して欲しいというのは傷を治療する道具か？」

もっとひどい頼み——どう言えばいいかもわからず、ひざまずいた。やがて胸の奥のビジョンのさらに向こう側から答えが現れた。

「俺は……死にたくない。俺は生きたいんだ……ウフコック」

「……良い匂いだ」

降り注ぐ涙を浴びながら、ウフコックは言った。

「お前の魂の匂いだという気がする。俺はこの匂いを信じたい」

手の温もり——ここに来た頃に戻った気がした。

「殺されると言ったな？　誰かが、お前をそんな目に遭わせようとしているのか？」

ボイルドはうなずいた。何度も。この小さなネズミに、すがるように。

「そうだ。俺は殺される」

「……わかった」

ウフコックが両手を広げた。

「俺は俺を、お前に託す。お前の望むように使ってくれ」

93

ボイルドはウフコックを凝視した。左手でその小さな体をそっと握った。
手のひらに移植された金属繊維が機能を発揮した。
ウフコックの変身《ターン》――ボイルドが望むものへ。
一挺のオートマチック／光学式照準器――鋼鉄の重みを握りしめた。
その力に応じるように撃鉄がひとりでに起こされる――ウフコックの返答。
音――廊下の向こうから誰かが走ってくる。
ボイルドは立ち上がった。檻の並んだ部屋から出て、静寂が戻ったロビーへ。
重力《フロート》を展開／壁を移動――天井付近で銃を構えた。
「撃つな、ボイルド！　私だ！　クルツだ！」
盲人クルツが叫びながらロビーに入ってきた。目的――そのパートナー。
「恐ろしいやつだ。そんな位置で待ち伏せされているとは誰も思わんだろうよ」
ボイルドは壁を降りた。「あんたの視界は今、どこまで届いている？」
「ここに来る途中、ワームをばらまいた。東棟は一階から四階まで見ている。畜獣棟から西は今、範囲を広げているところだ」

クルッは足を止めず、ドアの認証コードを入力した。ドアが開き、犬たちの盛大な吠え声が聞こえた。クルッは素早く中に入り、すぐにパートナーとともに出てきた。

黒い獣——オセロット。《建物に火がついたのか？》

クルッは盲人用の帽子をかぶった顔をボイルドへ向けた。

「お前が火災ベルを鳴らしたのか、ボイルド？」

「警報もだ」

「何があった？」

「武装した複数の人間が、ロビーで被験者を射殺するのを見た」

クルッは大きく息を吸い、吐いた。驚きと混乱を、その一発で体から放り出していた。

「信じがたいが——廃棄処分というやつだと思うか？」

「それ以外に思いつけない」

「お前のパートナーはどこだ？」

ボイルドは銃を掲げた／銃——ウフコックの声。「俺はここにいる」

そのとき、耳の奥で声が響いた。

《こうも性急に事を進めるとは！　いったい誰が犠牲になった⁉》

三博士の一人——チャールズの声／無線通信。

ついでサラノイの声。《すでに何人も犠牲になっているわ。止めようとした職員まで撃たれているのよ。早く彼らを止めなければ》
「誰が通信している？　ボイルド、お前か？」
「いや。誰かが……」
　クリストファーの声。《軍が、被験者たちの存在を抹消するために放った部隊だ。彼らを止めるには上層部に停止命令を出させるしかない。これは我々の主張がバラバラだったことで起きた悲劇だ。今すぐ意見をまとめなければ、全滅させられてしまう》
《意見の一致は不可能よ。チャールズは外部に対する完全閉鎖による存続を、私とあなたは互いに全く違う民間利用を考えている》
《被験者たち自身に、あらかじめ針路を選択させるべきだったのだ。チャールズ、サラ、今すぐ了承するんだ。いったん被験者たちを手放せ。さもなければ――》
　にわかにノイズ。
《全滅》――《被験者たちの抵抗》――《容認》といった断片的な言葉が響き、すぐに何も聞こえなくなった。
「声がやんだ」
「私の方もだ。敵が通信施設を破壊したのかもしれん」
「なぜ声が聞こえたか不明だ。故意か偶然かもわからない」

「だが状況は推測できる。あとは受け入れ、解釈することだ」

「あんたの解釈は？　クルツ？」

「お前がウフコックを銃に変身《ターン》させたのと同じだ。徹底抗戦する。プロフェッサーたちが対処するまで生き延びる。いいな、オセロット。これから実戦が始まるぞ」

《了解《コピー》》低い唸り声――同時にオセロットの姿が、ふっと消えた。

「行くぞ。敵は組織的に攻めてくる。こちらも人員を集めよう」

クルツが廊下に出て走り、ボイルドが後についた。

「東棟に侵入した敵が見える。二カ所で交戦中だ。最も近い交戦地点を援護する」

敵を避けて非常階段を降り、また廊下に出た。盲人の正確無比な先導。

血の海――被験者たち。銃創＝死者の皮膚が焦げる臭い。どの顔からも、こうだという明確な表情は読み取れなかった。みな命とともに表情を奪われたようだった。

クルツは無言。ボイルドも何も言わず遺体をよけて走った。

手の中で銃が身震いする感触――死を恐れるウフコック。そのグリップを握る手に力を込めた。相手を宥《なだ》めているのか、自分がすがっているのかもわからなかった。

窓の下――中庭で複数の光／建物の外へ逃げ出した被験者たちが、屋内からの銃撃で呆気なく倒れていくのが見えた。だからと言って何ができるわけでもなかった。

ふいに火災ベルの音と警報がやんだ。クルツが舌打ちした。

「敵が警備室に侵入して警報を止めたのが見える。監視カメラを奪われたとは、厄介だな」そう言いながら、走る速度を落とした。「この先の階段に敵がいる。交戦中――我々の頭上で、ラナが廊下の角から敵を足止めしているのが見える」

上階から銃声――それとは別に、断続的な何かの発射音。

ラナの身に備わった武器が使用される音。

「敵の側面を急襲する。数は八。全員が自動小銃を装備。上階に四。階段に四」

銃を握りしめた。「お前を使うぞ……ウフコック」

「やってくれ、ボイルド」そして沈黙――ウフコックが完全に身を委ねたのがわかった。

それがお互いにとって正しいことを祈った。

「先行する」ボイルドがクルツの前に出た。

重力《フロート》の展開――壁から天井へ走って曲がり角を折れた。

廊下――血まみれの壁／床／撃ち殺され、折り重なった女性被験者たち。

その向こう――階段際／銃を持った三人――一人が天井を走るボイルドを見て、ぎょっと身を起こした。

ボイルドは照準器の光点を相手に合わせ、引き金を引いた。

ビジョン――爆撃の光景――冷静に相手の顔面を狙って撃った。

照準器を通してウフコックに情報が送られ、ボイルドが狙いを逸らさないよう、銃の内部から角度を保ってくれていた。大きく狙いを外していた場合、銃が手の中で動いて修正してくれるのだ。後はただ、引き金を引けばよかった。

顔からクラッカーのように血を噴き出しながら相手が倒れ、残りの二人が振り返った。ボイルドは天井から床へと身をひねりながら跳んだ。相手からは一回転したように見えても、ボイルドにとっては平地で照準を合わせているのと同じだった。そして手にした銃がウフコックである限り、外すことはあり得ない。

撃った——一人が顔と喉に弾丸を受けて倒れた。一人が小銃を乱射した。

重力《フロート》を半球形に展開——実戦での初使用／その有効性の証明。

滅茶苦茶に飛んでくる弾丸は一発としてボイルドに届かなかった。重力《フロート》の壁が飛来する弾丸の軌道を逸らしたのだ。

無形の盾の力を実感しながら床から壁へと走り、狙い澄まして撃った。

敵が倒れ、すぐに弾丸が内部から装塡されるのが感じられた。

ウフコックの補給——完璧なパートナーシップ。

今以上に強力な武器にウフコックを変身《ターン》させたくなる気持ちを抑えた。

壁から天井へ——上階へ続く階段の裏側で膝をついて待つ。踊り場にいた一人が銃を構えて降りてくるのをやり過ごし、後ろから首のつけ根を狙い撃った。

頭上では激しい銃撃戦が続いている。

階段の裏側から側面へと這うように進んだ。

《二名が廊下に向かって銃撃中。二名が後方で待機中だ》クルツの正確な状況報告＝圧倒的優位。《しゃがみ込んでいる二人を倒せ。あとはオセロットと私がやる》

階段の手すりから身を乗り出し、撃った。

連発／至近距離——あり得ない場所からの銃撃に二人とも呆気なく倒れた。

残り二人のうち一人が振り返ったかと思うと、いきなり喉を引き裂かれて血を噴いた。

不可視の猟犬の牙——全身の筋骨を強化されたオセロットの力。首に食いつかれた敵の体が、兎のように振り回されて宙を舞い、その首と胴体が別々の方へ飛んでいった。

廊下の向こうへ乱射を続けていたもう一人が振り返った。

ぶつっという音。オセロットがそいつの脇腹を防弾服ごと食いちぎった。腸を引きずり出されて絶叫を上げる男のそばで、オセロットが姿を現し、さっと退いた。

悲鳴を上げて階段から転げ落ちた男を、小銃を拾って構えたクルツが、悠然と階段を昇りながら撃ち殺した。

廊下の向こうからは相変わらず断続的に何かが撃ち込まれている。

壁や床にめり込んだもの——小さなマグネット／クリップ／ペン／文房具類。

《ラナ！　やめろ、クルツだ！　ここの敵は全滅した！》

ぴたりと何も撃ち込まれなくなった。

ラナの声。「撃ちゃしないから姿を出しな！」

クルツを先頭に廊下に出た。

銃弾の雨が通り過ぎたあとの惨憺《さんたん》たる有様の中、ラナが両手を広げて立っていた。どちらの手も二つに割れ、内部の青く輝く伝導体を現している。8の字を描くようにして舞う光——ラナの手の上で躍り、いつでも弾丸と化す文房具たち。

戦場で両腕を失った機銃掃射の名手が獲得した新たな武器——超伝導体を内蔵／増幅された生体電気を発露する機械の手／その電撃はあくまで初歩の戦術——その手に乗せられた物体は、ホチキスの針でさえ機銃の弾幕に等しく発射される。

「助かったよ。弾があっても、援護がないんじゃどうにもなんない」ラナが舞い踊る文房具を右手に集め、紙袋の中に放り込んだ。

「オフィスで仕入れたんだ。警報が鳴ったときに服を着といて良かったね。でなけりゃ裸で撃ち合うところだったよ」

「お前もプロフェッサーたちの通信を聞いたか？」ボイルドが訊いた。

ラナはにやりと笑った。怒りを秘めた顔——死の影はどこにも見られなかった。「あたしらも、とうとうゴミ缶行きってわけだ。少しは抵抗したって良いだろ？」

クルツが小銃の弾倉をラナへ放った。「使え。プロフェッサーたちが打開策を講じるまでは生き延びるべきだ」

ラナは弾倉から弾丸を抜き出しながら言った。「お国の戦争が終わって、あたしらだけの戦争が始まったってわけだ」
クルツがうなずいた。「そうだ。他の生存者たちを集めて、部隊を作る。行くぞ」

92

非常階段を降りながら、ボイルドはウフコックを使って何人殺害したか数えた。
四人。僅か数分足らずの戦闘での戦死者《カジュアルティーズ》。だが言葉で取り繕っても決して不慮《カジュアル》の事態とは言えなかった。狙い定めた結果。ウフコックを使った結果だ。
ふいにチャールズの怒鳴り声。《彼らを政府管理による軍属以外に、どう扱えというのだ！　研究所の完全閉鎖の見通しは立っている。お前たちが小細工を弄さなければ、とっくに外部との接触は遮断されていた。今、閉鎖を条件に作戦停止を上申した》
サラノイの叫び。《永久にここで使うあてのない技術を研究しろと？　それを望んでいるのは、あなただけよ、チャールズ。私たちまで囚人にするつもり？　今ここで閉じこもれば全滅しかないわ。早くサインを！》
クリストファーの声。《必要なのは選択だ。無理に閉じ込めれば必ず反乱が起こる。

それこそ悪夢だ。彼らを軍属から解き放て。すでに廃棄処分が決定されているのだ。新しい道を作らねばならない時だぞ》

延々と続く議論——クリストファーとサラノイの二人が、チャールズを説き伏せにかかっているらしい。通信が途切れる気配がないので、ボイルドは音量を最小限にした。

クルツが言った。「交戦地点が増えている。悪い状況だ。誰が通信をつないでいるのかわからんが、プロフェッサーどもの議論に気を取られるな」

ラナは鼻で笑っている。「眠くなるだけだからね。聞いちゃいないよ」

曲がり角——向こうで銃声——そして壁を震わす轟音。

「ジョーイが四人を相手に戦闘中だ。敵の後方に回るぞ」

血まみれで横たわっている何人かの男性被験者たちをよけて通ったとき、ラナが声を上げた。「ちょっと待った、ハザウェイだよ！」

全員が足を止めた。

至近距離の被弾——胸をずたずたにされた〝世話焼き〟ハザウェイが、折り重なった死体の上に倒れている。

「ラナ、脈を診てみろ」クルツがハザウェイを指さす。

そして、すぐそばで轟音——爆発。

廊下の壁がこちら側へと吹っ飛び、崩壊して瓦礫《がれき》をぶちまけた。

ぽっかり空いた穴から、〝拳骨魔《フィストファッカー》〟ジョーイが登場。

血まみれの手――本人の血ではない。壁ごと粉々にされた敵のものだ。

ジョーイの雄牛の角のように硬化した拳――金庫のドアをぶち破っても傷一つつかない文字通りの鉄拳／化学兵器で汚染された神経と筋肉を回復させる過程で行われた筋骨強化――一ドルコインを紙のようにねじ切り、柔らかな握手を交わすことができる手／〇．〇〇一グラムから四十トンまで、自在に調節可能な握力。

穴の向こうから銃撃――ジョーイの足下で火花が爆ぜた／肩に銃弾が命中／だが僅かによろめいただけ。「くそっ！　しつこいぞ！」

クルツとボイルドが駆け寄る――床と天井／穴の向こうにいた二人を撃ち倒す。

きょとんとなるジョーイ。

もう一人が廊下の角から現れ、ボイルドが素早くそちらに銃口を向けた。

「撃つな」クルツの制止――その直後、敵の首が食いちぎられて宙を舞った。

おかげでオセロットの一撃の恐ろしさを、俯瞰《ふかん》でまざまざと見ることができた。

「今ので全部だ」クルツが銃口を下げる――ボイルドが天井から床へ降りる。

「これ、何の検診だ？」ジョーイが肩に撃ち込まれた弾丸をほじくり出した。「なんてこった、やっぱり実弾だ。見てくれよ、死んだらどうする気なんだ？」

「それが目的だ」クルツが相手を黙らせるように言った。「プロフェッサーたちの会話わからねえ」

「聞こえてるよ」ジョーイが眉をひそめる。「ぐだぐだと何を言ってんのか、さっぱりを聞かなかったのか？」

ボイルドが後を続けた。「俺たちの廃棄処分が決まって、軍が部隊を送り込んだ。すでに、大勢殺された」

ジョーイの目がまん丸になった。

「ヘイ、あんたのパートナーがここにいるよ！」

ラナの声——ジョーイがすっ飛んでいった。

「本当だ！　なんてこった！　ああ、可哀想に……ハザウェイ」

ジョーイはその場に膝をつき、血まみれになったパートナーの頬をひっぱたいた。

「おい、起きろよ！　大変だぞ、お前のシャツが、ぼろぼろの血だらけだ！」

ぱちりとハザウェイの目が開かれた。

急激な鼓動の回復——むくっと起き上がって口の中の血を吐き出す／叫ぶ。

「なんだこりゃあ！　俺がこのTシャツを手に入れるのに、どれだけプロフェッサーたちにゴマすりしたと思ってるんだ、腐れたマスカキ野郎！」

ハザウェイがジョーイをぶん殴った——むきになって弁明するジョーイ。「俺じゃねえって、お前を撃ち殺したやつだよ！　俺だってえらく撃たれたんだぜ！」

「俺なんか実際に死んじまったんだぞ！　くそっ、俺を撃ったやつは揃ってクソ地獄に落ちやがれ」悪態をつきながらハザウェイが立ち上がる。「ちくしょう、腹が減ってきやがった。こんだけ体を復活させたから、カロリーが足んねえんだ」

胸をミンチにされても五分後には再び挨拶をする〝再来者《レブナント》〟ハザウェイ――傷の回復／潜り込んでいた銃弾がこぼれ落ちた／ピンク色の肌がみるみる周囲と同じ色に。

特技＝半不死――化学兵器で損傷した肉体回復のため、人工的に癌化された胎児の胚を全身に移植。無限に増殖するキャンサード・エンブリオ細胞が、欠損した器官を補い分化。

悩みの種――再生のたびに進む老化／生じる飢餓感。

「寿命が二年は減ったぜ、くそったれ。いったい何が起こってんだ？」

「俺たち捨てられたらしいぜ、ハザウェイ。廃棄処分だ。大勢撃ち殺されてるって」

愕然となるハザウェイ。「大変だ。みんな生き返れるとは限らねえってのに」

「誰だって無理だよ、馬鹿」ラナ――敵の武器をハザウェイとジョーイに押しつける。

廊下の先からクルツの指示。「銃と弾薬を拾ってついてこい。敵が東側から接近中だ。迎撃地点を決める前に、こちら側の人数を増やしたい」

「了解《コピー》」声を揃えるジョーイ＆ハザウェイ――修羅場に慣れた者たちの即応／ラナとともにボイルドの後について駆け足＝機甲歩兵の得意技。

「西棟を敵が制圧する前に、迎え撃てる場所を確保したい。どこがいいと思う？」

クルツの質問——ボイルドに／ウフコックはボイルドの手に完全に心身を委ねている／他の三人と一匹は敵が現れたら即座にやり返すことに全神経を集中させている。

「地下だろう。第三検診棟か、地下の森だ」

「私と同意見だ。検診室よりプールサイドの方が私は好みだ」

「同意見だ」

「よし」

廊下から非常階段で一階へ——第一検診棟。地下への入り口を求めて移動。幾つもの仕切りで区切られたリハビリ室を素早く通り抜ける途中——倉庫から複数の銃声。《倉庫で交戦中だ。様子がおかしい。全員、手を出すな》クルツの無線通信。《倉庫内部にワームが展開するまで数秒かかる。それまで待て》

ラナたちが素早く身を潜める／ボイルドが天井を進み、廊下の奥を覗いた。

出入り口に警備員の死体／事務所のガラスにべったりついた血／弾痕。

開け放たれた倉庫の扉——中から銃声／怒号／罵声《ばせい》——そして悲鳴。

ついで、声なき声。

〝そこで大人しくしてな、あんちゃんたち。こっちはパーティの最中だ〟

耳元に直接響く——ワイズの集極音波。

〝オセロットもそこで伏せてな。姿が見えなくても足音でわかるぜ〟

ぬっと事務所から現れるワイズ――倉庫に向かって何か叫んでいる。だがその声は聞こえない。聞かされているのは倉庫内部で乱射している敵だけ。

《なるほど、レイニーか。敵が敵を撃っているので、おかしいと思った》

攪乱戦《かくらん》――ワイズが発する複数の音声／無人の倉庫――大勢が立てこもっていると敵に思わせ、おびき寄せた。

ボイルドは身を乗り出して倉庫を覗き込んだ。

銃を構えた三人――段ボールとラックの迷路の中で右往左往。

そのうちの二人が慌てた様子で誰もいない方へ銃を向ける――ワイズの声なき声。

罵りながら撃ちまくる二人の背後に、ゆっくりと一人が回り込んで銃を構えた。

敵に化けたレイニー――敵陣に潜入する万能レポーター。至近距離からの銃撃。二人が大きく背中を反らし、宙をかきむしるようにして転倒。とどめ――頭に一発ずつ。

〝終わったようだぜ、あんちゃんたち〟

ワイズの声――倉庫入り口から敵の衣服を着込んだレイニーが現れ、さらさらと音を立てて元の顔に戻る。

「これで俺だってわかったただな？　間違っても俺を撃つんでねえぞ、お前たち」

「了解《コピー》」ジョーイ＆ハザウェイ。

レイニーの顔と声が再び誰とも知れぬ男のものに。

ボイルドが廊下に降りた。

七人と二匹が、そうして一つの場所に集合していた。

「ここの生き残りは、お前たちだけか？」とクルッ。

肩をすくめるワイズ。「俺たちが囮《おとり》になって、他の連中を地下へ逃がした。俺たちもこいつらを片付けたら地下に隠れるつもりだった」

「我々の目的地も地下だ」

「気が合うぜ。その前に、この耳の中でわめいてるプロフェッサーどもの議論を、誰が中継しているか知りたくないか？」

「わかんのかい、ワイズの旦那？」とラナ。

「ワイズは通信兵だかんな。重要な情報は一切合切確認せずにはおれんのさ」とレイニー＝本人の声／敵の顔。

「どこだ？」ボイルドが訊いた。

「介護棟の一階オフィスだ。そこを通って地下へ行くのはどうだ？」ワイズの提案。

「よし」クルッが言った。「行こう。敵が迫っている」

移動――暗い廊下をクルッを先頭に走る。廊下の先にエレベーターホール。どの箱も扉を開きっぱなしにして止まっている。右へ折れ、介護棟へ。

無人――円形のクッション付きベンチ／明滅する蛍光灯／分厚い強化ガラスの向こうでオフィスは暗闇に包まれている。

クルツが職員専用のドアに手をかけた。開かない。インターフォンも沈黙。

「俺がやるよ」とジョーイ。

「あたしがやる。レディーファーストで」とラナ――電子ロックに、拳でワンツー。電撃――扉の全体に火花。電子ロックが弾け飛び、扉が傾いだが、開かなかった。

「グラブがないと調子悪いんじゃない？」ジョーイが前に出る。

「あんたをマットに沈めるのは訳ないけどね」ラナの舌打ち。

「俺、女は本気で殴れねえんだって」

「あたしの奥歯返せ、タコ」

「あんたに負けて五十ドル損したんだぜ」ジョーイの一発――ドアがひん曲がって、部屋に向かって倒れた。

クルツがワームと声を放つ。「そこにいるのは誰だ？　なぜ通信を中継している？」

「クルツかい？　待って、撃たないで」声――本棚とコンピュータラックを並べた即席のバリケードの陰から太った腹が現れた。

納得顔のワイズ。「イースター博士かい。てことは、この中継は――」

イースターが車椅子に乗った男を押しながら出てきた。「ウィスパーだよ。何が起こったか彼の解析プログラムに質問したら、急に通信施設を操作《スナーク》し始めたんだ。そしたら銃を持った人間がオフィスのモニターに映って、慌てて隠れたってわけ」

ウィスパーは静かな目を虚空に向けている――〝何が起こったか〟＝その最も意味をなす情報／回答――プロフェッサーたちの議論。

ワイズが廊下を指さす。「さっさと出な。ここにいても殺されるだけだぜ」

「みんな、どこに行く気？」

「地下だ」クルツが言った。「ウィスパーの存在はありがたい。彼がいれば、地下のあらゆる装置を操作《スナーク》できる」

「この棟だけ妙に静かなのはなぜだ」ボイルド＝警戒。

「ここから医務棟にかけて敵は侵入していない。被験者はベッドで寝ている。彼らが身動きできないことを敵は知っていたんだろう。情報は行き渡っているというわけだ」

「じゃあ、ここで隠れていれば敵は来ないんじゃ……」とイースター。

「俺ぁ、まとめて火炎放射器の餌食になんのはごめんだ」とレイニーが顔を戻しながら言った。「さっきの顔を覚えてといてくんなよ、イースター博士」

「う、うん。エレベーターは……」

「止められている。ジョーイ、ウィスパーを運んでやれ」クルツが安全路を確認＝移動開始。「東西の棟が間もなく制圧される。いよいよ正念場だ」

地下へ――九人と二匹が階段を駆け下りてゆく。
クルツの足下に姿を現したオセロット／ボイルドの手にウフコック／その横にラナ／後ろでジョーイがウィスパーの車椅子を担ぎ、ハザウェイがジョーイの分の武器も担いでいる。息を切らせて階段を降りるイースター／しんがりを務めるレイニーとワイズ。
長い階段――暗く、深い穴を降りていく感覚。
ボイルドはビジョンを感じた。落下のイメージ――この場にいる全員が軌道に乗ってどこかへ運び込まれていく。後戻りは利かず、到達点までひたすら加速するだけ。
切実な思い――握りしめた銃＝ウフコック。
どこに到達するにせよ、手にしたものを裏切りたくはなかった。

91

「駄目だ、開かん」クルツが言った。
隔壁――地下に広がる森への入り口――認証コードを拒んで固く閉ざされる扉。
九人と二匹――地下四階で袋小路に。
「敵がロックをかけた可能性は？」ボイルドが訊く。

「ありえん。開くならまだしも閉じる理由がない」とクルツ。

「やつらがエレベーターを止めた。ロープで穴を降りてくるつもりだ！」通路の向こうでワイズが報告――レイニーとともに銃を構えている。

ジョーイがぽかんとした顔で宙を見上げた。「なあ、プロフェッサーどもが話してるぜ。チャールズ教授が、地下の管理をどうとか」

一瞬の沈黙――そしてワイズの怒鳴り声が響き渡った。「くそったれ〝厚顔無恥《フェイスマン》〟が地下を封鎖しやがった！　てめえの被験者だけは確実に守るとかぬかしてやがる！」

「あたしが開けてやる」前に出るラナ――拳が火花を閃かせる。

クルツが手を振って止めた。「やめろ。非常ロックがかかって余計に開かなくなる」

「ど、どうしよう。急いでプロフェッサーたちに連絡して開けてもらおうか？」インターコムを手に取るイースター――雑音／ガラクタ同然の音。

クルツが言った。「敵が通信を遮断したんだろう。イースター博士、ウィスパーを通してプロフェッサーたちに声を送れないか？」

「や、やってみるよ」イースターがインターコムを放り出し、ウィスパーの車椅子の後部についたキーパネルを引っ張り出す。小気味よく叩かれるキー／小型モニターにプログラム言語による応答――ウィスパーの意志なき返答。

「駄目だ。送信経路が開けないんだって。物凄い混信状態だ。みんなが施設のそこら中からプロフェッサーたちに向かって発信しているせいだ」

ボイルドの提案。「ウィスパーに扉を開かせたらどうだ？　イースター、ロックを解除するのに、どれくらいかかる？」

「ウィスパーなら、多分、十分くらいで……妨害されなければだけど」

クルツがうなずいた。「よし、やってくれ。〝厚顔無恥《フェイスマン》〟を説得するよりは早い。プロフェッサーたちも妨害している余裕はないだろう。扉を開くまで敵を足止めする」

クルツが両手に自動小銃をひっさげて通路を戻る。

ボイルドたちも開かぬ扉に背を向け、レイニーとワイズのもとへ。

「入れねえのか？」ワイズが振り返って目を剝いた。

「十分で開く」クルツが通路の突き当たりに立った。「T字路——右に非常階段、左にエレベーターホール。エレベーターは二つとも開きっぱなしときたか。楽園入り口まで五メートル。敵がここまで来ればイースターとウィスパーは二秒で射殺されるだろう」

「非常階段からもおいでだ。足音でわかるぜ」ワイズの報告——正確無比。「十四名が地下二階を制圧。地下三階は無人。地下四階のここまで障害物なしだ」

クルツが右手の銃を非常階段へ向かって突き出した。「レイニーとワイズ、地下三階でやつらを攪乱し、足止めしろ。オセロット、手伝ってやれ。ラナは非常階段の三階入り口で、降りてくる敵に向かって撃ちまくれ」

「了解《コピー》」三人と一匹の応答――非常階段へ駆け足。

「私たちはホールで敵を迎撃する。くそっ、バリケードも何もないとは。ジョーイ、そこの壁をぶち抜いて、お前とハザウェイのために塹壕を掘れ。三十秒でだ」

ジョーイがすっ飛んでいって、コンクリートの壁に拳を叩き込んだ。

「やつらがエレベーターの縦坑を降りる用意を整えているのが見える。ボイルド、ホールの天井で奴らを待ち伏せしろ。私たちが銃撃を開始するまで撃つな」

「今のうちに穴の下から撃っちまうってのは？」ハザウェイ――小銃を構えて。

「火炎弾を投げ込まれたいか？　敵部隊が降りてきてからだ。ボイルド、そのちゃちな拳銃を、もっとましな武器に変身《ターン》させておけ」

「了解《コピー》」ボイルド――壁を移動しながら。

ホールの天井の隅に位置――ウフコックを変身《ターン》。

断りを入れる必要はなかった。拳銃がぐにゃりと変形し、あっという間に銃床を切りつめた接近戦用アサルトライフルになった。

より多くの戦死者《カジュアルティーズ》を作り出すために。

命を奪うために作り出されたという現実が、ウフコックをどんなふうに悩ませるか、それこそ手に取るようにわかった。それについてどう言い訳を与えてやればいいのか想像もつかない。ウフコックはオセロットのような生まれながらのハンターではなかった。

コンクリートを掘る音がやんだ。左右の壁にそれぞれ一人分の塹壕――ジョーイとハザウェイが体を押し込めた。

T字路の入り口――クルッが両面の防衛を指示。《来たぞ。レンジャー野郎が二人ずつ降りてくる。総勢十六。先行の六名がホールに降りたところで撃て》

沈黙――穴の向こうから降下してくる者たちの移動音が近づいてくる。

どん、と最初の一人がエレベーターの穴の底に降り立った。どん。自動小銃を構えた敵がホールに出てくる。どん。さらに一人。どん。これで四人。

彼らの頭上で、ボイルドは壁の染みになったように息を押し殺している。

どん。最後の二人がほとんど同時にホールの底に足をつけた。

《撃て》

ジョーイとハザウェイが小銃を穴から突き出し、クルッが両手に自動小銃を構えて通路の奥から飛び出した。銃声が響き渡り、巨大な一つの轟音となって全ての音を掻き消した。通路全体が銃身となって、弾丸が発射される音の中に立っているようだった。

敵の二人が倒れ、四人が左右に分かれた。

ボイルドが狙い澄まして撃ち、一人がヘルメットごと頭を吹き飛ばされて倒れた。

敵が天井を移動するボイルドに仰天して乱射した。重力《フロート》の壁の展開――狭いホールの天井を走りながら撃った。一人が顔を撃たれて倒れた。

そうするうちにも次々に降下——銃撃戦に加わった。
ボイルドは銃撃の狭間を駆けてエレベーターの中へ飛び込んだ。鉄の箱を運ぶためのレールの上を走り、降下中の敵を真下から射殺した。ロープにぶら下がったまま息絶える者／落下する者——かと思うと一人だけ、さっとロープを離して跳んだ者がいた。
そいつが壁を蹴り、飛び跳ねるようにして銃弾をかわしながら降りてくるのを見て、一瞬、相手も自分と同じように重力《フロート》を操れるのかと思った。
違う——オセロット並みの強靭な四肢／しなやかさ／壁から壁へと跳び渡り、凄まじい勢いで迫ったかと思うと、ぴたりと落下が止まった。
大きく左右に伸ばした足——壁と壁を踏んでいる。
驚くべき姿勢——爪先の力だけで落下する体を支えたのだ。
見事な静止——ボイルドの放った弾丸が敵のすぐ下の壁に一列の弾痕を穿《うが》っていた。
同時に、敵が銃を捨て、代わりに全く別の武器を振るってきた。
逆手に握った直刀《サーベル》——黒い刃。
重力《フロート》の発揮／銃を懐深く構えた——直後、ぞっとするような黒い輝きが走った。
両手に衝撃——信じがたい金属音。
手にしたライフルの銃身が真っ二つに切断されていた。

驚愕――敵は曲芸のような姿勢で刀を振り下ろした。
驚愕――その刃がライフルの銃身を一撃で切断した。
驚愕――軌道を逸らしたはずの刃が重力《フロート》の壁のこちら側を通過した。
思わず壁を下方へ向かって退いた。胸に刺すような痛み――服に血がしみ出すのを感じた。刃の切っ先が胸先に届いていたのだ。
あり得ない――発射された銃弾の軌道を逸らす重力《フロート》の壁を、刀が突き抜けた。
敵が壁から足を離し、別の壁を蹴りながら刀を横へ振るった。
緩やかにさえ見える動作――速度の源である滑らかさそのものの動き。
全く無駄のない最小限の弧を描いて刃が走り、ボイルドは咄嗟に壁から壁へ跳んだ。
刃が重力《フロート》の壁に触れた瞬間、逸らされる力に抗い、修正した軌道を得るのを感じた。
二度までも無形の盾を突き破った刃が、肩口へ。
熱――肉ごと骨を切られる痛み。右肩のすぐ下を刃が通り抜け、血が壁に跳ねた。
右手の指先にまで響く痺れるような衝撃――だがまだ手は動く。
真っ黒い覆面で顔を覆った敵――一瞬、そいつと目が合った――暗黒の双眸《そうぼう》。
黒い瞳ではない。むしろ色素が薄いせいで、暗がりの中でそう見えるのだろう。
反撃――左手／切断されたライフルの半身は、すでに拳銃へと変身《ターン》している。
敵がそれに気づいた――刃を引っ込めて壁を蹴った。

ボイルドが引き金を引いた／オートマチック――その一連の射撃。

だがしかし――馬鹿げたビデオの逆回しを見ているかのような光景。

敵は立て続けに壁を蹴り、身をひねって、もと来た道を倍速で戻ってゆく。

敵が一方の手でロープをつかんだ。逆手に握った直刀《サーベル》／最初に邂逅した場所。

再び同じように勝負をかけようとしているのがわかった。

ボイルドは右手を握り、開いた――神経を切られたわけではない。

同時に相手の武器について考えた／常に刃先が正確な角度をとるような装置が内蔵された刀――ボイルドの狙いを銃の内部のウフコックが助けるように。

見かけは古くさい軍刀《サーベル》――内実は最新鋭の白兵戦専用兵器。

下方で響き続ける銃声――クルッたちを援護すべきなのに動けない。

敵が、獲物に襲いかかる猫のように背を丸めた。

盾を失った恐怖を、戦意で押し殺した。

そして突然の大音響。

《政府との合意に達した!!》

チャールズ・〝厚顔無恥《フェイスマン》〟・ルートヴィヒの声――全施設のスピーカー＝大音量。

《施設内の全兵員に告ぐ！　間もなく撤退命令が出される！　速やかに交戦を停止し、屋外に撤退したまえ！　繰り返す！　施設内の――》

ボイルドは目を逸らさない――目の前の敵がそうしているように。

やがて撤退という言葉が三度告げられたとき、敵が穴の上方へと移動し始めていた。目は逸らさない／最後まで睨み合う／地上一階のエレベーターホールへ去るのを見届けた。

ボイルドは穴を降りた。

地下四階エレベーターホール――血と破壊／その坩堝《るつぼ》。

塹壕を出て銃を捨てたジョーイ＝弾切れ／真っ赤な雫《しずく》を垂らす両拳／頭から血でずぶ濡れになっている。

銃を杖にして立っているハザウェイ＝全身回復中の銃創だらけ。

クルツ＝懐から葉巻を取り出す／火をつける――足下に撃ち尽くした銃／弾倉。

「ワイズが腕を撃たれた。それ以外は全員無事だ。それと、たった今、扉が開いた」

ボイルドはうなずいた。

「吐きそうだ」ジョーイが座り込んだ。「気分が悪い。化学兵器でおだぶつになりかけた時より悪いんだ。こいつらみんな本当なら……」

死体を指さそうとするジョーイの前に、ハザウェイが立った。「腐れた味方、友軍、同じ国の軍隊だ。でもよ、だからどうだってんだ。このクソ野郎どもから撃ってきたんだし、逃げ込もうとした場所には地獄の畜生が鍵をかけてやがったんだぜ」

ハザウェイがジョーイの肩に触れた――ジョーイは何度もうなずいた。

ボイルドは、ゆっくりと息を吸い、吐き出した。戦闘が始まる前、クルツがそうやって心の動揺を押し出したように。

それからウフコックの変身《ターン》を解除した。

手の中に温もりが戻り、金色をしたネズミが震えながらボイルドを見上げた。

「終わったのか？」

「ああ、そうらしい」

「そこら中で死の臭いがする。これまでに経験したことがない、強い死の臭いが」

ビジョン――降り注ぐ爆弾の雨。正当化することはたやすかった。だがウフコックは別のものを嗅ぎ取るだろう。人間の内部に充満する匂いの全てを。

「なんてことだ。いったい、なんてことなんだ。みんな生きようとして死んでしまった。死のうとした者なんて一人もいなかった。なのに……なんてことなんだ」

ウフコックは繰り返しそう口にし、恐れおののきながら周囲を見渡した。

通路では座り込んだクルツのもとにオセロットが戻ってきていた。クルツは目が見えなくともオセロットの方へ顔を向け、その黒い背を撫でてやった。

ボイルドは言った。「戦場の死だ。俺はお前を使って、多くの人間の命を奪った」

ウフコックが悲しそうに見上げた。「それは俺の望みでもあった。お前から、あえてそう言ってくれている匂いを感じる。ボイルド……ありがとう」

ボイルドはもう一方の手で、相棒の小さな肩を撫でてやった。

「俺は、正しく受け止められるだろうか。この世界には……俺たちを必要としてくれる相手が、いないってことを」

「まだそうと決まったわけではない。襲撃は途中で止まった。プロフェッサーたちが別の道を用意してくれるだろう」

ウフコックは小さくうなずき、また周囲を見渡した。しっかりと目に焼き付け、ここで嗅いだ匂いを覚えようとしているのがわかった。

そんなことはしなくていいのだと言ってやりたかった。

加速――今日という重みが、自分たちを、どこか深い場所へ落下させてゆく気がした。

予感――そのために必要な覚悟を、ウフコックは必死に抱こうとしていた。

ウフコックを手にするボイルド自身も。

90

負傷者が運ばれ確認された。

死体が一ヵ所に集められた。
敵は――本来なら同じ軍隊の兵士たちは、死者を置き去りにして撤退した。
死者＝研究所側／襲撃者側――厳重に区別され、リスト化され、トップシークレットとして政府へ送られた。
数え上げられる不慮の犠牲者《カジュアルティーズ》――戦場の生死は、つきつめて考えれば運と不運の差なのだと思い込むための名称。

ボイルドは医務棟で切られた腕を縫ってもらい、ウフコックとともにいる許可を得て、自室に戻った。ウフコックは話をしているうちにボイルドの手の中で眠ってしまった。


ベッドの枕元へウフコックを横たえた。眠らなくなってから一度もシーツの下へ潜り込んだことのないベッド――腰を下ろした途端、ビジョンを見た。

爆撃の光景。真っ暗な大地に広がる赤い破滅の炎。軍での最初のキャリアの喪失。

研究所に来てからのビジョン――やせ細った自分。第二のキャリアの始まり。

ホールの小窓から見た銃火／倒れる被験者。廃棄処分を告げる火。

自分の精神と肉体を賭けて手に入れた、第二のキャリアの喪失。

第三のキャリア――果たして、そんなものがあるのかわからなかった。

恩赦を期待しながら部屋の隅でうずくまる死刑囚の気分。

プロフェッサーたちは、施設のスピーカーを通してときおり「冷静な行動を」「メンタルケアが必要な者は介護棟に」といった声を放つだけで、姿を現さない。夜を徹して議論し続けているか――あるいは職員が死体を数えている間に逃げ出したか。

ビジョン――ふいに部屋の隅に人影。

死者＝オードリー――その背後に、ボイルドが銃撃を見舞った敵の顔、顔、顔。

「人間が残酷になれるのは、生きる喜びを知っているからよ。きっとね」オードリー＝煙草の火――ヘビースモーカーが吐く煙の臭い／硝煙の臭い／血の臭い。「そういえば、あなたが使わなくなったベッドって、他に使い道はないのかしら？」

「ベッド？」死者の幻に尋ねる――生前の記憶の通りに。

「心に秘めた悪夢を告白するには、悪くない場所よ」

血に満ちた淫虐――その経験の客観視に成功した生存者の澄明な虚無をたたえた言葉。この施設でただ一人、自分に誘いをかけた女の微笑／鋭利なメスを連想させる――どんな悪性のものに触れても決して自身は冒されない。

「告白したくなったときはぜひ教えてちょうだい」

「ああ」ボイルドの微笑――その機会は死によって失われた。

オードリー＝ウフコックと同じように心を読む存在――クリストファーの目眩がするような言葉の要点を正確につかんで、みなに伝達することができる唯一のメッセンジャー／ワイズを黙らせることができる最高の皮肉屋／ラナに面と向かって〝グローブをはめた可愛い十六歳の女の子〟と呼ぶことができる存在。
その死は、このせいだったのかと訊きたかった。
悪夢のように愚かな事態——廃棄処分。
「お前は、プロフェッサーたちから何を読み取っていた？」幻に問いかけた。
死者は答えずに消えた。
ビジョンの消失——そのまま一時間が過ぎ、二時間が過ぎ、三時間が過ぎる。
夜明け——カーテンの隙間から外を覗いた。紫色に染まる山嶺——その向こうから、爆撃機が到来してこの施設を木っ端微塵にするビジョン——それもすぐに消えた。
朝六時。ウフコックを置いて部屋を出た。弾痕。血の跡。動き回る全自動清掃機。
習慣に従う——プレッシャーの回避。
シャワールーム——湯の温かさ／傷の痛み——縫われた傷からこぼれる血。
黒い直刀《サーベル》——どこの誰かもわからない敵——同じ軍属／その武器と体術。
壁を歩く自分に迫り、重力《フロート》の壁を突き破った——それだけで宿敵のように思える。
覆面の隙間から見えた、ひどく薄い色素をした目——借りを返したくなる／生存の実感を与えてくれる貴重な存在／だが二度と会えるとは思えない／忘れるしかない相手。
部屋へ戻る——ウフコックはまだ眠っていた。
七時——朝食の開始を告げるベルが響き渡る。銃撃戦の直後に食事が用意されるかどうかは確信がなかった。単にベルが鳴っただけかもしれなかった。

ウフコックがむっくり起きあがり、眠そうに顔をこすった。

「ひどい夢を見た気分だ。夢なんて見てないのに——少なくとも覚えてないのに」

「夢ではない、ウフコック」

「ああ……」

「食事に行く。お前も来るか」

「ああ。みんなの顔が見たい」

食堂へ——敵は調理場を破壊することはしなかったらしい。

料理——ほぼ全自動／機械化された食糧配給システム。

他の被験者たちと一緒にトレーを持って並び、朝食を取って席についた。

ウフコックをテーブルに乗せ、シリアルのピスタチオを小皿に分けてやった。

被験者たちの数が増え、間もなくジョーイとハザウェイが来て同じテーブルに座った。

「血の臭いがするよ」そう言いながらジョーイはチーズ入りマフィンをぱくついた。

ハザウェイは無言＝何度も復活したせいで飢えに苛《さいな》まれ、貪《むさぼ》り食っている。

「あんたたち、最悪なパーティのあとでよく食えるじゃない？」ラナ＝ミートソースのスパゲッティの山／ウフコックを見て言った。「美味《うま》そうだね。少しおくれよ」

「駄目だ、ラナ」ウフコックの拒否。「俺は自分で取りに行けないんだから」

「なんともまあ、小食でねえか？」レイニー——電話帳なみに束にしたハムサンド。「見なせえよ、ワイズ。こいつらの小食ぶりったら、どう思うだよ？」

「繊細なやつらだからな。激しいダンスで心をやられたんだろうよ」ワイズ——ハムエッグ／大量のケチャップ。「俺も、赤いものを見ただけで、食欲がなくなりそうだ」

宙を舞う豚の脚の骨が近づいてきた。

「やあ、オセロット」匂いで相手を認識＝ウフコック。「お互い、大変だったね」

《問題ない。訓練通りに動けた》黒い犬が姿を現した。《俺たちは命令に従っただけだ。あまり気にするな》

ウフコックへの気遣い——そしてすぐに姿が消えた。

「みな揃ってるな」クルツ——コーヒー／トーストとベーコンの匂いが漂った。「誰か、戦闘を経験したことで外傷性ストレス障害を抱えてしまった者はいるかね？」

「そいつはお前のダチの名前か、クルツ？」ワイズが真っ赤なハムエッグを口の中に突っ込んだ。「でなけりゃケツを拭く紙の名前に聞こえるな」

「それよりオセロットの食事に変わりはねえだな？」とレイニー。「どうだ、オセロット。人間の味を覚えちまったか？　俺たちのこと朝飯だと思ってんでねえか？」

ばりばりと骨を砕く音が響いた。《そんな不味《まず》い朝飯はいらない》

みな戦闘のことを茶化した。それを客観視しようとしていた。興奮と恐れのコントロール――凄惨な現実を経て、絶望とともにこの研究所に来た者たちの原理。

たっぷりとした食事を終えても、職員が現れて検診の内容を告げたりはしなかった。居場所を失ったような気分――みな、それをコーヒーと一緒に呑み込んでいた。

やがて放送＝チャールズの声。

《全ての被験者たち、全ての職員に告ぐ。これより当施設の今後についての説明を行う。ただちに一階ロビーに集合したまえ。繰り返す――》

ボイルドがウフコックを手に乗せた。みな無言で立ち上がった。食堂を出てロビーへ向かった。職員と被験者たちの境界地域――密告者たちが好んで座る空間。

三博士が並んで待っていた。

チャールズ、サラノイ、クリストファー――みな、さっぱりとしていた。被験者たちが食事をする間に、ゆっくりと身繕いしていたとでもいうように。

チャールズ・〝厚顔無恥《フェイスマン》〟・ルートヴィヒが前に出た。

「昨夜の不幸な行き違いで命を失った者たちの冥福を祈ろう。そして今日という日が、全員にとって出発点となることを約束したい。我々のキャリアは大いに変化した。だが無に帰したわけではない。新たなキャリアが、これまでの成果に従って始まるのだ」

淀みないチャールズの前口上――キャリアという言葉が何度も繰り返されたことで、誰もが注意を向けていることを確かめるように、みなを見回した。

注意＝自分たちの行き場所――それがあるのかないのかということ。

チャールズは言った。

「君たちには選択肢がある」

89

「軍は、当施設の破棄を決めた。存続する方法は、ただ一つ。完全閉鎖だ」

みな無言――破棄と閉鎖の違いがわからなかったのだ。

「この研究所は今後、あらゆる外部とのつながりを断った、完全な閉鎖環境となる。我々に研究内容を命じる機関は存在しなくなり、全ての研究は、私が政府に提出したプランに基づいて行われる。我々が施設の方向性を決めるのだ。これは半民営化――すなわち私が、この施設を所有することで成立する。一方、この研究所の産物等は全て政府に報告され、特許等による利益は、政府と我々とが分配し合うことで合意している」

みな、ぼんやりとした顔でチャールズを見ている。今までとどう違うのかわからなかった。許可と監視がなければ外出不可能だった今までと。

チャールズはその違いを説明した。

「今後、この研究所から一歩でも出れば連邦法違反となる。ただちに犯罪者とみなされ、施設は政府から義務違反を問われる。我々は、いわば保護指定区に認定された住人だ。市民でも国民でもなく、自らを檻に閉じ込めることで、一切の社会的制約を受けず、また我々も社会と無関係の立場を貫く。そうすることで、全てから独立した新たな社会を形成し――ここは、真の〝楽園〟となるのだ」

その場にいた大半が、こう解釈した。

放棄されるのではなく放置されるのだと。今まで以上に好きにやればいい。その代わりに何の目的も持ってはならない。ただ研究のための研究を続け、政府がその成果を役に立つと思えば使うが、それがどう使われるか、研究所には関係がない。利益を生む限り施設は放置され続ける。もはやこの世に存在しないものとして。

「刑務所か」誰かが言った。「何の意味があるんだ」どこからか低い呟き。

「これは選択肢の一つだ」チャールズが反対派を抑えるように言った。「私が示す選択だ。これだけは言わせてもらおう。社会とは、いわば歴史的推進力によって進行する一つの軌道だ。いかなる試みも、指導者選びも、改革も、すでにある推進力をコントロールすることはできない。それよりも、推進力の影響を受けない、完全な閉鎖環境において、真に進化した共同体形成を試みるべきだ。それは、政府と世論がこの研究所に求めることと合致する。我々はここを閉鎖し、いつか外部社会が同じくらいに進化するときまで、永遠に滞留するのだ。もはや、社会的な義務も、生活の不安もない。その是非は自由に判断したまえ。他の選択肢については、これから、この二人が説明する。私の説明は以上だ」

チャールズはその場を離れ、カウンター脇のベンチに腰を下ろした。

サラノイが前に出た。

美貌の〝猿の女王《クイーン・オブ・エイプ》〟――しっかりと伸ばされた背筋。目の前にあるものは全て、より高い価値のあるものに置き換えられるとでもいうような冷然とした雰囲気。その眼差しは、遠くへ行くためには何より現実主義者でなければならないと告げている。

「あなた方は、既成の概念を打ち破るべく設計された存在です。あらゆる分野にわたって獲得した高度な能力をもって、新たな社会を生み出すことさえできるのです」

軍という言葉さえ使わない――サラノイの本音が剝き出しになった感じだった。

「ある都市において、あなた方は半民間人となります。その成果が政府に報告されることは、チャールズの選択肢と変わりません。ただし閉鎖環境においてではなく、社会的に高度な存在としてです。我々は、一部の政治家や軍人が求めるものを造り出してきました。その実績を生かし、今こそ真に民衆が求めるものを造り出すべきです」

かすかな微笑――おそらく無意識の。チャールズの提案に真っ向から挑む笑み。

「指導者選びや改革は、決して無意味ではありません。無軌道な社会を強い力で方向づけることは、価値観の転換期において極めて有効な手段です。私はすでに、あるプランを政府から認められ、実行しています。それは安価かつ本来的な、苦難からの解放を体験させる医薬品の販売です。麻薬や向精神薬とは根本的に異なるその医薬品が、我々の技術の社会的な有効性を証明し、重要な財政基盤となります。あなた方はその評価と経済力を背景に、より高度な社会システムに参加し、それを守る義務を担います」

いったん全員を見回し——そして突風のような上昇志向を込めて説明を続けた。

「その義務については機密に属しますので、全貌を語ることはできません。ただし選択肢の判断材料として、以下の点を強調しておきます。一つ、あなた方は都市の指導者のもとで働くことになります。ゆえに厳格な規律に基づいて行動しなければなりません。それはある種のエリートとしての義務です。二つ、都市に出る前に、この施設で最後の手術を受けてもらいます。これは特殊な存在であるあなた方が、より一体的な活動を行うために必要な処置です。ただし、その手術が原因で精神や肉体に損傷をきたすことは決してありません。むしろ、より高度な存在になることの満足感が得られるはずです」

みながシザースを——人格を一体化された二人と一匹を連想した。

「真っ平だね」ラナの呟き——ボイルドも同意見だった。ウフコックは難しげな顔でしきりに首を傾げている。

サラノイは反対派の反応など全く気にせず言った。

「三つ、都市での成功ののち、国家レベルでの働きを要求されるでしょう。都市という階段から国家へ、やがては世界という階段へと昇り続けることが、私が示す選択肢です。より高い場所へ――その価値判断は、お任せします。私の説明は以上です」

自分はすでにその用意された階段を昇っている最中だというように、サラノイは勢い込むこともなく下がると、チャールズの隣に座った。

代わって、クリストファーが前へ出た。

「まあ、なんだ」

クリストファー・ロビンプラント・オクトーバー――通称〝渦巻き《ホイール》〟の最初の一言。

圧倒的な計算に基づいておどける道化。ほら、わかってるだろう――というように、にやりと笑い、まだらに染めた髪をかき上げ、着崩した白衣からぶら下げた得体の知れない小物をじゃらじゃら鳴らす、野卑《やひ》な美男子。

「まずは戦果について話そうか。確認された限り、相手は中隊レベル――完全武装の六十名だ。うち無傷で帰還したのは、僅か三分の一。戦闘ヘリや迫撃砲など支援兵器を一切使用しなかったとはいえ、投入された人員の半数近くが反撃にあって戦闘時死亡扱いになり、今、この施設の霊安室で検屍を待っているという次第だ」

全員を見渡すクリストファー――真顔で一言。

「やりすぎだ、君ら」

一部で笑いが弾けた。ワイズとレイニーが口笛を吹いた。ラナがにやりとする。ジョーイとハザウェイがげらげら笑った。ボイルドでさえ思わず口を吊り上げていた。ウフコックが驚いた顔できょろきょろした。クルツはオセロットの背を優しく撫でていた。

チャールズとサラノイはそれぞれ宙を見ている。

クリストファーは、みなが静まるよう、両手を広げた。

「もう少しで政府は我々のケツを蹴っ飛ばして月に送り込むことを——この施設の爆撃を検討しかねなかった。そうなっては勝ち目がない。諸君、何ごともほどほどが肝心だ。とはいえ相手は重火器、こちらは自慢の肉体しかなかったわけだがね。さて——」

ここらで、大好きな茶番を切り上げねばならないと断るように、指を立て、言った。

「社会から逸脱して閉鎖する試みや、社会をコントロールする試みでは、何の有用性も証明できない。そもそも個人の幸福とは、以前からそこにあって個々人を待っている軌道に乗ることをいうのだ。安価に苦痛から解放したところで、それが充実した人生とは限らない。社会を思考の対象にするのは良いが、個々人を物体扱いしてはならない」

チャールズとサラノイへの反論がクリストファーの口から飛び出た。みな目を白黒させた。クリストファーのウィンク——まあ聞けよ、というように先を続けた。

「個々人がその軌道から外れることを防ぐ——特に生命の危機から守ることこそ、民衆が求める、科学の実際的な成果だ。我々は造り出したものの価値を自ら定義してはならない。民衆の前に差し出し、民衆に決めさせる。我々の技術を彼らに帰すために、進んで社会的矛盾と一体化するのだ。それは言い換えれば、階段を降りるということだ」

そこで、これからもう少しわかりやすく言い直すというように指を振ってみせた。

「都市へ出ることはサラノイと一緒だ。我々はそこで、ある種の人助けをする。命を危険から守るというやつだ。バックには、連邦の司法機関がいる。ボディガード業を連想した者には、あながち間違ってはいないと言っておこう。君たちはその力を、無力な者の盾となることに使うのだ。それは同時に、最底辺から社会を揺り動かすことにもなる。不正な手段で階段を昇る者に対しては、ノーと叫んで階段を蹴っ飛ばし、天国から地上へ落とすことになるだろう。こう聞いて、法の執行機関を連想した者にも、まあ間違ってはいないと言っておく。戦闘インストラクチャーや銃器コンサルタントを連想した者にも、そうした要素がふくまれていると言っておこう。それら全てを兼ね合わせた独立機関となるのだ。どのみち我々の技術は、法の規定外なのだからね。いずれにせよ、君らは多くの人々から受け入れてもらえる。そしてやがて、迎え入れられるだろう」

ゆっくりとみなを見渡す。面白そうだろう、と言いたげな表情。

「有用性の証明――それが規律の名だ。我々は、我々を必要とする者たちのために、惜しみなく力を使う。ここで一つリスクについて言及しておく。君たち力ある者にとってはスリルと言い換えてもいいだろう。有用性の証明に失敗すれば――廃棄処分か、刑務所行きか、ゴミ缶に放り込まれるか、戦うべき相手に敗北するかはわからないが――要するにジ・エンドだ。むろん働きによっては、そうなる前に巻き返すこともできるだろう。それが私の選択肢だ。説明は以上だ」

クリストファーが一歩下がった。

チャールズとサラノイが立ち上がり、クリストファーの傍らに立った。

三人が――三つの選択肢が、全員の目に同時に映るように。

「午後に質疑応答を行う。最終的な選択は明後日だ。それまでよく考えたまえ」

チャールズが言った。三博士は職員たちの扉から退場し、管理棟へ戻っていった。

88

午後――二度の質疑応答があった。

一階ロビー――どの側に行くかを決めるための場所。

質疑――ハザウェイが挙手した。「あの、質問があるんすけど」

「なんだね、ハザウェイ・レコード」ベンチに座るチャールズ――左右にクリストファーとサラノイが並んで座っている。

ハザウェイが起立した。「あの、これはジョーイが疑問に思ってることなんすけど」

その脚をジョーイが肘でつつく。「お前もだろ」

「なんだね？」チャールズが質問を促す。

「あの、街に出るとするじゃないですか」

「私の選択肢は、二度と街に出ないことだ」

「いやまあ、そうだとして、たとえばの話なんすけど」

「たとえばも何もなかろう」チャールズの脚を、クリストファーが叩いて宥めた。

「たとえば？」サラノイが先を促す。

「えっと、たとえば街に出て、プールバーに行って玉突きをしたりするじゃないですか。で、一杯引っかけるとするでしょ。そこでもし女の子が——まあ、可愛いかどうかはわからないすけど、たとえば可愛い子だったとするじゃないすか。そういうとき、俺たちに何ができるんです？　プロフェッサーたちに従ったとして、どうなんすか？」

「必要以上の接触は控えなければいけません」サラノイの即答。「自分の過去の経歴を話すことも、自分がどんな仕事に従事しているかも、正直に話すことはできません」

「プールバーに行きたくなる気持ちなどすぐに消える」とチャールズ。「それより遥かに重要な研究テーマのことで心が満たされるだろう。異性を求めることは否定しない。施設の規定に基づいた婚姻も可能だ。よって、ほどなくして、街にいる不特定多数の異性に、いちいち興味を抱くといったことはなくなるはずだ」

「はあ」ぼんやり二人を見返すハザウェイ。「クリストファー先生は、どうすか？」

「君の目的を訊きたいな、ハザウェイ。たとえば彼女が君の理想の異性だったら？」

「俺？　さあ……理想の女の子だったらすか？　そりゃ一杯おごりたくなるかも」

「一杯おごる？　たとえば何を？」

　ハザウェイは頭をかいた。ボイルドが知る限り、ハザウェイがジョーイとともに最後に施設外で飲酒をしたのは二年前だ。ボイルドはここに来てからは皆無だった。

「あー、たとえば、マティーニとかっすか？」

「呆れたな、ハザウェイ。マティーニが彼女の嫌いな飲み物だったらどうする？」

「ビーフィーターマティーニの方がいいすか？」

「違う。飲み物はきっかけに過ぎない。そしてきっかけは手段であって目的ではない。まず彼女に何を飲んでるか確かめたまえ。そしてお互いの好みを語りたまえ。その上で継続的に彼女と通信できる方法がないか考えたらどうだ」

「それって……」ハザウェイが口ごもった。大勢が注目していた。その匂いを嗅ぎ取ったウフコックがボイルドの手の上で身を乗り出した。

　この施設に来てから決して許可されたことのない項目――無関係の民間人との連絡。

「あの、たとえば電話番号を訊いてもいいってことすか？」

クリストファーはうなずいた。囚人が釈放される瞬間を見守る看守のように。

「それが最重要戦略目的——ボトルネックというやつではないのかね」

「えっと、じゃあ、たとえば、彼女の部屋に行ったりしてもいい?」

「マティーニの後はすっかりその気というわけか? チークダンスくらいしたまえ。ことを急いでいるのが見え見えだ」

クリストファーが言った。笑いが起こった。ハザウェイとジョーイが同時に赤面した。ラナが膝を叩いた。レイニーとワイズが品のない笑い声を上げた。ウフコックはなぜみんなが笑っているのか理解しようと真剣な顔だが、ボイルドは黙っていた。

クルッツの微笑——主人が楽しんでいることを察したオセロットが渋く鼻息を零しながら電子音声を放った。

《俺の雌犬は、バーにいるのか?》

質問を終えたハザウェイが座りながら噴き出した。ジョーイが目をまん丸にした。

ラナが手を叩いた。レイニーとワイズが顔を真っ赤にして笑った。大勢が笑っていた。クルッツも驚いたふりをしながら笑った。ウフコックはますます取り残されたようになって、みなを見回した。ボイルドはウフコックと視線を合わさずにいた。会話の内容を上手く説明できる自信がなかった。

うんざりした顔のサラノイとチャールズをよそに、クリストファーは真顔で答えた。

「バーにいるとは限らないな。クルツが君と街を歩けば、素敵なテリアをつれたご婦人と遭遇するかもしれない。いや、きっとするだろう。そのときは君がクルツのためにきっかけを作ってあげたまえ」

《相手の尻の匂いでも嗅ぐのか？》オセロットの質問――さらなる笑いの渦。

ボイルドが知る限り、オセロットに交尾の欲求はない。犬が本来持つ習性をほとんど失っていた。だがこの喋る犬にも観念はあったし、人間のようにそれをもてあそべた。

笑い声が静まるのを待ってから、クリストファーは言った。

「丁寧《ジェントル》にだ。第一印象を大切にしたまえ」

オセロットが唸った。楽しそうだった。

ラナが手を挙げた。「じゃ、相手がいけてる男の場合は？」

「君のドレスアップの程度にもよるだろう。ナックルが付いたライダー用手袋を着用するなら、まずは彼の後ろに乗るか、彼を後ろに乗せるか決めてからだ」

「あたしが上に乗ってもいいか、そこんところが聞きたいね」

また笑いの渦――クリストファーは真面目くさってうなずいた。

「上下関係を巡るトラブルはパートナーシップにつきものだ」

しばらく笑いがロビーに響き続けた。ウフコックが困り果てた顔でボイルドを見上げた。会話の意味を知りたくてしょうがないのだ。ボイルドは気づかないふりをしようとしたが、ウフコックが小さな手で手首を叩くので仕方なく下を見た。

「ボイルド、彼らは何を話し合っているんだ？」

「一般市民とのコミュニケーションが可能かどうか訊いているんだ」

「それはつまり……施設の外の人間と、仲良くなるってことか？」

「そうだ」

「そんなことがあるのか？」

ボイルドは返答に詰まった。観念はもてあそべた。だが実際にそうすることができるかどうかは、まるでわからなかった。研究所での生活は何もかもが特殊すぎた。

「わからないが……クリストファーは、あると言っている」

だがウフコックは突然、希望を見出したかのように目を輝かせた。

「クリストファー教授と一緒に行けば、俺を受け入れてもらえるのか？研究所の外に、そういう相手がいるのか？　俺を廃棄しようとする相手ばかりじゃなくて？」

クリストファーの説明――受け入れられる／そして迎え入れられる。力を必要とする者のために働く。

ふいにボイルドは、ウフコックに与えてやれるものを見つけたという気分を味わった。自分の新たなキャリア――その意義といったものがウフコックを通して伝わってきた。

「それ以上に、俺やお前が必要とされるということだ」

ウフコックが大きく目を見開いた。その小さな体が希望ではち切れそうだった。

「本当に？　この俺を必要としてくれる相手が現れるなんてことがあるのか？」

「そうだ」

意図せず浮かぶ微笑――自分の匂いを、相手と同じように感じ取れる気がした。

「お前を必要とする者が、きっと現れる」

87

地下の楽園――人工の森／人工の太陽／イルカと少年が住みつくプール／その水辺。

「研究所の外で、俺を必要としてくれる人を見つけるんだ」

テーブルの上で仁王立ちのウフコック――高らかな宣言。

「俺は俺の有用性を証明する」

《ふうん》少年――トゥイードルディ。《それってそんなに凄いことなの？》

《ウフコックにとっちゃな》イルカ――トゥイードルディム。《道具になるために造られたわけだし、誰が使うか気になるのさ》

ボイルドはパラソルの下で、ネズミとイルカと少年の会話を聞いている。

《そもそもクリストファー教授は、お前に名前をつけてくれた相手だもんな。その人間についていくってのは筋が通ってるぜ》

《ウフコック＝ペンティーノ。ラストネームまでつけてもらっちゃってさ》

《考えるネズミ、煮え切らない卵《ウフコック》――五つ《ペンタ》の……なんだっけ？》

「五つの理解行為だ。目的、論点、仮説、検証、示唆だ」ウフコック――誇らしげ。トゥイードルディムが頭頂部の吸気孔から笑うように息を吹いた。《難しい名前をつけられたんで悩みっぽいんだ。そのお前がそんだけ自信満々ってのが俺は嬉しいね》

《ウフコックがここを出て行くことに賛成なんだ、トゥイードルディムは》

《まあな。こいつが自分で決めたことだ。応援してやろうぜ、トゥイードルディ》

《トゥイードルディムがそう言うならね。でも、寂しくなるよ、きっと》

　木々の間に人影が現れた。

　チャールズ――腰の後ろで手を組んで真っ直ぐやってくる。

《こんにちは、チャールズ教授》屈託のないトゥイードルディの挨拶。

《ウフコックはクリストファーんとこ行くってさ》核心をつくトゥイードルディム。

「そのようだな」とチャールズ――ボイルドとウフコックがいるテーブルのそばに立ち、一人と一匹のパートナーシップを推し量るように眺めた。

「戦争が欲しくなったかね、ボイルド？」

いつもの決めつけ――ボイルドは言った。「俺もウフコックも、テーマパークの一員になることを選ばなかっただけだ、プロフェッサー」

「私は、軍事開発された存在の民間利用には反対だ。多くがむごたらしい結果になる」

チャールズの確信に満ちた否定――ウフコックとボイルドの両方に言い聞かせるように。だがどちらを説得したいかは明白だった。

「そういう事例は実際にあるのだ。その一部は今も手がつけられない状態で進行している。我々の研究成果が外部で使用され、結局はより多くの悲惨を生み出していった。社会はまだ我々の成果を手にするには未熟なのだ。社会でものを言うのは暴力であり、正当な武力を論じる余地などありはしない」

チャールズの訴えるような悲しい視線――ウフコックに。

「お前はここで生まれた〝金の卵〟だ。可能性に満ちた存在だ。この〝楽園〟にとどまって欲しい。それが最善であることを、私は私の体験から知っている」

だがウフコックは揺らがなかった。「俺は、有用性の証明というものに自分の命を費やしたい。すまない、プロフェッサー。期待に添うことができなくて」

「なぜなのかね？　どうしてそのような些末な社会観念にこだわる？」

「俺は死を知った」

ウフコックは小さな拳を握りしめて言った。

「最初は限界をきたした被験者たちだった。大勢が永眠するのを見た。彼らの死は穏やかなものばかりだった。次に俺はオードリーの死を知った。彼女の恐怖と怒りに満ちた死の臭いを」

チャールズ＝陰鬱な表情――研究所の失態＝隠しきれない苦痛。

「彼女は……事故だ。お前が気に病むことはない」

だが、そんな言葉でウフコックを納得させられるわけがなかった。

「そして先日の戦闘だ。俺はボイルドとともに戦った」

ウフコックは決して、〝使われた〟と言わなかった。パートナーとしての誇り――それをボイルドも共有した。ウフコックを使って敵を殺害した罪の意識が和《やわ》らぐのを覚えた。

「俺は殺害に加担したんだ。そのことを受け入れるために、俺は俺がどんな有用性を持つかを明らかにしなければならない。俺もいつか必ず死ぬ。それがいつかはわからない。それまでに俺は見つけ出さなければいけないんだ。俺自身の有用性を」

ウフコックの軌道／目指すべき到達点――有用性の証明。

明確な出発点を得て遥か彼方へ弧を描く――誰にも引き止められない。

それはボイルドの選択／新たなキャリアの始まりでもあった。どちらもジ・エンドになるリスクを示したクリストファー〝渦巻《ホイール》き〟に賛同――その回転に飛び込む意志。

チャールズは溜息をついた。「死を見つめ、〝楽園〟を去るか……」

《門出を祝おうぜ》トゥイードルディムが陽気に口を挟む。

我が子に等しい存在――チャールズは仕方なさそうに微笑んだ。

敷石を踏む音とともに複数の人間が現れた。サラノイと、そしてシザースたち――エッジス&猿を抱いたブレイディ。〝猿の女王《クイーン・オブ・エイプ》〟とその側近たち。

「お話を中断させてしまったかしら」

サラノイの軽い断り――チャールズが肩をすくめて場を譲る。

「私とクリストファーは、同じ都市へ向かいます」とサラノイ。「あなた方と接点を持つこともあるでしょう。私のもとに来たくなったときは、遠慮なく相談をして」

「ありがとう、サラノイ教授。でもきっと、俺はこの選択を曲げることはないと思う。ボイルドもきっと同じだ。俺たちはクリストファーのもとで自分を試す」

サラノイはうなずいた。

接点――クリストファーとサラノイは互いの今後に関して情報を共有しているのだろうかとボイルドは思った。かつて夫婦になる寸前で別れた二人の研究者――階段を昇ろうとする女と、降りようとする男――どちらも目的のために抜け目なくやるだろう。

ボイルドはシザースたちを見た。シザースたちも淡々とこちらを見ていた。これから味方になるか敵になるか――あるいは今までのように距離を置いた関係になるのだろう。このシザースが持つ特性を、ボイルドはまだそれほど理解しているわけではなかったが、クリストファーは彼らの存在を視野に入れているだろうという気がした。

ウフコックはテーブルから飛び降り、小さな手で、少年の膝とイルカの鼻先に触れた。

「さようなら、トゥイーたち。俺は行くよ」

《さようなら、ウフコック。また遊びに来てよ》

《もし見つけたら、会わせてくれよな。お前を必要とする相手ってやつを》

「約束するよ、トゥイーたち。お前たちは俺の大切な友人だ」

ボイルドがウフコックを手に乗せ、立ち上がった。

男とネズミは〝楽園〟を去った。

戦闘の痕も生々しいエレベーターホールから地上へ。

ウフコックとともに自室へ――すでに荷物はまとめられていた。おそらく誰よりも少ない荷物。施設の開設記念日に与えられる物品――ジョーイが手に入れたラジカセや、ハザウェイのTシャツ、ラナのブーツといったものは何もなかった。取り寄せた本は全て娯楽室へ運んだ。それだけで自分の所有物がほとんどなくなってしまった部屋。

ウフコックがあれこれと今後について思いついたことを口にし、ボイルドも自分が想像できる範囲でそれに答えた。

出発までの空白の時間――誰も相談を持ちかけてこなかった。誰にも相談をしなかった。誰が自分たちと同じようにクリストファーにつく気か、あえて知ろうとしなかった。

午後十一時三十二分——最後に目覚めた時刻。眠らなくなってからまた一日が過ぎた。それまで見えていなかった新たな軌道が目前に来ているのがわかった。

枕元で眠るウフコックの寝息——ボイルドはビジョンを見ていた。

投下される爆弾の軌跡——炎／オードリーの微笑。

大いなる変化を前にして、これだけは決して失われないというような死者たちの影。

そして襲撃から二日後の朝。

朝六時にシャワー——ここでの習慣／最後の区切り／腕の傷はもう血を零さない。

部屋に戻るとウフコックは起きていた。

部屋を出た。クリストファーに従う者はロビーに集合するよう事前に指示されていた。

一階——食堂で軽食をもらった。ロビーでも食堂でも声をかけてくる者はいなかった。

強化ガラスの向こうの職員たちは目を合わせようともしない。被験者たちがコーヒーを手にぼんやり外を眺めている。

ロビーで食事をしながら待った。ウフコックはボイルドの肩の上で、他に誰がくるか、首を伸ばして待っていた。

じきにジョーイとハザウェイが姿を現した。後に続くようにしてラナ。

レイニーとワイズ。クルツとその足下で姿を現しているオセロット。

介護棟への連絡通路から、イースターがウィスパーをつれて現れた。

全員が振り返った。イースターが訊かれもせずに答えた。「ウィスパーの識闘テストをしたんだ。彼はクリストファー教授のプランに賛同した。僕も」

管理棟へのドアが開き、クリストファーが姿を現した。

「ふむふむ」指先でくるくると円を描いてみせながら、一人一人を指さしていった。「ディムズデイル＝ボイルド。ウフコック＝ペンティーノ。ラナ・ヴィンセント。ジョーイ・クラム。ハザウェイ・レコード。レイニー・サンドマン。ワイズ・キナード。クルツ・エーヴィス。オセロット。ドクター・イースター。ウィリアム・ウィスパー。悪運に満ちた、九人と二匹のスペシャリストたちよ、よくぞ私のプランに賛同してくれた。心から感謝と歓迎の意を示そう。さあ、こちらへ来たまえ。いざ、扉は開かれん」

茶番好きのクリストファー――その指がいつの間にかキーカードを挟んでいる／軽快な歩み／ロビーの扉脇のスロットを通過するカード。

三重のロックが次々に音を立てて解除され、ゆっくりと扉が開いていった。

「いざ、〝楽園〟を出て荒れ野を渡ろう」

全員がそちらへ歩み寄った。

外のロータリーで一台のバスがエンジンを唸らせて待っていた。ボイルドには民間の観光バスに見えた。運転手はここが何の施設かもよく理解していないだろう。

車体下部のストレージに荷物を放り込み、バスに乗った。最後にイースターがウィスパーの車椅子を身障者用のスペースに固定し、しっかりベルトを締めた。

見送る者は誰もいない。

クリストファーが助手席に座った。全員の乗車を確かめ、言った。

「出発してくれ」

エンジンが唸った。ゲートが開き、バスは施設を出た。

背後でゲートが閉ざされ、軍属としてのキャリアが遠のいていった。

振り返る者は誰もいない。

誰も口を開かなかった。半時間ほどガタガタいうバスの軋みに耳を澄ましていた。どこかに待ち伏せする部隊がいるのではないかという警戒。

山をくだり、平地に出て一般車とすれ違った。何も起こらない。

だだっ広い湿原――ガススタンドとサンドイッチショップが視界を通り過ぎた。

ちらほらと一般車や民間人の姿が増えていった。

「どうやら安全だ」クルツが口にした。

前の方の座席で、レイニーとワイズが歓声とともに立ち上がった。

「俺たちゃ解放された！」示し合わせたような叫び――彼らの懐から酒瓶が現れた。

「自由だ！」ラナの喚声／ジョーイがラジカセのスイッチを入れた／ハザウェイが食堂からちょろまかしてきた食べ物を配った／クルツが葉巻に火をつけた／ウフコックはオ

セロットの背に乗って、二匹して窓の外に興味津々だった。

乱痴気騒ぎ／大音響――滅茶苦茶なパーティ。

運転手が眉をひそめるが、クリストファーは助手席で脚を投げ出したまま熟睡中――

三日三晩にわたるプロフェッサー同士の議論でくたくただと言いたげ。

「煙草を吸うなら後ろの方で頼むよ」イースターの断固とした主張。「ウィスパーは煙草が嫌いなんだ」

イースターはウィスパーの体を固定するベルトが痛みを与えないよう、こまめに位置を変えてやっていた。かいがいしい介護――「体の悪い弟」への親愛の情。

盛り上がる騒ぎ――ボイルドはラナの差し出すウィスキーのボトルに口をつけた。

久しぶりの飲酒。喉がかっと灼かれ、高揚する気分をみなと共有した。

盛り上がり続ける騒ぎ――研究所に対するありったけの悪口／襲撃してきた兵士たちへの品のない哀悼／解放された喜びのままに放たれる、下世話な罵詈雑言の数々。

夜が降りる頃、モーテルで停車した。

バスを降り、あくびをしながらクリストファーが言った。

「ここが君たちの減圧室だ。一般社会に溶け込むために、体を慣らしておきたまえ」

全員がチェックイン――クリストファーは鍵も閉めずに眠りこけた。

みなと食事を終え、雑談がひと段落ついたところでボイルドは部屋に戻った。

ウフコックは上着の胸ポケットの中で寝ている。

眠らないボイルド——酒を飲んでも酔いは数分しか保たない。体の動きが鈍くなるだけ。あるいは常に眠り続けている別の自分——眠らせておくに限る虚無に満ちた思いが、どんな酔いもたちどころに吸い込んでしまう。

ポケットの中のウフコックを起こさないよう気をつけながら、夜の空気を吸いに辺りをぶらついた。上空を眺めると、溜息が出るほど美しい星空に、ビジョンが重なった。

午後十一時三十二分——降り注がれる爆弾の雨／全てが明確に見える。

無意識の消滅——無睡眠の研究テーマ。心のあらゆる働きを征服する。

だが苦しみは消えない。炎の中に女の姿——黒い髪のオードリー・ミッドホワイト。その透き通るような美貌が、炎と夜空の狭間に遠のき、やがて完全に溶け込むのを見た。

ふいに哀悼の念が訪れた。

全てを見抜く尋問の天才。ラナのパートナー。ウフコックに死を教えた女。納得されない死。あるいは誰かが彼女を殺害したのではという憶測——誰もラナの前では口にしないゴシップ。

その全てが、完全にビジョンの一部となって消え去るのを感じた。

悪夢を告白する相手——それを失ったという思いが込み上げてきた。

あるいはすでに告白したのだというような思いが。

自分の死の間際に、全てを思い出すだろうという妙に切実な予感。

悪夢——告白されたものと、そうでないものとを。

明け方までそこらをぶらついた。哨戒気分。敵なし。飛来する機影なし。たまに思い出したようにワイズからもらった煙草の残りを吸った。何の味もしなかった。

空が白み、部屋に戻った。朝六時のシャワー——体が覚えた習慣。

やがて上着のポケットの中でウフコックが目覚めた。

「新しい朝だ」研究所の外にいる自分を再発見した、ウフコックの感激。「この朝を、俺は決して忘れはしないだろう」

集合／朝食——クリストファーが都市観光の説明をした。

「減圧室」——特殊な施設から都市へ／受け入れるべき環境の変化。

だが肝心なことは何も言わない。都市で何をするのか。新たな任務の説明——なし。

バスに乗ってモーテルを去る。軍人たちの再出発。

再び騒ぎ——だが昨日に比べて大人しい。みな待ちかねているのだ。

味気ない内陸の幹線——似たような景色。昼食——誰も酒は飲まない。

バスでの移動。最後の道のり。

やがて青空の下に広がる港湾都市の全景が見え、みなが一斉に窓から顔を出した。

手を振った。歓声を上げた。口笛を吹いた。

「俺たちは来た！」ワイズの叫び。

ボイルドは、ウフコックが都市を見られるよう、手の上に乗せてやった。

クリストファーが全員の先頭に立ち、ビルの群を指さして意気揚々と告げた。

「見たまえ。あれが君たちの新たな戦場――マルドゥック市《シティ》だ」

86

行き交う車――半分がタイヤ付きガソリン車、半分がタイヤのない重力素子《グラビティ・デバイス》式の高級車。綺麗な建物、清潔な河岸の公園、陽光を跳ね返す高層ビルの群。

港湾都市――マルドゥック市《シティ》。

ボイルドが兵役につく以前は、平凡な港町に過ぎなかった街。戦争で発展したハイテク都市。そのイーストリバーに架かる巨大な吊り橋を渡り、都市内部へ。

「減圧」――市内観光。ミッドタウン北区をひと巡り。これから住みつく都市環境に順応するためのステップ。洒落た街並み。ブランド物に身を包んだ人々と浮浪者の共存。上品で猥雑なタイムズスクエア。

そしてバスはウェストサイドへ。

近代的なビルが遠のく／干涸《ひか》らびた高層アパートが近づく。にわかに広がる貧相な街並み。低所得層が集まる地域——落書きだらけの壁／薄汚れた道路。

バスはウェストリバー沿いに走り、河岸のアパートの前で停車した。油の浮いた河を古びた商船が行き来していた。

全員がバスを降りた。クリストファーの指示で、アパートに入った。

部屋——ベッドのみ。家具なし。埃臭いエアコン。

洗面台には、ビニールテープを貼られた、ひび割れだらけの鏡。

「渡すものがある。玄関に来たまえ」

集合——クリストファーがナップザックから携帯電話の山を取り出す。

「これが我々をつなぐものだ。操作方法は説明書にある」

全員に携帯電話が支給された。頭部の通信機は施設を出る前にいったんシャットダウンされていた。許可が出るまでは都市の無線法違反になるからだ。

「ここで全員待機だ。くれぐれも、どこか別の場所に宿を取ったりしないように。これまで通り、できるだけパートナー同士で行動したまえ。ラナはボイルドたちと組《セル》を作れ。都市生活においてもパートナーシップが保てることを証明して欲しい」

クリストファーの指示。

「オフィスが整うまで、しばらくかかる。それまで引き続き、新たな環境に体を慣らしておきたまえ。イースター博士とウィスパーは私と一緒にオフィスの開設を手伝う」

誰もが黙って待っていた。任務の内容。課題。訓練。目標といったものを。

「もっぱらクルツが連絡係になる。状況はそのつど知らせるので、クルツはみなにそれを伝えてくれ。では諸君、娑婆《しゃば》の空気を楽しみたまえよ」

だがクリストファーはここに来ても何も語らない。

クリストファー、イースター、ウィスパーの三人を乗せて、バスが去る。

薄汚い安アパートに取り残された七人と二匹──無言でバスを見送る。

ボイルドは携帯電話を眺めた。かけるべき相手はいなかった。両親は他界。係累なし。

気づけば故郷の誰とも連絡を取り合う間柄ではなくなっていた。

他の面々も似たようなものだった。仲間同士の番号を登録し合った。みなでキャッシュディスペンサーを探して金を下ろした。

「なあ、金を貯めて家具付きのアパートを借りようぜ」ジョーイの真剣な主張。

「ちゃんと水の流れる便所付きのな」とハザウェイ。

「研究所のテーブルを一つもらってくりゃ良かったね」とラナ。

むさ苦しい部屋に耐えられず外をうろつく。

結局、全員でバーへ──店内の一角を七人と二匹で陣取る。

すり傷だらけのリノリウム。陽気な河岸の労働者たち。

軍の内務調査部らしき人物なし。刺客なし。因縁をつけてくる者なし。マティーニを受け取ってくれそうな女の子なし。ビーフィーターもなし。

年かさのいったウェイトレス——よそ者への、冷淡で警戒するような視線。

心細い気分——みなそれを黙って呑み込もうとした。だが言葉が口をついて出た。

「なあ、一つ聞かせて欲しいだよ。ほんとにこんな場所に、俺たちのビジネスなんてあるんだか？」とレイニー。

「あるはずさ、兄弟。法律にのっとったビジネスがな」ワイズ——舌打ち。「店の前でワインをやってる連中な、さっきからヤクと女の話ばっかりしてやがる」

「俺たちはまだ軍人なのか」ジョーイ——呟くように。

「違うだろ。俺たちゃもう軍人じゃねえ。違うもんになったんだ」とハザウェイ。「じゃあ何になったんだって言われりゃ、何だかわからねえけどさ」

「ここは俺が軍に入る前に住んでたところに似てるんだ」ジョーイ——宙を仰いで。

「どこまでも汚い建物が続いてて、どこにも行けない気分にさせるとこが」

「で、陸軍の学生スカウトが、どっかに連れてってくれると思ったわけね」ラナ——バブルガムを膨らませて。「あたしも同じさ。たいていの歩兵やバイク兵、ヘリのパイロットってのは、みんな同じだよ。給料とか、職に就くための技術学習とか、年金、社会保険、そんなこんなと引き替えに戦争に連れてかれるのさ」

「そこが俺たちと若いあんちゃんたちとの違いだな」ワイズ——からかうように。「俺たちは、とにかく愛国心ってのは金にもなるんだと教育されたくちだが、あんちゃんたちの場合は、金が欲しけりゃ愛国心を持てと教わるのさ」

「俺ぁ軍隊に感謝してるだよ」レイニー——当然とばかりに。「なんせ軍隊の給料がなけりゃ、弟や妹たちを学校に行かせらんなかっただからな」

葉巻を吹かすクルッツ。「誇りが、私たちを夢中にさせた。ライフルを構える技術が優れていることが、私と祖国をつなぐ誇りを、強固なものにしてくれた」

うなずくボイルド。「軍に入ることに疑いはなかった。それが当然だという地域で育った。今も疑いはない。ただ待つだけだ」

「ここは駐屯地で、今は警戒待機中か。そう考えると確かに気が楽になるぜ」ハザウェイ——退屈そうにストローを嚙みながら。

オセロットは姿を現していたが、クルッツの傍らに寝そべったまま声を発さなかった。ウフコックはボイルドの左手の皮手袋に変身《ターン》していた。たまに姿を現して周囲を見回したが、すぐにまたボイルドの手へ姿を消した。

夜が更け、ボイルドは、ひと足先に部屋に戻った。

携帯電話がしょっちゅう鳴った。たあいのない連絡。それもすぐにやんだ。

午後十一時三十二分。

一日が過ぎ、そして始まった。

翌朝——近所のカフェ／何社もの新聞を、みなで回し読み。

「見な、あんちゃんたち。こいつによれば戦争が終わったどさくさで銃が規制されるそうだ」ワイズ——苦々しげに。「今後とも、廃棄処分にされたくねえなら用心だぜ」

「半年後に、この街の市長選があるらしいだよ」レイニー——興味深げ。「どんな政策か聞いてみてえだよ。俺たちみたいな人間にも職を作ってくれるかどうか」

「望み薄ってもんだぜ、兄弟。ほれ現市長が銃規制論者たちと和解だとよ」ワイズ——しかめつら。「死の商人どもめ。この都市は戦争で発展したんだ。兵隊や銃や爆弾を売ったり運んだりした金でビルを建てた阿呆どもめ。どうも嘘っぱちに思えるぜ」

「科学技術への批判的な声明」クルツが呟くように読み上げる。「戦闘行為の無軌道な拡大の背景には、破壊的な科学研究が無反省に行われたことがあるそうだ」

「どっちを見ても、戦争前とは全く逆ってわけね」ラナ——記事を指で弾いて。「帰還後退役兵の年金は減額の見通しだってさ。その金で綺麗な公園でも造るのかね」

「そうなったら、その公園を掘り返してみるんだな。死んだ兵隊どもがうじゃうじゃ出てくるだろうよ」とワイズ。

「ルールが見つかんねえ」街路を眺めるジョーイ。「何してりゃ良いかわかんねえ」

「好きにやるさ」立ち上がるハザウェイ。「行こうぜ。街に慣れりゃいいんだろ。こうしてたって犬の糞みてえに干涸らびちまうだけだぜ。面白いもんでも見つけねえと」

ジョーイとハザウェイ――外出。

ボイルドとウフコックもラナとともに街へ。ボイルドは地下鉄の路線図を頭に叩き込むことにした。ラナも退屈しのぎにそれにつき合った。ガイドブックを買ってうろついた。地下鉄の乗車賃は、戦前に比べて三割増しになっていた。ウフコックは大勢の嗅いだことのない匂いだけで疲れきってしまった。

夜――同じバーに集合／食事／あてのない言葉のやり取り。

朝――同じカフェ／新聞の回し読み／期待と失望の入り交じった会話。

昼――それぞれの行動／それぞれの時間潰し／それぞれの退屈への抵抗。

そうするうちに都市に来て一週間が過ぎた。

クリストファーは何の指示も出してこなかった。

クルツとレイニーとワイズは、社会へ目を向けようとしていた。だが、あるのは冷ややかな否定の文句ばかりだった。オセロットはまだ市民に対して一言も発していない。

ジョーイとハザウェイは、娯楽を求めて歩き回った。

ボイルドは地下鉄を覚え、ウフコックは駅に充満する人間の匂いを覚えた。

今度は道路地図を買った。ラナと折半でレンタカーを借りて走り回った。

「これってそのうち役に立つんだろうね」ラナの不満げな声。

一日に二十回以上、携帯電話のベルが鳴った。

そして誰からもかからなくなった。料金の表示に怯えたのだ。

金を貯めて、家具付きの部屋を借りる——ジョーイの金言。だが、どう金を貯めれば良いか誰もわからなかった。誰もあてがなかった。どういう仕事をするかも不明だった。

二度目の月曜日——ラナは二日酔いで昼も寝ていた。

ボイルドはバーにいた。ランチ——食べ放題のパンとコールスローを出してくれる店。テーブルの上に都市の地図を広げ、一ブロックごとに頭に入れていった。

ウフコックはテーブルの上——いつの間にか公衆の前でも姿を現すようになっていた。ウフコックが何かを囓《かじ》っていても、ボイルドが差し出すもの以外は食べないと、店の人間も理解を示した。だがウフコックは、まだ一般人の誰とも会話をしていない。

その最初の相手は、突然現れた。

髭面の男／薄汚れた水産業のコート——店に入ってくるなり、ボイルドのいるテーブルに近づいてきて、こう言った。

「ヒッピーの真似事かい？」

ボイルドは男を見返した。ウフコックもきょとんと男を見上げている。

「ネズミを檻に入れずに飼ってるなんてのはヒッピーのやることだ。服を着せるのは初めて見たがな」男はにやりと笑った。「そのわりにハッパの匂いはしねえな」

「何の用だ?」

「俺はジョンだ。座っていいか?」

あからさまな偽名/軍の内務調査部――いや、違う。

刺客――違う。だが妙に目が据わっている。懐に武器を隠している気配。

攻撃の意志――ウフコックは無反応――なし。

ボイルドはうなずいて向かいの席を示した。

「見たところ、軍属崩れで職を探してるって感じだな。一日中、新聞を読んでるか、地図を見てるかだもんな。他にも仲間が大勢いるだろ?」

ふとボイルドは相手の目的を察した。街のチンピラ――イエス。

「良い仕事がある。ちょいと腕っぷしが必要な、手に汗握るっていう仕事が」

声を低めて男が言った。すぐにでもボイルドが話に飛びつくと思っているようだった。

「あんた、車の運転は得意なほうか?」

ボイルドが口を開く前に、テーブルの上から声が飛んだ。

「俺を必要としてくれるのか?」

ウフコック――男が仰天して跳び上がった。

「うおっ、驚かすなよ! 腹話術か!?」

「いや――」

「俺はウフコックだ。よろしく」

ウフコックが小さな手を伸ばす。男は薄気味悪そうに体を後ろへ反らした。

「あんたが動かしてんじゃないのか？」

「軍で開発された存在だ。人間と同じ知能を持っている」

ウフコックは残念そうに手を下ろし、男を見つめてにっこり笑ってみせた。

男は首を振った。「こんな薄気味悪い生き物を造って、なにをしようってんだ？ペストでもまき散らすのか？」

男の言葉が音を立ててウフコックに突き刺さるのが、ボイルドにはわかった。

ボイルドは男の目をじっと見た。相手が視線を逸らすまでそうし続けた。

「帰れ。仕事ならもう持っている。俺の仲間たちも仕事の連絡を待っているだけだ」

「くそっ、いかれた軍隊の変人《フリークス》ども」男が立ち上がって店の出口へ向かった。

テーブルに残された傷心のウフコックは、男が去るなり自分から革手袋に変身《ターン》した。

ボイルド——深い溜息／革手袋を左手にはめた。

「俺は大丈夫だ。ただ、相手が悪かった。それだけだ」

ボイルドが何か言う前に、ウフコックが言った。今にも泣きそうな声だった。

「今の男は最悪だった。街のチンピラだ。お前を使うのに値する相手ではない」

そう言ってボイルドは革手袋を撫でてやった。

二日間、ウフコックは革手袋のままだった。

85

二週間が過ぎた。

みなが預金と定期収入で食いつないでいた。退役軍人給付——月に六十九ドル。障害者給付——月に七十五ドル。研究所にいた数年間で、誰もがある程度まとまった金を持っていたが、引き出すたびに不安に襲われた。確実に減っていく生活の糧。

「クリストファーはオフィスの準備中としか言わない」クルッツ——いつもの報告。

ボイルドは、なるべく金をかけずに街を動き回った。ラナはすっかりそれに飽きていたが、適当につき合い続けた。他にすることがなかった。

ジョーイ&ハザウェイは安い玉突き場へ——街の人間と賭け／勝ったり負けたり。

オセロットやウフコックには、微笑んだり声をかけたりするウェイトレスや通行人がいた。だがオセロットもウフコックも用心深く誰にも声を返さなかった。

レイニー&ワイズは一日中ニュースの話題／雑誌や新聞の回し読み——気分を抑える／支出を抑える／石になったように。ただその時を待ち続けた。

元斥候&元通信兵の忍耐。

ある日、二人にパトロール警官たちが歩み寄った。突然の拘束。尋問――麻薬の売人扱い。この界隈ならではの挨拶／洗礼――警官たちはレイニーとワイズの上着を脱がせた。ポケットの中身を道端にばらまき、何もないとわかると今度は二人並べて壁に手をつかせ、たっぷり笑いものにして楽しんだ。

レイニーもワイズも無言／抵抗せず／警官の習慣的行為――なすがままにさせた。

元狙撃兵&猟犬の忍耐。

どこからどう見ても犬をつれた盲人であるクルッに、街のチンピラが目をつけた。全盲の男を相手にいきがる若者たち／ナイフが空を切る音を耳元で聞かせようとした。その刃先が耳をかすめて血が流れた。クルッは何もしなかった。オセロットにも何も命じなかった。黙って金品を持って行かせた。終始、何でもないような顔でいた。

忍耐――第一級の。

三週間が過ぎた。

ボイルドは都市中の鉄道路線と道路を覚え終わっていた。

みなが生きたまま干涸らびる感覚に苛まれた。

ある月曜日――ジョーイとハザウェイが玉突き場でいさかいに巻き込まれた。

苛々した若者同士の因縁のつけ合い。誰が誰の女に向かって口笛を吹いた。玉突き台に傷を付けた。臭い。目障り。邪魔だ。エトセトラ。

ジョーイはそいつらに、ビリヤードの玉をスナック菓子みたいに握り潰してみせた。

ハザウェイはそいつらの一人が抜いたナイフに、自分から胸を突き出した。刃を引っ込めようとするそいつの腕をつかんで逆に引き寄せた。シャツが真っ赤に染まった。

「こうやって刺すんだ下手くそ！　わかったかくそったれのマスカキども！」

ハザウェイの絶叫——その胸にナイフが根本まで潜り込むのをみんなが見ていた。

「いかれてやがる」そいつらは怯えて逃げた。

ジョーイとハザウェイは店の人間から、もう来るなと言われた。二人は店を変えた。

もう口笛は吹かなくなった。

四週間が過ぎた。

ある水曜日の夜——ボイルドの携帯電話が鳴った。

ラナの声——「すぐ来て。トラブっちまった」

こぬか雨——ウフコックと一緒に言われた場所へ向かった。

安酒場の裏手の駐車場——さらに奥。暗いゴミ捨て場のような小道。ラナが突っ立ってガムを嚙んでいた。足下に四人の男——倒れて呻いていた。

「こいつらの一人と、ちょいと仲良くお喋りしてたんだ」そう言ってガムを吐き捨てた。

「で、まあ、どこか行こうって誘われてさ。そしたら何人もいたってわけ。よそ者だからって、いい気になられちゃったみたい」

ボイルドは腰を屈めて男たちを見た。鼻を潰され、歯をへし折られていた。ラナの電撃を食らった男が白目を剝いて泡を吹いていた。

「あんたに面倒かける気はなかったんだ……でも、なにせ、あたしには相談できるパートナーがいないから。どうしたらいいかってことを話したくて」

ウフコックがボイルドの胸ポケットから顔を出す。「痛み、怒り、屈辱の匂い……街の匂いだ。いつもどこかでその匂いがする」

「警察に連絡する。今みたいに説明しろ。ウフコック、変身《ターン》だ。上手くやり通そう」

ボイルドの指示／ラナとウフコックが従った。間もなく警官が来て男たちを見た。

「本当に彼女一人でやったのか？」

ラナはスタンガンを警官に見せた。ウフコックが変身《ターン》したもの――目盛りの範囲は最低にするようボイルドが指示していた。

警官は、かちかちスタンガンのスイッチをいじった。線香花火みたいな火花が散った。

「玩具だな。こいつらはこの辺でも札付きのワルどもだが……意外に根性がなかったってことだな。どう見ても」二、三の質問／適当な調書／店の従業員の目撃情報――連中がラナ一人になぎ倒されたという証言。

ふいに発見――男たちの一人＝登録票を削った違法銃器を所持／三年から五年の刑。

ラナの過剰防衛よりも高得点――警官の選択。「あんたらが美人局《つつもたせ》じゃないってことが証明された。軍属崩れがやりそうなことだが、まあ、そうじゃないらしい」

かりかりして警官を殴りかねないラナをボイルドが抑える。正当防衛／スタンガン以外に武器なし／お咎めなし――警官たちは嬉々として四人の獲物を連れ去った。

五週間が過ぎた。

気づけば、みなが街の一部になっていた。

異物を一体化することは生きる上で繰り返し行ってきたことだ。だが今回は相手が巨大すぎた。都市が全員を一体化した。逃げようもないほどに。心さえ呑み込み始めた。

電話は沈黙した。

全員、お互いの殻に閉じこもり始めた。

連絡を待つだけの生活。

それをワイズが「戦いの日々」と呼んだ。目に見えないものとの戦い。街との戦い。適応の戦い。殻は分厚くなっていった。社会が遠くにあった。

誰もが合図を待っていた。

そして――街に来て四十四日目。

携帯電話が鳴った――午後二時／ボイルドは電話に出た。

「信者たちよ、時は来たれり！」

浮き浮きしたような声。

「荒れ野での生活には慣れたかね？　ぼろをまとい、いざ殿堂へ！　ミッドタウン西三十二丁目五番地！　そこに君らの素敵なオフィスがある！」

福音——クリストファーからの集合連絡。

84

七人と二匹が集まり、地下鉄でミッドタウンの西区に。

「なんだこりゃ」仰天するジョーイ＆ハザウェイ。

やけに幅広の、四階建ての駐車場付きビル。

表札——ロビンプラント・グランドハウス／クリストファーの所有物。

ぴかぴかの壁面。洒落た自動ドアをくぐる——一階ロビー。

「やあ、久しぶりだね、みんな」

イースター——都市に適応した姿。冴えない弁護士のような地味なスーツ／ズボン／サスペンダー／タイピンなし。それだけ最新の電子眼鏡《テク・グラス》——膨らみが増した腹。

「プロフェッサーは会議室で接客中なんだ。とりあえずオフィスに案内するよ」

イースターの先導──誰からともなくついてゆく／互いに無言／何かが始まるという気分──予感／知らぬ間に用意されていた兵士たちの前線施設。

小綺麗なロビー──待合室／高価そうなインターフォン。

キーカード──最新式のセキュリティドア。

「裏の駐車場には車が二台用意されてる」イースター──得意げな説明。「地下には識闘検査のための施設。医務室兼メンテナンス室さ。毎月、君らをここで検査する」

二階にオフィス／応接室／会議室──それぞれのデスク／三角柱を横にした名札。

ディムズディル＝ボイルドの名前の横に刻まれた、ウフコック＝ペンティーノの名前。

右隣はラナ／左隣はハザウェイ──窓から表道路が見える。

「すげえ」端末をいじるハザウェイ。

「何に使うのかわかんねえけど、すげえ」モニターを撫でるジョーイ。

三階に通信施設／イースターのデスク／サーバー類──機械に囲まれたウィスパーが身障者用のベッドで寝ていた。奥にウィスパーの住居／ヘルパーのための部屋。

「どう思うだよ、ワイズ。こいつはちょいと、大した代物でねえか？」とレイニー。

「確かにな、兄弟。今んところウィスパーが一番幸せそうだぜ」とワイズ。

四階に資料庫／その奥に仮眠所──畳んで壁に収納できるマーフィーベッド。

棚いっぱいのファイル／法律関係の書籍多数／ぎっしり積まれた法務資料。

「これが私たちの仕事というわけか」クルツ――書籍の背表紙に触れて感触を味わう。

イースターを先頭に、ぞろぞろと、また二階へ降りた。

先ほど通り過ぎた会議室――出迎える笑顔。

「長々と待たせてすまなかったな、諸君」

クリストファー――まだらに染めた髪はそのまま／洒落たスーツ／ぴかぴかの靴／腕利きであることを主張するようなタイピン／都市に適応した姿。

さらに二人。

堂々とした身なりの男――大柄／グレーのスーツに連邦検察局のバッジ／無表情／ボイルドたち一人一人を遠くから眺めるような目。

もう一人、精悍さがにじむ面構えの男――ブルーのスーツ／広い肩／やたらとでかい手／ボイルドたちを俯瞰で眺めるような目――誰かがいきなり銃を抜いたときの心構えを無意識に抱いているような姿勢。

ボイルドたち全員が着席――ボイルドの胸ポケットからウフコックが顔を出し、クリストファーや他の二人の男たちの匂いを嗅いだ。

誰も喋らなかった。一ヵ月以上もの間、じっと大人しくしていたように。

「まず君たちに、我々の大いなる友人たちを紹介しよう」

クリストファーが、グレーのスーツの男を手で示した。

「フレデリック・ウォーマン連邦検事だ。我々のバックボーンを担い、重要な権限を我我に与えてくれる」

続いてブルーのスーツ。

「フライト・マクダネル刑事。マルドゥック市警の刑事部に所属しており、我々に多くの助言を与えてくれる」

どちらの男も黙ってボイルドたちを見ていた。

ボイルドたちも黙って連邦検事と市の刑事を見ていた。

連邦の検察と市の法執行機関が、肩を並べていることに、ボイルドは違和感を受けたが、何も言わずにいた。

クリストファーが今度はボイルドたちを手で示し、二人の男に顔を向けた。

「ここにいる者たちはみな、高度に訓練された第一級の軍人たちだ。彼らのファイルは読んでもらえただろうか？」

「君から頂いたものは一通り」フレデリック連邦検事──何を言うにせよきっぱりとした声音《こわね》。

「信じがたい内容でしたがね」とフライト刑事──号令をかけるのに慣れた声。リアリストの視線。目の前にあるものをたやすくは信じず、裏を探る目。

「渡したファイルの内容は全て事実だ。彼らはあれだけの武力を持ちながら、この四十数日間、大きな問題は何一つ起こさなかったのだよ。そう、何一つ。たとえチンピラに絡まれても、ついかっとなって相手を蜂の巣にもしなければ、ばらばらに引き裂きもしなかった。レストランの駐車場に札束を積んだ警備局の車が停まっていても、それを強奪しようともしなかった。非合法な行為でひと儲けしようという誘いにも応じなかった。ここにいる全員が、強靭なまでに自制された精神の持ち主なのだ」

朗々と告げるクリストファー――それで自分たちが今まで監視されていたことがわかった。露骨すぎて怒りを抱くほどだ。しかし本音は違った。誰もが安堵していた。四十四日間の都市での生活――それ自体が一つの訓練/検診だったのだ。試されていたという確信――試験に合格したことの喜び。

クリストファーは言った。「本日づけで、君たち全員の無線通信を復活させ、ウィスパーの能力を発揮する許可が出た。本来なら、オフィス開設と同時に――今より三週間ばかり早く実現する予定だったが、ずいぶん遅れてしまった。というのも、ある難題を片付けていたものでね」

そこでクリストファーがイースターに目を移した。つられて全員が視線を送った。

イースターは困ったようにもじもじしていた。

「実はこの三週間、イースター博士の裁判に手間取っていたのだ。彼が元妻から突きつけられた離婚訴訟を手際よく片付けるだけだったのだが、彼が娘にどれほど頻繁に会えるかで異様に揉めてしまった。なんといっても、彼の言葉全てが揉め事の種になったのだ。覚えているだろうイースター博士、君が元妻に向かって言ったことを。例の、『僕たちの娘はまだ九歳なんだよ』というあれを。いやまったく、あれは傑作だったな」

クリストファーのからかうような声――イースターは肩を小さくしている。

「イースター博士の娘は今年で十一歳になる。大いに揉めたよ。加えて元妻の『あなたは私たちのことよりも、可哀想な兵隊たちを切り刻むほうが大事だったじゃない』という言葉に、なんとイースター博士は、有史以来、人体実験がどれほど科学に貢献したかを、延々と述べ立てたのだ。どんな事実であろうと、言ってはいけない場合があるということを見て、生きた見本のようだった。相手側の弁護士がイースター博士を悪魔扱いし始めたのを見て、私が腹を抱えて笑ってしまったのはもっといけなかった。それは認めよう。というわけで、危うくイースター博士は、人体実験の罪で刑務所送りになりかけた。それをどうにか落ち着けるのに、ずいぶん時間がかかってしまったというわけだ」

今や大勢の憎しみに満ちた目が、縮こまるイースターを灼くようだった。

クリストファーが指を鳴らして彼らの目を自分の方へ引き戻した。

「彼を怨んではいけない。どのみち、これ幸いとばかりに君たちを放置していたのは私なのだから。君たちを管理する上で、監視も拘束も必要ないという根拠がこれではっきりした。君たち全員、有用性の証明への一歩を見事に踏み出したのだ。そしてここにいるフレデリック連邦検事が、君たちに次のステップを示してくれる。フレデリック、彼らに例のプログラムを説明してやってくれ」

フレデリック連邦検事が前に出て、会議室の壁のパネルを操作した。

巨大なモニター――室内の照明が抑えられ、人の顔が映し出された。

四十代ほどの男の顔／三十代半ばといった感じの女の顔――それぞれの名前。

「彼らだ」とフレデリック連邦検事――全員がモニターの顔を覚えるよう間を空けて。

「我々に暗殺でもしてもらいたいのか?」クルツ――目の前にいる相手を探る口調。

「逆だ。諸君らに死守してもらいたい。それも緊急に」フレデリック連邦検事の落ち着いた返答／たとえ何を言われても逆上することはなさそうな態度――必要があればどんな些細なことにでも逆上してみせることができそうな態度。

フレデリック連邦検事は言った。「彼らは証人保護プログラムに仮適用された者たちだ。現在、我々は彼らの証言によって初めて立件可能な事案を抱えている。またそのため、彼らは現在、武装した者たちによる凶意にさらされている」

ボイルドたちはみなその言葉を貪るように聞いていた。この四十数日間、知りたくてたまらなかった答え――自分たちは何者なのか。何をするために都市にいるのか。

「仮適用とは、つまりこちら側には彼らを保護する用意はあるが、当の彼らが、それを拒んでいるということだ。本来、証人保護プログラムは、連邦や地方検事によって指導され、信用ある部署によって運営されるのが通例で、外部機関の参加はない」

「だが、そこに映ってる二人からは信用されちゃいないってことだ」ワイズが茶化す。

フレデリック連邦検事は、きわめて冷静にうなずいた。

「我々の力が信用されないため、みすみす善意の証人を失うということがあるのだ。また、信用してくれた証人を、我々の力が至らなかったために失うということも。そのため新たに生命保全プログラムというものが施行された。目的は証人保護と同じだが、外部機関の参加が認められ、仮適用の状態でも保護拘束と防衛力の行使が可能であり、その上、重要な仕組みが成立した」

計算されたように連邦検事の声のトーンが上がり、暗い室内に響いた。

「その仕組みの名は、利益だ。証人の口を封じることで大いに利益を得る者がいるのに対し、証人を保護することで生じる利益は僅かと言っていい。それが証人の危難を助長するのは明らかであり、また外部機関の参加を困難なものにしていた。しかし今回成立した生命保全プログラムでは、証人によって立件された事案の解決いかんによっては、高額の報償費用および報賞金が連邦の予算から支払われることになる」

徐々に明確になっていく輪郭――加速の感覚――ボイルドは素早くフレデリック連邦検事とクリストファーの顔を見比べた。どちらも強く計画を意識しているように思えた。この二人が成立を企てた――生命保全プログラム／武力の正当性／利益。

フレデリック連邦検事がモニターを指し示した。「この男――オーディ・ジョンソンは表向き運送会社の組合員だが、裏では名の知れた男だ。この街を本拠地とするギャングの一員で、殺し屋として恐れられていたが、数日前に突然、自首してきた。現在ここから六十キロほど離れた郡管理の刑務所に一時収監されている。明日には連邦管理の刑務所に移送される予定だが、今も証人保護を拒否し続けている。いわば自殺願望だ」

「刑務所ん中にいるやつを、俺たちが守んなきゃなんねえだか？」レイニー――感心したように。「ずいぶんおかしな話に聞こえるだよ」

フレデリック連邦検事――表情に変化なし。「次にこの女性――エリザベス・マグリフィンだが、彼女は一度は警察に保護を求めたが、すぐに行方をくらましてしまった。現在、彼女の居場所を知っているのは、そこにいるフライト刑事だけだ」

ボイルドたちの目が、刑事へ向けられた。

フライト刑事が広い肩をすくませた。「すぐにまた居場所を変えるでしょうけどね。もともと情報屋気質に恵まれてたんで、敵が多いんですよ」

フレデリック連邦検事が後を続けた。「彼女はフリーのジャーナリストだが、過去にマルドゥック市《シティ》で九年間、娼婦稼業をしていた。今から四年前に逮捕された際、証言を条件に釈放されたことから、市警に情報を流すことになった。そのときの担当がフライト刑事だった。文才のあった彼女は、二年前に娼婦稼業から足を洗い、経験をもとにジャーナリストに転向。多数の醜聞雑誌に、体験談を書き綴った。現在、彼女はギャングから命を狙われている。武装した暗殺者から彼女を守らねばならない」

「ああ、そういうことか」膝を叩くジョーイ。

「何の話かやっとわかったぜ」とハザウェイ。

「娼婦よりも殺し屋の方が、あたしの好みだね」とラナ。

「敵の規模は判明しているのか？」とクルツ。

フレデリック連邦検事はうなずいた。「ネイルズ・ファミリー——千人規模の構成員を有する非合法集団であり、この都市の裏社会における最大勢力だ。我々は、組織のボスであるロック・ネイルズを終身刑に持っていけるだけの証人を集めていた。この男女がその要《かなめ》だ。しかし組織の命令で殺人を請け負う者は百名を下らない。毎年、この都市だけで六十人余りの銃死者を出している。二人は極めて危険な状況にある」

「あたしは七分間で二十人を真っ二つにしたよ。機銃掃射でね」ラナがにやりと笑う。

あちこちで低い笑い声——みながある種の興奮を抱いていた。目的——行動——許可された武力行使。ウフコックがその匂いを嗅ぎ取り、びっくりしたように目を丸くする。

フレデリック連邦検事——どこまでも冷徹に。「戦場とは違うものを君たちは見るだろう。利益のために人が死ぬ。不利益のせいで死ぬ。利益にも不利益にもならず死ぬ。ここは戦場と同じくらいグロテスクな場所だ。説明は十分かね、クリストファー？」

「ありがとう、フレデリック」壁に背を預けていたクリストファーが前へ。「では諸君、さっそく仕事に入ってもらう。クルツ、オセロット、レイニー、ワイズ。君らがファースト・チームだ。クルツをリーダーとし、この男性を担当しろ。次に、ボイルド、ウフコック、ジョーイ、ハザウェイ、ラナ。セカンド・チームだ。ボイルドをリーダーとし、女性を担当。君らにはフライト刑事がつくので、色々と勉強させてもらえ。イースター博士、例のものを」

イースターが会議室の隅に置いてあった大きな箱を、ボイルドたちの前に運んだ。

箱の中身——新品の拳銃／弾丸／銃の携帯許可証。

そして何かのライセンス証が入ったパスケース。

「ボイルドとウフコックには銃は必要ないね。ラナ、君にはこれを」イースターがウエストバッグをラナに渡す——ボールベアリングの詰まった小袋が幾つも入っていた。

「やれやれ、女か」ラナ——ウエストバッグを肩にかけ、モニターにキスを投げる。

「俺とオセロットは何ももらえないのか？」ウフコック——残念そうに。

「クルツとボイルドが君らの代わりにライセンスを持つから」イースターが慰めた。

全員にパスケースが手渡された。

「なんだこれ、俺の写真がついてるぜ」ジョーイがライセンス証を覗き込む。

「なんかの免許か？」とハザウェイ。

顔写真がついたライセンス。その下には法務局の認可印と「09」の文字。

「マルドゥック・スクランブル－09《オー・ナイン》──君たちの有用性の名だ」

クリストファーが自分のパスケースを取り出し、高く掲げて言った。

「この都市において、人命保護のため、法で禁じられた科学力の一時的な行使を認める法案が成立した。すなわち09法案が、諸君らを執行員とし、実働に入ったのだ」

みなを見渡すクリストファー──全員の手にライセンス／新たなキャリアの門出。

「これが我々の有用性の最初の証明となるだろう。我々十人と二匹が09メンバーとなり、今こそ歴史的な第一歩を踏み出すのだ」

83

行動──待ち望んだ瞬間／その訪れ。

誰もが無言──一体的な軍事組織／その偉大なる展開。

クルツたちファースト・チーム──〝公用車〟で移動／半民営組織の備品。

運転席にレイニー／助手席にワイズ──後部座席にクルツとオセロット。

クリストファーと連邦検事、イースターとウィスパーがオフィスで両チームを指揮。

セカンド・チームも同じく公用車へ。

「あたしの仕事だよ」ラナの歓声——運転席へ。ジョーイとハザウェイが後部座席に。

助手席に乗ろうとしたボイルドに、フライト刑事が、別の車から声をかけた。

「あんたは俺の車に乗ってくれ。クリストファーから頼まれている」

相手の車の助手席に乗った——市警の覆面パトカー。

「頼まれているとは?」

「あんたらのOJT——現場での実地訓練《オン・ザ・ジョブ・トレーニング》だ」

「あんたが俺たちの教官か」

「そういうことだ」フライト刑事が大きな手を差し出した。おっかなびっくりといった感じだったが、演技かどうかはわからなかった。ボイルドはその手を握り返した。

「俺があんたに指示を出す。そして俺では言うことを聞かせられそうにない後続の連中に、あんたから指示を出してもらう。これからしばらく、あんたが俺の相棒役だ」

「ボイルドのパートナーは俺だが」ウフコックが口を挟んだ。

「うおっ！　本当に喋るのか！」フライト刑事の仰天——だが跳び上がりはしなかった。

「資料は読んだが、実物を見ると驚きが倍増だ。本当に武器になるのか?」

ボイルドが左手を寄せる——ウフコックが飛び乗って革手袋に変身《ターン》。フライト刑事が顔を近づけて見守る。続けて革手袋の表面から鋼鉄——拳銃が出現。

「なんてこった」

拳銃がぐにゃりと変形――大口径に。続いて両端が大きく膨らみ、あっという間にフライト刑事の眼前に銃身が伸びて自動小銃に。

「なんてこった」それ以外の言葉を失ったようなフライト刑事。

武器がぐにゃりと形を失い、革手袋の中へと消えた。

「ボイルドと一緒に訓練した成果だ。数万種類の道具に変身《ターン》できる」自慢げなウフコックの声――フライト刑事の感嘆の匂いを嗅ぎ取っているのだ。

「一匹だけなのか？　そいつと同じやつを、たとえば俺も持てるとか……」

「いや。ウフコックは、オンリーワンの存在だ。同じ存在を作り出すには、人工衛星四基分の建造と打ち上げに匹敵する費用がかかる」

「まあ……納得だ。あんたらがパートナーだってことも了解だ」フライト刑事――我に返って車を出しながら。「要するに俺とあんたらで後続の連中を動かすってことだ」

「そういう取り決めか？」

「そういう約束だ」

「了解《コピー》」ボイルドが言った。

「納得してもらえて、ほっとするよ」

車が駐車場を出た――ラナが運転する車がぴったりくっついてくる。

「彼らが乗った車とはすでにナビを登録し合っていて、お互いの位置がわかる。この車は俺専用の備品だ。市警のデータベースとリンクしていて指紋照合も車内でできる」

お前も同じものを持てというような口調／実地訓練――クリストファーの意図。刑事と同じ能力を持てというのだ。ボイルドは忠実にフライト刑事を観察した。その判断と行動の全てを学び取る気になっていた。

「そのチビスケ――いや、そいつ――ウフコックは、車にもなるのか？」

「これだけ複雑なものは無理だ」手袋姿のウフコック。「設計図やプログラムを入力してもらう必要があるし、パーツごとに作り出して組み立ててもらわないと」

「なるほど」

交差点の赤信号――停まると同時に、フライト刑事がナビのモニターを操作した。

「見てくれ。ベスの――エリザベス・マグリフィン――さっきの女の情報だ。市と連邦、両方の検察の保護を拒んでいる。暗殺者はどこにでも潜んでいるからな。保護拘束の手続きを取る前に姿を消してしまった。それを俺が見つけ、上司に内緒で連絡を取り合ってるってわけだ。市警に報告すれば彼女はまた姿を消すだろう」

フライト刑事の内規違反――あの連邦検事の圧力だろうかとボイルドは思った。

この刑事は、自分が属する市警を裏切って女を助けようとしていることになる。

なぜか。女とのロマンス――ありそうにない雰囲気。フライト刑事の個人的な動機――

—クリストファーや連邦検事と何らかの取り引き。引き抜きの約束か、免責か。組織から個人を引き剝がして一人の人間に変えてしまうのは、クリストファーの得意技だった。

「彼女が逃げる理由は？　警官に殺される可能性もあるのか？」

「彼女はそう言っている。それだけのネタをつかんじまったってことだ」

「それだけのネタ？」

フライト刑事は、青信号に向かって肩をすくめ、車を出した。

「さっき連邦検事が言ってた、ネイルズ・ファミリーのボス——ロック・ネイルズを直撃するネタだ。彼女はもっぱら、麻薬売買のネタを書いていた。情報源と寝たりしてな。で、大口の買い手のネタをつかんだら、そいつは何と、ボスその人だったってわけだ。どういう事情でギャングの親玉が、わざわざ個人的に大量のヤクを買ったかはわからん。何か裏があるようだが彼女も口にしない。だがとにかく、こいつはでかい。都市の裏勢力をひっくり返す可能性がある。そうなると、どこでどう不都合な事態に陥る人間が出てくるかわからん。それで、今や都市中が彼女を狙ってるってわけだ」

「宿泊しているホテルの情報が欲しい」

「ナビに入ってる。好きに操作してくれ。部屋は八一六号室だ」

八階——西面奥／周囲の建築物との距離を目算。

車はミッドタウンからチェルシー地区へ——人通りの多い道路。

ホテルが見えた。ボイルドは自分の目算を確かめるためにそれを観察した。保護すべき女性がいるという部屋を探す。

車が交差点を折れてホテルの駐車場へ向かったとき、その部屋が見えた。

八階の部屋——開け放たれた窓／ふいに手が見えた。ちらりと女の顔が覗く。すぐに引っ込んだ。続いて誰かが女の髪をつかんでいるのが見えた。

「停めろ！」ボイルドが叫んだ。

「なんだって⁉」

交差点を折れた直後——停車するまでに二十秒はかかる。

ボイルドは助手席のドアを開けた。

「何をする！　待て！」

後ろ手にドアを閉めながら重力《フロート》を展開——跳躍／減速／着地と同時に走り出す。けたたましい音を立てて停まるフライト刑事の車が人目を集める。

ボイルドは八階を見上げた。長い髪が見えた。それがだんだん窓の外に出てくる。

建物の裏手へ——跳んだ／壁に乗った／壁面を上階に向かって走った。

車を停めたフライト刑事も走ってくる——壁を全力疾走する大男に唖然となる。

《ラナ、ジョーイ、ハザウェイ、ホテルの出入り口を固めろ》ボイルドの無線通信。

《了解《コピー》》ラナたちの応答——車が停まる／全員がホテルのロビーへ。

窓から女の体がせり出す／ちらりと見える男の腕――ベルボーイの制服の袖。

「助けて！　いや！」女の絶叫。

六階の窓のそばを走り抜けたとき、目の前で女の体が窓の外へ放り出された。

両腕を広げ、落下する女を、走りながら受け止めた。女の絶叫は続いている。ボイルドは八階の窓へ。窓から覗くベルボーイの顔――その鼻っ柱めがけて足を下ろしながら踏み込んだ。ボイルドと女の体重――顔面を直撃されたベルボーイが吹っ飛んだ。

部屋に入ると同時に重力《フロート》の方向を変化――床に着地。

血を噴き出しながら銃を抜くベルボーイ。

重力《フロート》の壁の発揮――同時にボイルドの左手でウフコックが拳銃に変身《ターン》。

まず相手に撃たせる――弾が窓を砕いた。軌道を逸らすまでもない、でたらめな射撃。

ボイルドは自分が構える銃口の分だけ重力《フロート》の壁に穴を開けた。ベルボーイの足を狙ったところで、女が金切り声を上げてしがみついてきた。銃口が逸れる――ウフコックが銃の内部からフォロー。狙いを再調整――ベルボーイの右の太股の肉を削り取った。

ベルボーイが背を向けて逃げ出した。

しがみついてくる女を抱えたまま追いかけ、廊下を覗く。

非常階段へ飛び込むベルボーイ／他に複数の人影。

ボイルドの無線通信。《敵が非常階段から逃走。ベルボーイの制服。右足と顔から出

血。拳銃で武装。仲間がいる可能性がある——人数は不明。全員拘束しろ》

《了解《コピー》》応答するラナ——楽しげ。ジョーイ&ハザウェイとともにホテル内へ——フライト刑事が慌ててそれを追ってきた。

「出入り口を固めな。あたしが追い立てるから、刑事さんもそこで兎狩りだよ」

ラナ——フライト刑事にも聞こえるよう、無線通信を使わず、地声で叫ぶ。

《地下にも駐車場があるぞ》とジョーイ。

《お前が行け。俺はここでとっ捕まえてやる》とハザウェイ。どちらもフライト刑事のことなど考えてもいない。ジョーイがハザウェイから離れて走り出す。

フライト刑事が、ハザウェイに向かって怒鳴った。

「なんだ？　いったいどうした？」

「敵っすよ」ハザウェイ——当然のように。「こっちに来るから捕まえるんです」

「なんだって？」フライト刑事の茫然自失。

その間にも、ラナは浮き浮きしながら非常階段を駆け上がっている。

頭上から複数の足音——ラナはウエストバッグに右手を突っ込み、ボールベアリングの玉をつかみ出した。踊り場に陣取り、右手の機能を発揮。

ベアリングの玉が浮遊——手のひらが二つに割れ、青く輝く伝導体が出現。急激な加速——ベアリングの玉が、鬼火のように青く輝きながら8の字を描いて踊り出す。

三人のスーツ姿の男に囲まれながらベルボーイが現れ、立ちすくんだ。
全員、右手に鬼火を踊らせる女の姿に釘付けになっていた。
「ヘイ、悪党ども。銃を捨ててひざまずきな」ラナの笑み——シャープ／快活／凶暴。
男たちが上着の裾を跳ね上げた。銃を抜く前に、ラナのベアリングの玉が発射された。
一掃射——水平射撃／速力のエネルギーを抑えたベアリングの玉が、銃を握る男たちの手の骨／上腕骨／肋骨を、五分の四秒で砕いた。
二掃射——斜線射撃／青い鬼火の弾丸が、男たちの腰骨／大腿骨／膝の皿／足の骨を、五分の六秒で打ちのめす。
僅か二秒で、三人の男たちが戦闘力を失い、階段を転がり落ちてきた。
ベルボーイは非常階段のドアから屋内に戻り、足の傷に耐えて廊下を全力疾走。
ラナが追いかけながら連絡。《全部で四人だ、ボイルド。三人ぶっちめたけどベルボーイが逃げた。廊下に戻って——エレベーターに乗った。ちょうど箱が止まってやがった。ついてる野郎だね。下に向かってる》
《殺したのか？》
《全員生きてるよ。捕まえるんだろ？》
《そうだ。ジョーイ、ハザウェイ、確保しろ。逃走を助ける者がいるかもしれん》
《了解《コピー》》二人の悪童たちのいらえ。

一階ホール――二つ並んだエレベーターのドア。

ハザウェイがエレベーターのボタンを押して待機。

「これでいっぺんはここに止まるってわけだ。俺って頭いいな」

「誰が来るんだ？」

「ベルボーイの格好してる敵っすよ。顔と足に怪我してて銃を持ってるって」

「来たぞ」慌てて銃を抜くフライト刑事。

エレベーターのドアが開く――驚いて悲鳴を上げる宿泊客たち。

「警察だ！　急いでここから離れろ！　早く行け！」

目を白黒させながら逃げ出す客たち――ハザウェイの目の前で別のドアが開いた。

ベルボーイ――真っ直ぐ銃を突き出している。興奮しきった顔。血走った目。

もう一方の手は取り憑かれたようにボタンを押しまくってドアを閉めようとしている
――同じくらいの勢いでハザウェイがボタンを押しまくってドアを開き続けている。

客の一人が、ベルボーイを見て悲鳴を上げた。

そちらにベルボーイの銃が向けられた。

「銃を捨てろ！」フライト刑事の叫び。

ハザウェイがボタンから手を離し、両手を広げてベルボーイの目の前に飛び出した。

「このクソ野郎！　俺を撃て！　俺を撃て！」

銃声——首に命中／撃たれたハザウェイが派手に倒れ、貫通した弾丸が角度を変えてフロアのシャンデリアの中心を粉々にした。

客たちの絶叫／閉まるエレベーターのドア／フライト刑事の怒声。「なんてこった！」

ハザウェイの首に手を当てるフライト刑事。

「誰か救急車を！」

ごぼごぼと湿った息——頸椎《けいつい》を砕かれたハザウェイの絶命。

「くそっ！　なんてこった！」

フライト刑事——悲愴な叫びとともに疾走／地下への階段／大急ぎで地下駐車場へ。

地下ではジョーイがエレベーターの前で待機中——ハザウェイとの通信が断絶。

《ハザウェイ？　おい、どうした、死んじまったのか？》

エレベーターのドアが開き、胸元に拳銃が突き出された。

「おい、ちょっと待てよ、落ち着けって——」

ベルボーイは問答無用で撃った——ジョーイが仰向けにぶっ倒れた。

走るベルボーイ／フライト刑事の到着——階段のドアを押し開け、絶叫。

「止まれ！　銃を捨てろ！」

行く手にヘッドライト——盾になる車体／逃走補助／ベルボーイが助手席に乗る。

車の急発進——銃を構えるフライト刑事——その横を猛然と走り抜けるジョーイ。

「何しやがる、この野郎！」ジョーイの怒声／針金の束より頑丈な胸筋にめり込んだ弾丸が、地面に落ちて転がった。

車の直進――ジョーイの直進／互いに正面きって対決。

「よせ！　逃げろ！」叫ぶフライト刑事。

怒りにまかせて放たれた、ジョーイの地を滑るようなアッパーカット。

拳がバンパー下部に叩き込まれ、シールドとボンネットが爆発したように吹っ飛び、車体が宙に浮いて腹を見せ、一回転しながら柱に激突――運転席側から横向きに落ちた。

「なんてこった」他の言葉を失うフライト刑事。

からから回るタイヤ――車内で呻き声。

「大人しくしやがれ」近づいていったジョーイが、フロントガラスを平手で叩き割り、呻くベルボーイを引きずり出して軽く張り飛ばす――一発で気絶。運転手は意識喪失。

立ちすくんでいるフライト刑事の傍らに新たな人影。

「ジョーイが捕まえたみたいっすね」

まだ喉が再生しきらず、がらがら声のハザウェイ。

フライト刑事はよろよろと後ずさった。

ハザウェイは喉の瘡蓋を爪で剝がした。ピンク色の肌が周囲と同じ色に――傷が完全に消えた。喉をさすり、元に戻った声で言う。

「で？　刑事さん、俺たちゃ何すればいいんすか？」

指を突き出すフライト刑事──呻き声。

「よせ。それ以上、何もするな」

82

郊外へ二時間ほど車を走らせた湾岸のある地点──長い長い橋を渡って離島へ。

特殊な別荘地帯──犯罪者たちの旅立ちの港。

いったん囚人が集められ、それぞれの刑に従って違う刑務所へ船で移送される施設。

クルツは盲人用の杖をこつこつ言わせながら、だだっ広い面会室に座っていた。

テーブルの正面に、所員二人に挟まれ、手足と腰を鎖でつながれた男──オーディ・ジョンソン。自首したギャングの殺し屋──自殺願望に満ちた囚人。

「──で？」訳がわからないといった顔のオーディ。

「あんたと面会するよう、ある人物から頼まれた」とクルツ。

「わざわざ面会の時間外に？」

「そう、わざわざ面会の時間外に」

「見たことも聞いたこともない盲人《ブラインド・マン》が？　俺の顔さえ確認できんというのに？」

「そう。今、鎖でつながれたあんたの両手が、右膝の上にあることや、生え際の後退が顕著な灰色の髪や、剃り残した上唇左部の髭や、喋るときに右目を細める癖を確認することができる、盲人《ブラインド・マン》が」

　オーディはぽかんと口を開いてクルツを見つめた。「本当は見えてんのか？」

「目は見えない」クルツは顔を覆う盲人用の帽子を上げてみせた。鼻のすぐ上の顔面を無惨に引き裂いた傷――こめかみ＝両眼を右から左へ吹き飛ばした銃弾の傷跡。

　オーディのみならず背後の所員たちまで、ぎくっとなった。

「なんて傷だ」

「そう、とんでもない傷だ。だが、こいつのおかげで、心眼というやつを手に入れたわけだ。目ではなく、脳で直接見るというやつを」

「なんのことだか、さっぱりだ。目的はなんだ？」

「お前を守ることだ。そしてお前に、ある重要事項について喋ってもらうことだ」

　オーディがにやりと笑った。「文才のある売春婦が全て知ってるさ。俺が情報を渡したからな。それから組織の金を持ち出して逃げようとしたわけだが、まあ、どだい無理な話だった。それで俺はここに来たんだ。なんでかわかるか？」

「罪を悔いて死ぬためかね？」

「ここじゃ何をするにしても、そうそう時間をかけられないのさ」

「お前の組織は、裏切り者を始末する前に、恐ろしい拷問でもするのかね？」

オーディの笑みが強《こわ》ばった。顔面に噴き出る汗――恐怖の臭いが漂ってきそうだった。

「それほど恐ろしいのに、組織を裏切るというのは理屈に合わないな」

「何にせよ、もういいや、やめちまおうって気になることもあるさ」

「確かにな。だがなぜ、やめる気になった？　本当は告白したいのではないのか？」

「なぜそう思う？」

「私にも、少しばかりそういう経験があるからさ」

「お前は告白したのか？」

クルツは少し唇を吊り上げて笑んだ。「いや。だが、いずれするだろう」

「その前に、おっ死ぬさ」

「かもしれんな」

「あんた、俺と同じ臭いがするぜ。本当は俺を殺しに来たんじゃないのか」

「私は狙撃手だった。戦争で百人以上殺した。だが、お前は標的ではない」

所員が腕時計を見る。「終わりだ。立て」

オーディが立ち上がる。強ばった笑みでクルツを見つめながら、訊いた。

「あんた、子供を殺したことはあるか？」

傷が痛んでどうしようもないというような顔——誰かに訴えたい痛み。

「相手の年齢がわからないときもあった」クルッは声を上げて答えた。「撃った後で、相手が武器を持たない十五歳の少年とわかったときも」

「俺は知っててやったよ」

オーディと所員たちは廊下の向こうに消えた。その傍らに不可視の猟犬がいるとも知らずに。

《オーケイだ。オセロットが施設内に入った。ワームをやつの衣服と周辺の空間に仕込んだ。十分もすれば全施設を監視下における》クルッの無線通信——オーディが連れて行かれる様子と、二十五メートル離れた施設の入所口でレイニーとワイズが囚人服に身を包んでいる様子を、同時に把握しながらの連絡。

《こっちも上機嫌だ》レイニー——あらかじめ車内で指示された別の男に化けている。オーディに親しく接近できる相手＝ネイルズ・ファミリーの一員である誰か。

《上機嫌すぎて涙が出るぜ。まさか刑務所にぶち込まれるとはな》ワイズ——手錠をじゃらじゃらさせながら、連邦検事が手を回した看守の一人とともに檻の中へ。

《やれやれ、さっそくオーディについて喋ってる声が聞こえるぜ》ワイズが周囲の声を拾う——三人の男が交わす話を中継。《そっちへ声を回すから録音してくれ》

音声の伝達——マルドゥック市《シティ》ミッドタウンのオフィスへ。

三階の通信施設――クリストファーと連邦検事、イースターとウィスパーが、クルツの視覚情報／ワイズの音声情報をキャッチ。

イースターが言った。「両チームとも、証人を監視下に置きました」

「素晴らしい」フレデリック連邦検事の賛嘆。「実に素晴らしい」

「両面作戦は順調に開始された」浮き浮きとして淀みないクリストファーの声――頭部に装着したワイヤレスマイクを通して、メンバー全員に向けて告知。

「いよいよマルドゥック・スクランブル－09が本格実働に入った。全て君たちがいたからこそだ。クルツ、オセロット、レイニー、ワイズ、ボイルド、ウフコック、ラナ、ジョーイ、ハザウェイ。君たちという存在はみな、この日のために生まれたのだ。今こそ君たちの能力を存分に発揮し、この都市に新たな有用性をもたらそうではないか」

81

ホテル――八階／クリストファーの声が、ボイルドとウフコックのもとに届く。
《くれぐれも一般市民には優しく接したまえ、彼らが君たちの有用性の証人となる》
《了解《コピー》》

ボイルドは女性をベッドの上に座らせた。そこで初めて相手の腹の膨らみに気づいた。

エリザベス・マグリフィン――妊娠した元娼婦のジャーナリスト。専門はゴシップ記事――麻薬密売／警官の汚職／娼婦たちの生活／その客たち。

「大丈夫か？」

エリザベス――恐怖の涙。「あ、あなた、誰？　なんでここ――あたし、窓から……」

「窓から放り出されたあんたを、俺が拾って部屋に戻した。あんたを狙ったベルボーイは俺の仲間が捕らえた」

「仲間……？」

ボイルドは何となく相手を納得させられるような気がしてライセンスを見せた。

「あんたを保護するよう言われている」

「何これ、何のライセンス？　09法案？　警察じゃないの？」

「違う。ただしフライト刑事が同行している。彼もすぐここに来る」

「フライト刑事？　誰にもあたしがここにいることを言わないって約束したのに！」

エリザベスが怒りをみせる――恐怖から立ち直り始めている証拠。

そのとき手の中でウフコックが変身《ターン》を解除するのをボイルドは感じた。

「俺たちは、あなたを守るために来たんだ」

ベッドの上へ、ぴょんと飛び降りながら、ウフコックが言った。

エリザベスが驚きのあまり同じぐらいの高さを跳んだ。

「初めまして、エリザベス。俺はウフコックだ」

二本足で立つネズミ――エリザベスの茫然自失。

ボイルドはウフコックが自分から人前に出たことに驚いていた。日頃の悩みが深い分、いざというときのウフコックは自分が傷つくことを全く恐れなくなる。

「あたし、混乱してるみたい……」めまいがしたように顔を振るエリザベス。

「確かに混乱している匂いがする」とウフコック。「それに、強い恐怖と、それ以上に、惨めさと後悔の匂いがする。俺は、それらをあなたから取り除きたい。そんな気持ちを抱き続けながら、人は生きるべきじゃないからだ」

エリザベスが、まじまじとウフコックを見つめた。

「俺は、そのために生まれた存在だ。どうか俺を受け入れ、使って欲しい」

「本当に喋ってる」エリザベスの呟き。

「開けてくれ、俺だ」フライト刑事の声――ノックの音。

エリザベスとウフコックは聞こえなかったように見つめ合っている。

ボイルドがドアを開けた。フライト刑事がエリザベスとウフコックを見て言った。

「もう紹介を済ませたのか？　ベス、彼らは強い味方だ」

エリザベスがフライト刑事を振り返る。「このネズミが私を守るって言ってる」

「ただのネズミじゃない。軍隊が造り出した最終兵器だ」

エリザベスの目がウフコックに戻る。「これ——この子が？」

ウフコックは誇らしげに腰に手を当て、胸を反らしている。

「彼らの仲間が、君を狙った連中を五人ばかり捕まえた」

エリザベスの口がぽかんと開かれた。「五人？　彼らはプロよ」

「そうらしいな」ボイルドが手を伸ばす／ウフコックが飛び乗って革手袋に変身《ターン》。

エリザベスの口がさらに大きく開かれた。「頭がおかしくなりそう」

「窓から落とされたほうが良かったか？」フライト刑事がエリザベスの肩を叩く。「ここを出るぞ。彼らが守ってくれる。荷物は後で取りに来よう。とにかく急げ」

大きな腹を抱えるようにして立つエリザベス——ハンドバッグをつかみ、ボイルドを見て目をしばたたかせた。「ネズミが手袋になったの？　手袋がネズミになったの？」

「ネズミが主体だ、エリザベス」革手袋の声。「数万種類の道具に変身《ターン》できる。必要なものがあれば何でも言って欲しい」

エリザベスはぼんやりした顔でうなずいた。だいぶ落ち着いた声音。「あなたさっき、あたしの人生について何か言ってなかった？」

「話は車でしろ。急げ」フライト刑事が部屋の外へ——銃声を聞いた客たちがドアの隙間からおどおどと顔を覗かせていた。

エレベーターの前——団体客に向かってバッジを見せる。「警察だ、通してくれ」もう一方の手に銃。全員が後ずさった。

ボイルドはフライト刑事の一挙手一投足を観察した。捜査権の行使——躊躇《ちゅうちょ》ない態度。団体客を一瞥して暗殺者が混じっていないか確認し、フライト刑事は自分たち以外は誰も入れずにエレベーターのドアを閉めた。

ロビー——玄関先にパトカーが何台も停まっていた。

事情を聴取する警官たち。困り果てたようなホテルの支配人と従業員たち。

「先に行ってくれ。ホテルを出るまで俺に話しかけるな」フライト刑事が足早に距離を取り、制服姿の警官の一人に話しかける。「やつらの行き先は？」

警官が答えた。「五人ともシンフォレスト病院へ救急移送しました。ネイルズの手下どもが、何だって真っ昼間にホテルで銃をぶっ放したんですかね」

「仲間割れか何かだろう。すぐかっとなる連中だからな。連中の意識が戻り次第、管区の担当者に尋問させろ。どうせ何も答えんだろうがな」

「了解しました。ところでフライト刑事は、どうしてここに？」

フライト刑事は聞かなかったふりをした。「報告書を俺に渡すよう言っておけ」

その間にボイルドはエリザベスをつれてホテルを出て、フライト刑事の車へ。

周囲に目の据わった暗殺者なし。ウフコックが敵意を嗅ぎ取るような相手なし。

電子音がして車のロックが解除された。

こちらへ向かって走りながらキーを突き出しているフライト刑事。「乗ってくれ」

ボイルドは後部座席のドアを開いて、エリザベスを乗せた。フライト刑事が運転席に飛び込む。「ボイルド、他の連中とは無線通信で連絡を取り合っているんだな？」

助手席に座るボイルド。「あんたに言われた通り、車の中で大人しくしている」

「ついてくるよう言ってくれ。彼女を安全な場所に運ばねばならんが、どこに行くかまだ見当をつけてない。しばらく街を移動し続ける」

「了解《コピー》」ボイルドは無線通信を通してラナたちに今の言葉を告げた。

車が出た——ウフコックが変身《ターン》を解除して姿を現した。

「ハイ、エリザベス」とウフコック。

「ハイ、革手袋さん」とエリザベス。

「俺の名前はウフコックだ。改めてよろしく」後部座席へ飛び降りるウフコック。

エリザベスがおそるおそる手のひらを近づける。その手の上にウフコックが乗った。

ボイルドは黙って、ネズミと女が話し始めるのを聞いていた。

「あなた、私の人生が惨めで後悔だらけだって言ったわよね？」

「いや、そうじゃない。さっきのあなたからはそういう匂いがしていた。俺は相手の体臭で感情を理解する。今のあなたから感じるのは安心と、緊張を保とうとする匂いだ」

急に意気投合したように話し始めるネズミと女。

忙《せわ》しげに目を動かすフライト刑事——敵の尾行の有無を確かめている。「あんたらのオフィスに彼女を連れて行きたいところだが、もし連中に知れたら襲撃されるかもしれん。ホテルで撃つくらいだからな。連中、頭のネジが外れたとしか思えん」

行き詰まったようなフライト刑事——ふいにボイルドへクリストファーからの指示。

ボイルドは言った。「ウェストリバー沿いの俺たちの宿営地に行くよう、クリストファーから指示が来た。そこでひと晩過ごしてから、彼女をオフィスに連れて行く」

「なぜだ？　ひと晩で状況が変わるのか？」

「クリストファーと連邦検事は、そうするつもりらしい」ナビに場所を入力——ウフコックを振り返った。「彼女は俺たちの保護を受け入れてくれそうか？」

「エリザベスは、俺のことを受け入れてくれた。俺を信じると言ってくれているんだ」

嬉しくてたまらないウフコックの輝くような笑顔——ボイルドはうなずいた。

「エリザベス、何でもいいからウフコックを変身《ターン》させてくれ。あんたが使用すれば、それが生命保全プログラムへの仮登録の代わりになり、俺たちの行動の根拠となる」

「あなたたちの行動の根拠？　あたしを拘束するんじゃなくて？」

「俺たちが、全ての危険を取り除くために行うことの根拠だ。今のままでは、俺たちから攻めることはできない。やつらと戦うにはあんたの登録が必要だ」

「あなたたちが――連中と戦うための根拠?」

ボイルドはゆっくりとうなずいてみせた。「そうだ」

エリザベスは両手で、そっとウフコックを抱いた。「あの、あたし、ホテルに鏡を忘れてきちゃったんだけど」

「おやすい御用だ」ウフコックの変身《ターン》――コンパクト・ミラー。その蓋を開いてエリザベスは自分の顔を覗き込んだ。涙でむくんだ顔。バッグから化粧品を取り出した。

記念すべき民間人によるウフコックの初使用――元娼婦のメイク直しの手伝い。

ウェストサイドへ――汚らしい道路/高層アパートメント。百メートルほど後ろをラナたちの車が追ってきていた。露骨に後続して人目を惹かないよう速度を落としている。

「質素な所に住んでるな。オフィスは豪勢なのに」フライト刑事/交差点の赤信号――速度を落とす。

「オフィスはクリストファーの資産だ」

「分け前はなしか? こんな危なっかしい仕事をしてるってのに」

交差点で停まっているタクシーの脇へ滑り込む。

周囲に怪しい通行人なし/他の車両なし。

寂《さび》れた地区――役目を失った旧時代の倉庫街/道端に座り込んだ浮浪者たち/うろつき回る麻薬の売人/窓辺から小便をする子供。

「敵意の匂いだ！　待ち伏せされている！」コンパクト・ミラー——大声。

仰天のあまり口紅を顎に塗りつけるエリザベス。

「車を停めるな！」ボイルドの叫び——同時に重力《フロート》の壁の発揮／全員を包み込む。

アクセルを踏むフライト刑事／ボイルドが、すぐ横のタクシーを見た。

異様な運転手と客たち——揃ってこちらを見て笑っている。

丸鍔帽《まるつば》、真っ白な頬、耳まで裂けたような口——ピエロのメイクをした男たち。

タクシーの窓から突き出される手、手、手。ずらりと並んだ銃口が一斉に火を噴いた。

銃声の嵐が一塊の轟音と化して車に激しく叩きつけられた。左側の窓ガラスが全て砕け散り、軌道を逸らされた銃弾がシートを引き裂き、フロントに突き刺さった。

エリザベスの金切り声／フライト刑事の怒号——死傷者なし／重力《フロート》の盾の成果。

ボイルドがコンパクト・ミラーをエリザベスの手からむしりとって拳銃に変身《ターン》——同時に無線通信。《襲撃された。逃走する。後方を援護》

バン——凄まじい破裂音。

「タイヤを撃たれた！」フライト刑事——ハンドルを握りしめる。

「走り続けろ！」ボイルドの叫び／窓から手を突き出して応射——牽制／手応えなし。

ぐらぐら揺れながら交差点を突っ切る車——タクシーの発進＝追走。

《突撃《ガン・ホー》！》ラナの無線通信——後方から猛スピードで突っ込んできた車のフロントバン

パー左端が、タクシーのリアバンパー右端に、猛烈な打撃を叩き込んだ。

タクシーと公用車のタイヤが悲鳴のような音を立てて道路を横滑りに――互いに大きなSの字を描いて向かい合うようにして停車。

二台の車から人間が一斉に飛び出す／銃声に怯えて付近の人影が一斉に消える。

ボールベアリングの山をつかんだラナ――右へ。

銃を握るハザウェイ――ドアを盾に銃を構える。

素手のままのジョーイ――左へ回り込む。

銃をかざす四人のピエロたち――そのうち、助手席から飛び出した長身の男が、誰よりも早く、さっと狙いをつけて、両手に握った銃の引き金を引いた。

轟音――一連の早業――ベアリングの玉を握るラナの右手にヒット／ハザウェイの銃を握る手にヒット／ジョーイの太股にヒット。

「くそっ！」ベアリングの玉が宙にばらまかれ、ビルの角に転がり込んで身を隠すラナ。

「信じらんない！　狙って撃ったのか⁉」

「すげえ」呆然となるハザウェイ――慌てて地面に落ちた銃を拾おうとした。

完璧なまでに定められた軌道を飛来する二発の弾丸が、ハザウェイの側頭部と首の横に撃ち込まれた。即死――道端に血反吐《ちへど》をぶちまけながら転倒するハザウェイ。

「なんてこった！」脚を撃たれたのに突っ立ったまま感嘆しているジョーイ。「こいつ、とんでもねえガンファイターだぜ！」

そのガンファイターは右の銃でジョーイに狙いをつけたまま左の銃を突き出し、ビルの陰を撃った。突き出された手を直撃――盛大に火花とベアリングの玉が飛び散った。

慌てて手を引っ込めるラナ。「義手でなきゃ悲鳴を上げてるよ、くそ野郎！」

ガンファイターが、相変わらず突っ立ったままのジョーイに、低い声で言った。

「こっちに来い」

別のピエロが近づいてきて、銃をジョーイの脇腹にねじ込む。「さっさとしろ」

《こいつら、俺を連れて行きたいみたい》ジョーイの通信。

ようやく一キロほど先へ進んだ車内――ボイルドの返信／即興。《相手に従え》

《ちぇっ、ぶっとばすんじゃないの？ ラナ、ハザウェイをよろしく。あーあ一日で二回も死んじまって可哀想に》不満そうなジョーイの了解。

車内＝悪態をつきながらハンドルを握るフライト刑事／震えて泣いているエリザベス――ボイルドが言った。「仲間が連れ去られた」

「なんだって!?」フライト刑事の仰天――愕然となるエリザベス。

「わざと抵抗せず連行されるよう指示した。居場所は把握している。連中がジョーイをどこに運ぶにせよ、我々がそこを急襲する」

そして、呆然とこちらを見つめるエリザベスに向かって言った。

「あんたの恐怖を取り除いてやる。全て残らずな」

80

ウェストサイドの外れ――ガススタンド／バッジを突き出し、最優先でタイヤを交換させているフライト刑事／休憩室で待機する残りの面々。

「最悪だ、くそったれ」ハザウェイが売店で買ったホットドッグの束をむしゃむしゃやりながら悪態をついた。「あんなクソまみれの汚ならしい道路で生き返るなんて、冗談じゃねえや。俺のTシャツがどんどんひでえことになる」

「ちくしょう、あのガンファイター、次に会ったときは八つ裂きにしてやる」コーヒーをすするラナ――二度も撃たれた右手＝怒りの握り拳。

「今のところ敵意の匂いは感じられない。安全なようだ」ボイルドの肩の上で周囲の匂いを嗅いでいるウフコック。

ボイルドは、コーヒーをすすりながらクリストファーに報告――その後の作戦について了承を得る。ウィスパーがジョーイの居場所を追跡――敵はウェストヴィレッジへ。

隣で、ぼうっと窓越しに空を眺めているエリザベス。右手にコーヒーの入った紙コップを抱えたまま放心したような顔つき。左手はしきりに自分の腹をさすっている——その内部に宿る命。ボイルドは、一連の出来事のショックでエリザベスの心の鍵が壊れて扉が開いているのを感じた。根拠——窓から投げ出され、交差点で一斉射撃に遭遇すれば、大抵の人間はその原因を誰かに話したがるものではないだろうか。

「何を知った?」

エリザベスは、たった今、ボイルドがそこにいることに気づいたように振り返った。

「最初は麻薬。有名人の悪い噂とか。あたし、警察に情報を売ってて」零れ出す言葉——録音データの再生のように。ずっと誰かに喋りたかったこと。「お金や昔の罪の帳消しとかと引き替えに。仲の悪い売人グループ同士の、危ないのを避けて安全な情報を流したりして。でもそのために誰かと寝るのはやめたの。二年前から。この子の父親と出会って——かたぎの男。麻薬中毒者救済のボランティアもやってる人」

脈絡のない話。ボイルドは筋道をつけてやった。「大口の麻薬取り引きを知った?」

「そう。そうなの。下っ端の人間は、相手が誰かも知らないで売ってた。まさかネイルズ・ファミリーのボスだなんて——ロック・ネイルズだなんて思わずに。あたしだって、ミュージシャンか映画スターだろうって当たりをつけてた。急に売れっ子になったりすると、そういうのに走る人が多いから。でも相手がロック・ネイルズだってことを知ったときは、データの詰まったマシンが自分の棺桶に見えたわ。もう引き返しようがなかったのよ。なぜロック・ネイルズが街で麻薬を買ってたか知ってしまったから」

「なぜだ」

「子供よ」エリザベスのコーヒーを持つ手／腹をさする手——どちらも筋が強ばってぶるぶる震えていた。「三つの情報が重なったの。一つは麻薬を買い漁ってる男。一つは養子にした子供に麻薬を与えてる金持ちの変態の噂。そして最後にロック・ネイルズが街で何かしてるっていう情報。ロック・ネイルズの趣味につき合わされることに嫌気がさした誰かが、あたしにあれを寄越してきたの。あの……ビデオデータを……」

「ビデオデータ？」

「子供の腕がショットガンで粉々にされるビデオよ！」くぐもった悲鳴のような声——エリザベスは痙攣を起こしたようになって紙コップを落とした。「ロック・ネイルズは首まで地獄の糞につかった変態よ！　麻薬を与えた子供を犯して切り刻むことをやめられないのよ！　ギャングの連中は、どうにかしてボスの趣味をやめさせようとしてた。だからボスに麻薬を渡さないようにしたのよ。だからボスは自分で街に出て麻薬を漁らなきゃいけなかった。つまりは、そういうことよ！」

ウフコックはエリザベスの突然の叫びに驚き、おろおろとうろたえている。

「そのデータは？」ボイルドは冷静に訊いた——頭のどこかで瞬くビジョン／グロテスクな光景の予感／今さらうろたえはしない。フライト刑事は早くタイヤを替えるよう急《せ》かしている。ラナとハザウェイは敵について話しながら食事をしている。エリザベスは掠《かす》れた声を振り絞り、早口で喋り続けている。

「破棄したわ。大急ぎでマシンごと壊したわよ。だって世の中には知らないほうが良いことってあるじゃない？　あたし、引き裂かれた子供のお腹の中に顔をつっこんで喜ぶ、ギャングの親玉を見ちゃったのよ？　そんなの見なかったことにしなきゃどうしようもないじゃない！」

「破棄したのならば、なぜ狙われた？」

「あたしにデータを送って寄越した馬鹿のログが見つかったの」エリザベスのすすり泣き。「あたしに送ったことが、わざとバレるようにしたんだわ。あたしが必死に抵抗して、データを公表しなきゃいられないようにしたのよ！　あたしが何をしたって言うの……。あたしが見ちゃったのは仕方ないじゃない。あたし……結婚してたのよ。やっと大事な生活を手に入れたのよ。でも、見ちゃったから、仕方なく……」

エリザベスの涙――ウフコックは話についていけず困った顔でボイルドを見た。

「あんたが後悔する必要はなにもない」ボイルドは言った。エリザベスが落とした紙コップを拾い、それを自分のコップとひとまとめに握り潰してクズ籠へ入れた。

「そのロックとかいう男が、俺たちのターゲットだ」

79

収監施設――波の多い海の上の刑務所。

オーディ・ジョンソンは二人の看守によって部屋から連れ出され、検問所を通って北面の棟を出ると、看守たちのシャワー室に連れて行かれた。オーディは口を歪めて嘲笑《あざわら》った。適度に熱い湯が激しく降り注いで床を濡らしていた。

「こうして湯を流しておけば、俺の血を洗う手間がだいぶ省けるって寸法か。家畜の血抜きみたいな真似をするとはな」オーディは後ろ手に手錠をされたまま不敵に笑った。

「何のことだか俺たちにはわからんね」看守の一人が唾を吐いた。「おい、どうやらこの野郎は豚扱いされたいらしい」

「ネイルズ・ファミリーの古参にしちゃ大した末路だ。お前の心臓を止めれば誉めてもらえると思ってるやつらばかりときてる」そう言って、もう一方の看守がオーディの顔面に拳を叩き込んだ。「豚みたいに鳴きな」

鼻から血をしぶかせながらオーディはぐらっとなって後ずさった。頭上から湯が降り注ぎ、目をしばたたいているうちに看守たちはシャワー室を出て行ってしまった。ドアが閉まった。オーディはひざまずいた。湯に濡れる服――その重さ。

「望むところだ。せめて、ほんの少しは苦しむべきだからな。あいつらの拷問には耐えられなくとも、ひよっこどもに小突き回されるくらいのことはされなきゃなんねえ」

やがてドアが開き、湯気の向こうから素っ裸の男たちが現れた。三人——どいつも巨大だった。筋肉と脂肪の偉大さを身をもって知り尽くし、証明し続ける男たち。

「まさか、あんたをやれる日が来るとは思わなかったぜ」先頭の男が股間を突き出し、棍棒のようにそそり立つものを握りしめて言った。「ファックしてやるぜ、オーディ。ケツが真っ二つになって死ぬまで、俺たち全員でファックしてやるぜ」

「さかってやがるな、ひよっこども」ひざまずいたままオーディが言った。「そのみすぼらしい代物を、まず俺の口に突っ込んでみるんだな。ファックし終わる頃には、それ以上罪を犯すこともない無垢《むく》な体ってやつになってるだろうよ」

「最高だぜ、オーディ。それじゃぁまず、おめえの歯を一本残らず抜いちまうとしようか」別の男が言った。錆の浮いた釘抜きを握りしめていた。

オーディ——鋭い目／片膝立ちに。

三人の男がゆっくりと近づいてきた。一人が釘抜きをオーディの顔へ振り下ろそうとしたとき、ぶつっという音がした。それは騒々しい湯の音を貫いて全員の耳に届いた。

釘抜きが落ちた。それを握っていた手は、皮膚がめくれて骨と筋がでたらめな方を向いて露出し、まるでミキサーの中に突っ込んだような状態になっている。

悲鳴――別の一人が反射的にオーディに向かって走った。

どすどすと足音を響かせ、腹を蹴ろうとし、ざくっという音とともに、右足を引き裂かれ、小指と薬指が宙を舞った。

二人目が倒れ、血が床一面に飛び散り、湯が叩いてピンク色の飛沫が跳ねた。

オーディと残った男は啞然として見つめ合っている。いったい何が起きたかわからず、やがて男はオーディの仕業ではないことを悟って、床に落ちた釘抜きを拾い上げると、湯気の向こうに潜む見えない敵に向かって、滅多やたらと振り回した。

「ちくしょう！　出てきやがれ！」男の絶叫が終わる前に、その腹が爆発したように血を噴き出し、引き裂かれた筋肉の奥から腸が零れだした。

男たちがもがき苦しみ、絶叫を上げ、オーディは呆然となって動くこともできない。

ドアが開いた――悲鳴の多さを不審がって先ほどの看守たちが戻ってきた。倒れた三人を見るなり血相を変えてオーディに迫るや、二人とも膝を引き裂かれて倒れ込んだ。

絶叫が五人分に――不可視の猟犬の守護／だがオーディにとっては全く突然、超常的な何かが発生したとしか思えず、恐怖でがたがた震え出した。

そこへ、別の看守が一人、シャワー室に入ってきてオーディを外へ出した。

「訳がわかんねえ、まったく訳がわかんねえ」びしょ濡れのオーディ――はっとなったときは、手錠をされたまま娯楽部屋に連れてこられていた。

テレビと本と固定式のパイプ椅子しかない十メートル四方の部屋。

オーディの背後でドアが閉まった／施錠の音――先ほど自分を連れ出した看守が、連邦検事の命令でレイニーとワイズを一時収監させた人物であることなど、オーディの知るところではない。オーディはただ、部屋にいるもう一人の男を見つめていた。

頭上に設置されたテレビが流すクイズ番組を、にやにや笑って眺めている男。

レイニーが化けた男。

「ニコラス・ネイルズ」オーディの口から弱々しい声が零れだした。「そんなわけがねえ……なんで、あんたが、こんなところに……」

レイニーは――ニコラス・ネイルズという名の若い男は、ゆっくりとオーディを振り返った。そして、あらかじめ連邦検事から渡されたファイルと、今まさにワイズを通して受け取る指示に従って、こう言った。

「決まってるぜ、オーディの親爺さんよ。あんたを追いかけてここに来たのさ。ここは何て言うか、なかなか立地条件の良いところじゃないか？　刑務所ってのは色んなところにあるもんだが、海のど真ん中ってのは、なかなかお目にかかれねえ。まあ、とにかく座んなって。シャワー室じゃずいぶんな目に遭ったみたいじゃないか」

オーディはずぶ濡れの髪を振りながら、ゆっくりと椅子に腰を下ろした。

「シャワー室のあれは、まさか、あいつらが……カトル・カールがやったのか？」

「カトル・カールだって？ やれやれ、そいつが何であるか、あんたわかってるはずだよな？　一つ俺に説明してくれよ、オーディの親爺さんよ」

「ひどい言いぐさだな」歪んだ笑い――ショックから少しずつ立ち直るオーディ。「逃げた俺を臆病者だと思ってるのか？　言ってやるとも。カトル・カールってのは、本当なら今ごろ、ロックの親爺を裏切った俺をバラバラにしてる、拷問のプロどもだ。金次第でなんでもやってのける悪魔どもだ。あんな、誰も正体を知らねえような連中にやられるくらいなら、俺が慣れ親しんだ場所、慣れ親しんだやり方で死にてえと思ったのさ」

レイニーの一瞬の沈黙――ワイズの人工聴覚を通して中継されるこの会話が録音されているか確認。レイニーは――ニコラス・ネイルズは言った。

「俺にゃ、なぜあんたが、そうまで昔を懐かしみながら死んじまう気になったのかが、わからねえのさ。いったい全体、なんでこんな馬鹿げた真似をしたんだ？」

「いいさ。こうなっちまったからには正直に言ってやるぜ、ニコラス。俺は、あの親爺の……あのくそったれの発狂した男の下で働くのが嫌になったんだよ。あんたの父親であるロック・ネイルズのことを、こんなふうに言うってことを許してくれとは言わねえぜ。くそっ……あの男はけだものだ！　息子のあんたもわかってるはずだ！」

「さあな。わからねえって言ったら、次は何を喋ってくれるんだ？」

オーディは強ばった笑みを浮かべた。その目に薄い涙の膜がかかっている。

レイニー＝ニコラス・ネイルズは、立ち上がってオーディに近寄った。相手の警戒を解くように、ゆっくりと肩を抱いた。

「俺は味方だぜ、オーディ。あんたが親父のことをどう言おうと知ったことじゃねえ。俺はただ知りたいんだ。あんたが何をやらされてたかってことを」

オーディは息を詰まらせた。激情がその体の奥の方から迫《せ》り上がってきて、悲鳴のような声を迸らせた。「カトル・カールが拷問に使う、例の施設だ！　俺はそこで子供たちに麻薬を射った！　親爺がカメラマンと一緒にカメラをセットしている間、子供をハイにさせておくことが俺の仕事だったんだ！」

レイニー＝ニコラス・ネイルズは、オーディの肩を強く抱いた。「それで？」

「俺は子供の腹を裂いた！　親爺がそこに顔や手を突っ込めるようにだ！　俺は親爺が子供を犯すのを手伝った。手足を吹っ飛ばされた子供の笑ってる顔が頭から離れてくれねえんだ。『気持ち良いか？』親爺は子供に訊いた。『気持ち良いよパパ』子供はそう答えた。バン、バン、右腕、左腕――バン、腹だ。そして親爺は、細切れ肉みてえになった子供を犬みてえに犯しやがった。あれこそ、本当のけだものだ」

「わかってるさ、オーディ。親父が子供を買ってきて殺すのは知ってたんだ。だから親父に麻薬を渡さんよう、俺が叔父貴に頼んだんだ」

レイニー＝ニコラス・ネイルズは連邦検事の指示通りに言った。心の底ではレイニーはちっともわかっておらず、このむかつく話に死ぬほど顔をしかめていた。

「その地獄には、あんた以外に誰がいたんだ？　そのカメラマンてのは何者だ？」

「他にはいなかった。カメラマンは……あんたも知ってる男だ。あんなものを平気でビデオに撮れる人間なんて、そういるもんじゃねえ」

「そりゃ俺にも心当たりはある。だが、はっきりさせときてえのさ。なんせ俺の親父のことだからな。そいつは――」

「カトル・カールの専属カメラマンだ。あの拷問ビデオを作ってマスをかく変態エルマー・プリッツに決まってる。あの野郎！　俺をモデルに使いたいなんて親父に言いやがって！　あの野郎は俺が勃《た》たねえのを見て笑いやがった！　腹から下しかねえガキの死体相手に、俺が勃たねえことを笑いやがった！　親爺と一緒に笑いやがったんだ！」

「落ち着けよ、オーディ。辛いことを白状させちまって悪かったな」レイニーは本当に相手に同情して肩を叩いてやった。「やれやれ、服が冷たくなっちまってるじゃねえか。早く看守に言って乾いた服に替えてもらいな。俺は、ぼちぼち行かなきゃならん」

「行く……？　どこへ……」

レイニーは立ち上がった。「そいつは聞かないほうが身のためだ、オーディ。でないとシャワー室のときみたいに、俺の強い味方がばらばらに引き裂いちまうぜ」

オーディは本気で恐怖を感じたらしく、レイニーを愕然と見上げている。

「一つ言っておくぜ、オーディ。あんたはこれから連邦の検事さんに何か訊かれるかもしれねえ。いいかい。素直に自分の知ってることを喋るんだぜ。その胸くそ悪いビデオのこと以外にも、俺の父親がしたこと全てをな」

「あんた……何を言ってるんだ……？」

「誰もあんたに手出しをしなくなるってことだ。あんたに手を出せば、シャワー室の連中みたいになる……そういう噂がどの刑務所にも流れるってわけだ。わかったな？　それで万事上手くいけば、死刑が無期懲役になるってこともあり得るって寸法だ」

「俺に、取り引きをしろってのか……？」

「平たく言やあな。今さら義理立てする必要も、怖がる必要もねえさ。何せ俺があんたの味方なんだから。ところで、オーディ。これは個人的な質問なんだけどよ。一つ聞かせてくれよ。あんた、俺の狂った親父を殺そうとしたか？　なあ、聞かせてくれよ」

オーディは、おずおずとうなずいた。「あの人は変わっちまった……。だが、俺が殺《や》ろうとしているのを悟られちまった。俺には、ここに逃げ込むのが精一杯だったよ」

「俺たちが代わりに殺ってやるだよ」その声がニコラス・ネイルズではなく、レイニー・サンドマンのものに。

オーディが眉をひそめた。ドアの鍵が開き、看守が現れ、レイニーは外に出た。

《終わっただよ。ご機嫌はいかがだ？》とレイニーの通信。

《完璧だ》オフィスからクリストファーの応答。

《ただちに撤収したまえ》施設の外／がらんとした駐車場――退屈しきったクルツの通信。《ようやく終わったか。私はここで見ているだけとは、なんともご機嫌な仕事だったな》

ふいに人影／二人の看守――棍棒を握りしめた手を、クルツの視界がとらえる。

《看守が二名接近。敵か？》視覚情報を送信しながらのクルツの質問。

《フレデリック連邦検事は、自分の手の者ではないと言っている》クリストファーの応答と許可。《応戦を許す。ただし殺してはならない》

《了解《コピー》》クルツの応答――車の外へ。いざとなれば車の窓ガラスにワームを貼り付けて自分で運転することもできたが、大人しく相手の出方をうかがった。

看守たちは大股で近づくなり、一人が車に棍棒を叩き込んだ。物凄い音がしてトランクの蓋がへこんだ。

「今日、本格的に走らせたばかりの新車なのだがね」クルツが言った。

「いったい何者だ？　運転手はどうした？　てめえが運転して帰るのか？」

「それも可能だが、今はつれを待っているところだ。私が何かしたかね？」

「そりゃこっちが訊きたいことだな。デズとビルが大怪我したことについてな」

「誰だそれは？」

もう一人の看守が、非常に不謹慎な、肉体的損傷にまつわる罵声をひとしきりクルツに浴びせてから、こう言った。「俺たちの同僚だ。他に三人の囚人が重傷を負った。てめえのつれってのはどこの誰だ？　てめえは何しにここに来やがった？　なんで面会が終わったのにまだここにいやがんだ？　おい、どれでもいいから答えてみろ！」

クルツは盲人用の杖でこつこつ地面を突きながら、空いた方の手を挙げた。その手の周囲に、きらきらと銀色に光るものが発生したことに看守たちは気づかずじまいだった。

クルツがこう言ったので、それどころではなかったのだ。

「すまない。お前たち二人の息が臭すぎて目がくらんでしまったせいで、よく聞こえなかった。申し訳ないが、もう一度、どれでもいいから質問を繰り返してくれ」

二人が同時に棍棒を振り上げ、クルツの肩といわず頭といわず徹底的に憎悪と怒りを込めて叩き込もうとしたそのとき、きらきら光るものが一本の細い閃光となって走った。

クルツが、優雅に手を払った——看守たちの認識といえば、それだけだった。

何が起こったのか全くわからぬまま、二人の看守の棍棒を握る指が、親指を除いて四本とも第一関節のすぐ先から切断されていた。

宙に撒布されていたワームの攻撃的な機能——あらゆる装備は万能でなければならないという軍の強迫観念の賜物《たまもの》。偵察と戦闘の両立——ワームは連結して一本の細いノコギリ刃を持つ〝針金虫《ワイヤー・ワーム》〟に変化——遠距離に達する、鋭利極まりない切断器具に。

これにより当然、棍棒はすっぽ抜け、主人のもとを離れた指たちと一緒に、くるくると宙を舞った。傷口から強烈な血の噴出——看守たちが声を限りに叫んだ。
「ヘイ、何やってんだ？」ワイズ——大急ぎで駐車場に走ってくる。
すぐ後ろに元の姿に戻ったレイニー——二人が車のドアを開く。不可視のオセロット
が、さっと後部座席に乗り込み、姿を現した。
「早く指を拾って医務室に行け。切断面はこの上なく綺麗だから、元通りくっつく可能
性は非常に高い」そう言ってクルッも後部座席に乗り込み、ドアを閉めた。
指を拾う看守たちに盛大に排気ガスを吹きかけながら、車が猛然と走り去った。

78

実に手慣れたものだった。
ジョーイはピエロたちの手際の良さに感心した。後ろ手に手錠／目隠し／タクシーの
後部座席に連れ込まれ、二人のピエロに挟まれたまま、どこかへ運ばれていった。
初乗り一ドル七十セントの黄色い安タクシー＝目隠しをされる前、運転手が『送迎』
のボタンを押すのが見えた。げらげら笑い——陽気な人攫《ひとさら》いども。
右前方＝楽しげなリズムを持つ声——ガンファイターが助手席に座っている。

運転手と左隣の男はどうやらガンファイターの部下――追従の臭いがする笑い。

下らないジョークの応酬。ジョーイのことなど忘れ去ったような無駄話――しかし互いの名も組織名も出さない。荒事《あらごと》のツボを心得たピエロたち。

右隣にいる男からは何の声もないが、きっとジョークを聞いて薄笑いを浮かべているに違いない――そうジョーイは思った。

一定のリズムの呼吸音／恐ろしく静かな気配――右隣の人物がガンファイターと対等かそれ以上の存在であるのが察せられた。間違いなくそうだという実感があった。

お前は隣に座っている代物を人間だと思っているかもしれないが、聞いて驚くな――実は体重が百キロもあるくせに自由自在に木に登る上、犀《さい》にだって襲いかかり、ずたずたに引き裂いてしまう獰猛《どうもう》な黒豹なのだ――もしそう言われても、ジョーイは驚かなかっただろう。それほどの迫力と静けさと非人間的な何かをたたえた存在が隣にいるのだ。

きわめつけはその腕や脚の筋肉だった。女のものかと思うほど柔らかく滑らかな筋肉がジョーイの腕や膝に当たっていた。そしてそれが、車のカーブなどで、軽く力が入ると、いきなり頑丈な鉄板に覆われたかのような硬さを帯びるのだ。そしてその硬さがすっと筋肉の内側へと溶けるように消えていき、すぐにまた女の尻を連想させる柔らかな感触に変わってしまう。ジョーイは生まれてこのかた、こんな野生動物のような――ただひたすら本能において凶悪な、肉食獣の気配と筋肉を持った人間など、見たことも聞いたこともなかった。

そういえば右隣の男からは火薬の臭いがあまり感じられない。助手席のガンファイター が息までコルダイト臭く思えるのに比べて、右隣の男はほんのお遊び程度に銃を撃つのだという気がした。ではいったい、どんな武器を使うのだろうか──ジョーイは想像するのが怖いような気がした。それがなんであれ、きっとこの人物が使用する限り、とんでもなく、おっかない武器になるのではないだろうか。

車はしばらく走り続け、ジョーイは風の臭いが変わるのを感じた。淀んだ河のではなく、もっと濃密な潮の臭い。錆と油にまみれた海岸の臭いだった。

ボイルドと連絡を取ろうと思えば取れたが、これだけ密着していれば、無線通信を交わしている気配など、すぐに相手に伝わるものだ。どのみちウィスパーが位置をトレースしてくれている。ジョーイは黙って疑似餌《ぎじえ》の役目を全《まっと》うし、こんな退屈でおっかない役を振り当てたボイルドへの罵詈雑言を心の中で繰り返していた。

車が停まった。

「来い」左隣の男の声──脇腹に銃口の感触／乱暴に車から下ろされた。

じゃりじゃりした道──横へ重い扉がスライドする、がらがらという音。

黴《かび》っぽい臭い／雨漏りがするたぐいの廃倉庫のような空気。

背後で扉が閉まる──複数の足音／そこら中から人間が集まる気配。

「女はどうした」「なんだそのガキは」声――階段を降りる／ふらつく／小突かれる／脇腹の銃口がぐいぐいねじ込まれる。

嘲笑／地下の空気――廊下に足音が響く／口笛を吹かれる。「坊や、坊や」

ちくしょう、てめえら、今に見てやがれ――ジョーイの内心の声。

重い扉がスライドする音。ただし今回は滑らかに。

陰鬱で湿ったコンクリートと、異様な圧迫感がある重い金属の臭い。

椅子に座らされ、手枷足枷をがっちりはめられた。

枷をつなぐ何か――感触からして太いワイヤーで、床に固定された。

椅子も、床から直接生えているような感じだった。

何かが遮断された感覚――思わず心細くなってジョーイは宙を仰いだ。

《ここはどこだ？　おーい、ボイルド？　おーい、聞こえないのか？》

ノイズ――ジョーイは内心で舌打ちした。

通信を遮断する部屋――重金属で何重にも覆われた、金庫みたいな場所。

「ほれほれ、見ろよ。こいつの肩と顎の動きときたら、誰かの声が聞きたくて耳を澄ましているような具合じゃねえか？」

「そうだな」静かな声。「おそらく体内のどこかに、通信機でも埋め込んでいるのかもしれないな」淡々とした態度の底に潜む凶悪な気配。

ガンファイターと、タクシーで右隣に座っていた人間黒豹が喋っている。

また内心で舌打ち——くそ。こいつら本当のプロだ。

いきなり目隠しが外され、髪を何本かむしり取られた。

足下に置かれた電気スタンド。その一つがジョーイの顔を下から照らしている。眩しくて涙がにじむ。思わず顔を左右に振り、目を瞬かせて相手を見た。

四人のピエロ。

先頭でこちらを覗き込んでいるガンファイター。

その左右の二人は、ガンファイターが顎をしゃくるだけで従順に動き回った。一人がさっそく手に何かをはめている。どっしりした輝きのブラスナックル。

もう一人——やや離れた場所。

人間の形をした黒豹。

異様に澄んだ瞳。ひどく薄い色素——見ているだけで心が寒々としてくるような冷たいアイスブルーの双眸。手に握った長い棒状のもの——光が邪魔でよく見えないが、きっと、ひどくおっかない武器か何か。

四人とも顔をラバーペイントで分厚く覆っていた。ゴムの厚みが顔の輪郭をわかりにくくさせている。下方からライトで照らされた醜悪な笑顔の群。普通の民間人だったら、これだけでビビって小便を漏らすに違いない——ジョーイの素朴な感想。

周囲＝意外に清潔――隅に流し／その隣に冷蔵庫とガスレンジ／洒落たスチールの食器棚が二つ――中に何が入っているか嫌でも想像をかき立てられる。

レストランの厨房のような光景。

食材は現在、手錠とワイヤーで椅子に固定され、あほづらを晒《さら》している自分――最悪。

「お前は兵隊か？　どこの組織だ？」とガンファイター。

「連邦軍第六機甲歩兵小隊」ジョーイは言った。「クビになったけど」

「おっと、本物の歩兵さんかい。ま、こいつを見ればわかるがな」ガンファイターがジョーイのシャツの袖をまくる――ドクロの刺青。「セクシーじゃないか？　え？」

ジョーイはぼんやり相手を見返している。ガンファイターの瞳＝ありえないショッキングピンク／カラーコンタクト。

「あの女に雇われたか？　でなけりゃ、あの女を守れと誰かに言われたのか？」

「今日の三時に初めて会った女だよ」ジョーイは素直に答えた。他に何を言うべきか思いつかなかった。「あの女、何をしたんだ？」説明された気がするが思い出せない。

ガンファイターは、そんなことはどうでもよさそうにジョーイの髪に触れた。「このブロンドは染めてるのか？」

「地毛だよ。おかまみたいな真似はしねえよ」ジョーイは猛烈に背中の辺りが痒《かゆ》くなる感じに襲われて身をよじった。愛撫するような手――ひどく滑らかな手つき。相手が同性に欲情するタイプであることを察した。ジョーイの確信――なんてこった、下手すりゃ犯される。ボイルドへの罵詈雑言のバリエーションが二ダースほど増えた。

「貴重な色だぜ。男も女も、こいつが欲しくてたまらねえやつは山ほどいる」ガンファイター――その髪＝輝くような金髪／根本が黒っぽい。染めているらしかった。

「お前、カトル・カールは知ってるか？」

「なんだそりゃ？」顔をよじるジョーイ。

「拷問・暗殺・誘拐・脅迫――それらを四分の一《カトル・カール》ずつ、懇切丁寧にこなすっていう連中でな。ダークタウンのフリーの傭兵だ。カトル・カールを知らねえってことは、素人で、よそ者の証拠だ」知っておくと、あとあと役に立つぞというような口調。

「あんたが、そのカトル・カールなのか？」

「俺はやつらを雇える人間の一人さ」ガンファイターのウィンク。

口を閉じるジョーイ――じゃあ、そこの人間黒豹がカトル・カールなんじゃないのか。そう訊いてしまいそうだった。何となく間違いない気がした。もし訊いたら、そうだということを証明しにかかるんじゃないかと思った。

「さて、ちょいと、お前の力というか根性というか、特性を試させてもらおうか」

ガンファイターが髪から手を離した。二人の従順なピエロが寄ってきた。ブラスナックルに気を取られていると、もう一方が、ハンマーをジョーイの足に振り下ろしていた。

がん、と激しい音。ジョーイは遅れて、ぎゃあーと悲鳴を上げた。大して痛くはなかったが、痛いふりをしておかないと、とんでもなく酷いことをされそうだった。もしそうなると、つい怒りに任せて手錠を引きちぎり、目の前の男どもを殴り殺しかねない。そしてそうなると、あの人間黒豹が素早く対応するだろうという確信があった。

ジョーイは自分が心底、アイスブルーの男にビビっていることを思い知った。

ブラスナックルをはめた拳が立て続けに腹に叩き込まれた。同じように悲鳴を上げかけ、腹を殴られたやつが声を上げられる訳がないことを思い出し、慌てて咳き込んだ。

「こいつは頭の働きが弱いのか？　それとも大して効いてねえのか？」ガンファイターが人間黒豹を振り返る。

「おそらく両方だろう。苦痛の臭いはしない」

ウフコックみたいなことを言ってやがる――ジョーイの内心の呟き。

「もういいぜ、兄ちゃんども。車に戻ってエンジンをかけてな。二十分で行く。何があっても車から降りるんじゃねえぜ」

「壁を叩いてるみてえだったぜ」ブラスナックルの男がぼやく――二人が退室。

「こいつは何もわかっていない」人間黒豹がジョーイを見つめる。「賢い愚者だ。与えられた仕事の要点だけ理解し、他へは興味を抱かない。盲目的で有能な兵士だ」

「忠誠のなせるわざってやつだな。俺もそういう手下を増やさにゃならん」にやりとガンファイターが笑う。「おい、生命保全プログラムか。お前みたいなやつにしちゃ、良い商売にありついたもんだ」

ジョーイは突然、理解した。こいつらは何かを知っている。単に自分を締め上げて情報を引き出すなどという以上に、遥かに複雑なことを考えている。

違和感——はめられた感じ。

ふいにガンファイターの顔が迫った。ジョーイの茫然自失——唇を押しつけられた。チビりそうになるくらい仰天した。もがいて顔を背けた。

「ひでえ、なんて拷問だ！　何でも白状したくなったぜ！」

唾を吐くジョーイ。ガンファイターは笑いながら人間黒豹と一緒に部屋の出口へ。

「じゃあな、坊や。今度会ったときは頑丈な鎖でつないでファックしてやるぜ」ガンファイターのウィンク。

「クソ食らえだ！」ジョーイの絶叫——ドアが閉じられ、虚しくこだまする。

いったいなんだってんだ？　脳髄からガンファイターの唇と舌の感触を追い出して自問自答した。俺は何も答えてないぞ？　ピエロどもの残りを車で待機させてるってことは、ここを出て行くってことか？　俺は何のために連れてこられたんだ？

通信途絶——八方塞がり。ヒントなし。質問する相手なし。尋問してくる相手すらなし。完全放置。分厚い金属と防音材で囲まれた部屋に満ちる、耐えがたいほどの沈黙。

つのる違和感——ジョーイは面倒くさくなって、手錠の鎖を引きちぎりにかかった。

だがいきなりワイヤーが外れ、左手から手錠が離れた。あっさり立ち上がる。

ガンファイターの口づけ——同時に鍵を外していたのだ。

ふいに誰かが部屋に入ってきた。

ピエロではない——グリースで髪をべったり固めた、派手なシャツのチンピラ野郎。

そいつは解放されたジョーイに呆然となりながらも、驚いたときは習慣的にそうするのだと言わんばかりに銃を抜いた。そしてジョーイは相手がそういう行動に出たときの習慣的な動作として俊敏に接近——拳を振り抜いた。

頭蓋骨の砕ける音＝チンピラ野郎の即死。

慌てて部屋の外をうかがった。無人の廊下——あちこちに水溜まり。

窓は板で塞がれ、非常口のマークの灯り以外に照明もない。

外に出た。扉を閉めてチンピラ野郎の死体を隠した。かすかに聞こえる話し声。その声を追って階段を昇った。来たときとは違う階段——一階の廊下へ。さらに階段を昇る。

二階の廊下——ドア。隙間から光。ジョーイは近づいて中を覗いた。

「もういっぺん言ってみろ、ニコラス」ドスの利いた声／巨体の男——グローブみたいな手の指を、ピエロ姿のガンファイターに向かって突き出している。「貴様はネイルズ・ファミリーの看板に泥を塗ろうってのか！」

ガンファイターのすぐ背後に、あの人間黒豹。黒い棒状のものを腕に抱いている——その道具が、どうやら長い軍刀《サーベル》であるらしいことが、やっとわかった。

巨体の男の他に、四十代から五十代の男たちが六人。全員が強面《こわもて》をガンファイターに向けている。ぴりぴりした一触即発の雰囲気。

ガンファイターが嘲笑う。「何度でも言うぜ、叔父貴。親父は九歳のガキを殺して喜ぶクソ野郎だ。やつこそファミリーの恥だ。やつはもうお終いだ」

「ニコラス！　ロックはお前の父親だぞ！」巨体の男が怒鳴った。

「息子を自分の尻ぬぐいに駆り出すたぐいのな」

「黙れ！　もう誰にもロックに麻薬を売らせせんし、子供も買わせせん。オーディと女を始末すれば、ここにいる幹部とお前たち二人以外に、そのことを知る者はいなくなる」

「エルマー・プリッツはどうする？　やつを専属カメラマンにしてる連中は多いぜ」

「くされたビデオ趣味の男など誰も気にしやせん。やつも始末する」

「無理だぜ、チャップの叔父貴。エルマーから、くされたポルノを買ってるお偉いさんどもが嘆くからな。やつの儲けは組織を潤してくれる。それにあんた、考え違いしてるぜ。親父の趣味は止めようがねえ。絶対にだ」

「なぜそんな馬鹿げたことが言える。ロックのあれは——」

「カトル・カール仕込みだ。俺が教えさせた。親父がどっぷりはまるように」

沈黙。

部屋中に殺気が広がり、ドアの隙間から覗くジョーイも、思わず顎を引いた。

「貴様、ニコラス――」巨体の男の憤怒に満ちた声。「なんということを――」

「もともと、けだものの素質十分の男だからな。正直に生きさせてやったら何をしでかすかと思えば、なんとまあ驚くばかりの結果ってやつだ。いいか、チャップの叔父貴。あの男はお終いだし、あんたが考えなきゃならんことは、俺の下につくか、あの男と一緒に糞の海に沈むか、どちらか選ぶってことだ」

「こいつは、もうロックの息子じゃない。のぼせ上がった、どこかの馬鹿なガキだ」巨体の男の手が腰へ。「始末しろ」

六人の男たちが一斉に銃を抜いた。

驚くべき光景――ジョーイはすでにそれを予想していたし、その予想を遥かに上回るだろうことも、どこかで半ば予想していた。だがやはりそれはジョーイを驚愕させた。

ガンファイターの方が、遅れて銃を手に取っていた。それは確かだった。両脇に吊ったホルスター／それぞれに収められた大口径の拳銃――とても簡単に引っ張り出せる代物ではない。だが滑らかさにおいて、ガンファイターは六人の男を遥かに凌駕《りょうが》した。

銃は、引っ張り出されるのでも引き抜かれるのでもなく、ガンファイターの愛撫するような手つきによって滑り出されていた。魔法のような銃火の噴出――ぎらぎらした輝き、どかん！　という一つの轟音にしか聞こえない、一瞬にして連発された銃声。
右——一人が目の下／左——二人が眉間と心臓——それぞれ一発＝転倒。
残りの三人——ガンファイターの斜め後ろにいた男たち。
彼らが引き金を引くよりも速い動作で、アイスブルーの目をしたピエロが刀を抜き放っていた。古くさい軍刀《サーベル》、それ自体が、意志を持って目覚めたような動き——刃が勝手に目的物に向かって最適な角度で飛びつくようだった。
軽く柄を握る手と見事なまでに一体的に連動する腕と肩と腰の動き——それは刀を振り回しているというより、手首から生えた鞭を全身でしならせているようだ。
金属音と湿った音が一緒くたになった世にも奇妙な音。
切断——拳銃が握った手ごとアスパラガスみたいに真っ二つにされるのを、ジョーイは生まれて初めて見た。
切断——刃が閃光のようにSの字を描いて三人の頭部を両断していた。
切断——三人の男が膝をつき、手と頭から血を噴き出しながら動かなくなった。
ジョーイは、その軍刀《サーベル》に啞然となった。
漆黒の刃——鍔もとから切っ先まで黒炭色に輝いている。そして血が拭われる一瞬、その峰から芯にかけて、無数の毛細血管のような模様が浮かんだのだ。
すげえ！　あの刀には血が流れてる！　だから刃がふらふらしねえんだ！

ジョーイの驚嘆——それを、もっと詳細に言い換えるならば、こうだ。

あの刃はガラスのような透光性の材質でできているのだ。またそのガラスの内部には無数の細かな管が通っており、そこを流れる何か——精油か何かが、慣性に従い、複雑な角度で流れてバランサーとなり、手首の僅かな動きによって刃の最適角度を保つばかりか、異常な速度での振り下ろしや、急激な停止や、方向転換さえも可能にするのだ。

きっと柄の内部にも複雑な趣向が凝らしてあるに違いない。柄の握り方次第で精油の流れが変化するといった仕組みがなければ、ああも自由自在に刃が動くわけがない。

それはまさに冷たい目を持つ黒豹男にふさわしい逸物《いちもつ》——牙というか爪というか、そそり立った真っ黒いペニスの象徴学的な解釈による芸術作品というか、とにかくそういうものにジョーイには見えていた。

「選びな、叔父貴」ガンファイター——右の銃が巨体の男に向けられている。

「銃を下ろさんか、ニコラス！」巨体の男の怒鳴り声。「じきに兵隊どもが来る！　この有様を見れば、誰がやったかすぐにわかるぞ！　貴様がしていることは——」

「世代交代ってやつさ」ウィンク——ガンファイターは撃った。

巨体の男は両眼を撃ち抜かれてデスクの向こう側へ倒れ込んだ。

「さて、行こうか、フリント。時代が微笑むってやつを経験しに行こうや」

ジョーイは慌てて身を翻《ひるがえ》し、階段を昇って三階の踊り場に隠れた。

すぐ下で二人のピエロが階段を降りていった。三階のすぐ上が屋上だった。

ジョーイはそのまま階段を昇った。裏手にエンジン音——走り寄って下を覗き込んだ。

例のタクシーだ。他にも何人かの見張りと、数台の車。

にわかに何発かの銃声——見張りが全員倒れた。

「叔父貴の兵隊どもが集まってきたな」ガンファイターの声。

ジョーイは身を乗り出し、ぎょっとなった。

タクシーの後部座席に乗り込んだガンファイターと軍刀《サーベル》使いのコンビ。

その片割れ——アイスブルーの目が、こちらを見ていた。

白い歯が光った。人間黒豹の微笑。

タクシーが砂利を跳ねながら走り出した。

彼方にヘッドライトの群——ぞろぞろとこのボロ臭い工場を目指してやってくる。

くそっ、はめられた。

確かに、それは間違いなさそうだった。疑似餌となって敵の本体を針にかける役目にあった自分が、今、タクシーに乗った連中が逃げおおせるための別の餌にされたのだ。

77

夕暮れ時のドライブイン――どの街にもあるドライバーたちの憩《いこ》いの場／戦前からある見慣れた光景。ローラーブレードを履いたウェイトレスが運ぶハンバーガー。

「二時間経っても連絡がなければ、オフィスに行ってくれ」

車の外からボイルドが言った。

助手席にはエリザベスが座って、涙で腫れた目をこちらに向けている。

「考え直せ」フライト刑事――虚しい警告。「相手は軍人崩れのギャングどもだぞ。戦闘訓練を受けた後で、都市の荒事を商売に選んだ連中だ」

「我々は軍の一個中隊と何の武器もない状態で戦い、生き延びた」ボイルドは言った。目をエリザベスに向ける。「二時間で全て終わらせる。あんたは安全になる」

「俺たちを信用してくれ」革手袋姿のウフコック。「必ず希望に添った結果を出す」

エリザベスはおずおずとうなずいた。「信じるわ」

フライト刑事は両手で頭を抱えた。「なんてこった――信じるしかないとは」

ボイルドは車を離れ、公用車へ向かった。

「運転手はあたしだよ」ラナ――梃子《てこ》でもハンドルを離しそうにない。

「銃撃を受けたという手は？」

「あれっくらいじゃ、びくともしやしないって」手を動かしてみせるラナ。親指の付け根周辺の皮膚が裂けていたが、内部に損傷はないようだった。

ボイルドは助手席に乗った。

車が驀進《ばくしん》を開始した。

「ジョーイからの無線だ」とハザウェイ。「あいつ、変なこと言ってるぜ。ピエロが刀を振り回したとか、仲間割れだとか、三十人近い兵隊に囲まれちまったとか」

「罠だったら？ Uターンする？」ラナが訊く。

「クリストファーからはゴーサインが出ている。急げ。速やかに敵勢力を撃滅する」ボイルドの指示——確認。「……いいな、ウフコック。お前を使うぞ」

「やってくれ。それでエリザベスが安心するなら」ウフコックの固い決意。

ウィスパーから送られてくる情報——ジョーイの正確な位置／周辺施設の詳細。

ウェストサイドを南下。ウェストヴィレッジへ——西側の港湾地区。

その外れ——繊維加工工場。

降りてくる夜の向こうにビジョンを見た。降り注ぐ爆弾の雨。自分がその一つとなって落下していく。炎——全ての死者を抱く輝き。敵味方の区別なく、善も悪もみな塵に還る。全てを虚無へ帰す炸裂を冷静に見つめた。どれほどの戦場であれ、二度と狂乱することはない。自分は決してウフコックを濫用しない。

快楽と恐怖――その二つが自分を支配することは決してない。だからこそクリストファーは、自分をウフコックのパートナーにしたのだという思いがあった。

「あと二分で着くよ！」ラナの報告。

「目標の二十メートル手前で俺を下ろせ。ラナは左から回れ。ハザウェイは右からジョーイと合流。敵を包囲殲滅する」

「三人と一匹で、三十人を包囲か」銃の安全装置を外すハザウェイ。「ジョーイを入れりゃ四人と一匹だし。まあ妥当だな」

ラナがブレーキを踏み、車体を横に滑らせながら停車させた。

ボイルドが助手席から飛びだす／走る――正面に工場の搬出口。

建物から響く複数の銃声。

《二階で集中砲火を受けてる！》ジョーイの通信。《俺はやってねえのに！》

ウフコックが変身《ターン》――突撃銃へ。見張りが二人、銃を突き出して何かを叫んでいる。

まず相手に撃たせた――習慣になりつつあるスタイル。重力《フロート》の壁が乱射される弾丸の軌道を逸らす。突進――三連射／見張り二人の胸を吹っ飛ばした。搬出口に飛び込み、壁を走りながら、埃をかぶった作業台の間にいた連中へ銃撃を浴びせた。

《北口に敵集団。車両多数。突撃《ファック》するよ》ラナの報告――車両周辺を疾走。

両手に8の字を描いて躍るボールベアリングの鬼火――最大出力。電話番号並みの数の玉が中の人間ごと車を引き裂き、銃を向ける者たちに反撃の余地を与えぬ掃射を浴びせかけた。車が爆発、さらに一台爆発、続けて爆発――赤々と染まる大地と空、工場の壁、倒れて動かぬ人々、顔を歪めて撃つ人々。盛り上がる一方の弾丸の饗宴。

《南口から侵入。くそっ、今日はもう死にたくねえ》ハザウェイの通信――ジョーイを追い回す連中を側面から急襲。撃ちまくって二人倒し前進。胸と腿を撃たれ前進。敵の自動小銃を奪って室内で盛大に乱射。跳弾の嵐を生み出しながら前進、前進、前進。

ボイルドは天井を走って作業場の奥へ――立ち塞がる敵、壁際に身を潜める敵、突進してくる敵、武装した強力な敵――状況に合わせて武器を変身《ターン》。拳銃、ショットガン、突撃銃、拳銃、サブマシンガン、拳銃――変身《ターン》、変身《ターン》、変身《ターン》。無尽蔵に装填され続ける弾薬。自在に口径も弾薬の種類も変えられる武器――たった一つにして無限の装備。

恐怖――興奮。どちらもコントロール。グラウンドゼロの感覚。炸裂する場所。ここがお前たちのゼロの大地、爆心地、終焉の地だという宣告を込めて撃つ、撃つ、撃つ。

脳裏をかすめるビジョン、吹き荒《すさ》ぶ炎の幻、あくまで冷静に、戦う自分を遠くから見つめている感覚、それでいて何かが目覚める感覚、素晴らしいことが起こっているような感覚。相手の死角に潜んで待ち伏せすることもなければ、一ヵ所にとどまって重力《フロート》の壁を頼りに応戦することもない。ただただ正面から突破、上方から襲撃、必要なだけの火力をもって制圧。古い木造部分が弾丸の熱で燃え始め、壁中に血しぶきが飛んだ。

まさに包囲殲滅。09法案のデビュー戦——その挑戦と勝利。

徹底した爆撃にも似た宣伝効果——都市最大の非合法な戦闘集団を壊滅させた僅か数人の精鋭たち。それをクリストファーと連邦検事が狙っていることもわかっていた。

薬莢が音を立てて床に転がった。

ボイルドは辺りを見回した。動く者はいない。足の踏み場もないほどの死傷者、薬莢、銃器、血だまり、弱々しい呻き声、荒い息づかい。硝煙と火災の煙が、重力《フロート》の壁によって遮《さえぎ》られ、ボイルドの周囲だけぽっかりと穴が空いたようになっている。

《西側搬出口、一階作業場、倉庫、制圧》ボイルドの報告。

《北駐車場、ロビー、エレベーター、制圧》ラナの報告。

《二階、事務所、制圧》ハザウェイの報告。《それとジョーイが立ち小便中》

《言うな、馬鹿。終わったよ》ジョーイの報告。

四人が西口に集まった。

ボイルドの手の中でウフコックが姿を現し、鼻を宙に突き出す。

「戦場の匂いだ」もの悲しい声。「彼らは、何のために戦ったんだ?」

「利益のためだ」ボイルドは言った。フレデリック連邦検事の言葉——利益と不利益。どちらにもならずに死んでいく者たち。「確かにグロテスクなものを見た気分になる」

ラナたち三人は気にかけもしない。要点のみ求める、根っからの最前線主義者たち。

「俺をはめたやつらが残ってるぜ。タクシーに乗ったピエロたちが」とジョーイ。

「追いかけて仕留める？　ボイルド？　リーダー？」とラナ。

「クリストファーは撤退を命じている。フライト刑事のところへ戻る」

ボイルドの判断――これ以上はウフコックの濫用になるのではという密かな恐れ。

「腹が減ったよ。今日は一日、死んでるか食ってるか撃ってるかだな」とハザウェイ。

どこか遠くでサイレンが聞こえていた。

76

ドライブイン――約束の時間より二十分ほど早かった。

ボイルドが窓をノック――フライト刑事は反射的に銃を抜きかけ、慌てて窓を開いた。

「ボイルド、逃げてきたのか？」

「いや。やつらの内、仲間割れをした数名が逃げた」

「なに？　あんたらは――」

「我々は全員無事だ。現場にいた敵は壊滅した。今、救急車が、死傷者を病院へ運んでいる。クリストファーによれば、我々の戦闘の正当性は万全で、どの方面からも訴えられることはないそうだ。ところでチャップという人間は知っているか？」

呆然となっていたフライト刑事——我に返ったように言った。「チャップ・ネイルズか？　ロック・ネイルズの実の弟だ。武装強盗や麻薬密売を広範囲に手がけている——」

「死んだ」

「なに⁉」

「仲間割れらしい。ロック・ネイルズの方は何もしなくていい。連邦検事の配下の捜査官たちが、隠れ家に関する密告を得て、急襲中だそうだ。じきに逮捕されるだろう」

エリザベスは、あんぐりと口を開けたまま、ボイルドの報告を聞いている。

ボイルドはエリザベスを見た。手の上に姿を現したウフコックを近づける。

「エリザベス、安心してくれ。約束通り、あなたの恐怖の原因を排除した」ウフコックは言った。「そのせいで大勢の死傷者が出たが——」

エリザベスは身を乗り出すと、奪い取るようにしてウフコックを両手に抱き、その小さな頭と体をキスマークだらけにした。

「あなたは世界で一番キュートだわ」泣き濡れるエリザベス。「世界で一番よ」

びっくりするウフコックを再び受け取り、ボイルドは言った。「行こう。オフィスで、もう一人の依頼人が待っているらしい」

「もう一人？」フライト刑事が訊いた。

「我々も詳しくは聞いていない。後続して護衛する。車を出してくれ」

ウフコックを革手袋に変身《ターン》――ラナが運転する車に乗り込んだ。

フライト刑事の弾痕だらけの車を追いかける。

帰還――オフィス。

二階／デスクに座るファースト・チームの面々――一杯やりながら笑い合っていた。

「おめえさんがたも相当なもんだったって？　詳しく聞かせて欲しいだよ」レイニー――

――手にボトル／盛大なゲップ。

「たっぷり撃ちまくったよ」とラナ。

「俺なんか一日に二回も死んだんだぜ」とハザウェイ。

「俺なんかひでえ拷問を受けたんだぜ」とジョーイ。

「先にクリストファーに報告してからだ」ボイルド――全員をつれて三階の通信室へ。

機材の山――イースターとウィスパーの聖域。クリストファーと連邦検事もいた。

「危うく我々の方が危険視されかねないほどの理想的な大激戦だったな」クリストファーの誉め言葉。「君たちのライセンスに星を一つ入れてやろう。クルツたちにはいらないと言われてしまったが、君はどうだ？」青と赤のきらきら光る星のシール。

「けっこうだ、プロフェッサー」チームを代表しての断り。

モニターに誰かの顔――禿頭の男／大きな顔と首／物騒な眼差しに込められた普遍的

なメッセージ——〝どいつもこいつも世の中全ての人間は等しくクズだ！　中でもこの俺は、お前らを自由に踏みにじることができる、力に満ちたクズだ！〟といった感じの、全世界に向けての平等な悪意。

ロック・ネイルズ——全てがひと段落して初めて見たターゲット。

「こいつ誰？　どこの爪磨き屋《ネイルズ》だ？」ラナがモニターを覗き込む。

「釘打ち屋《ネイルズ》だ。棺桶のな」フレデリック連邦検事の解説。「先祖代々の葬儀屋だ。死んだ労働者たちの死体を埋葬すると見せかけ、諸外国に解剖用の検体として密輸し、財を成した。税務署の記録では年収一万ドルにも満たない人物だが、飲食店業やタクシー業、運送業など広範囲な商売を牛耳っている。さらにそれらを隠れ蓑にして都市のギャングを組織し、銃や麻薬を売り捌《さば》き、今では死体を作る側に回っていた」

「おっかねえな。逮捕して下さいよ」とハザウェイ。

「つい先ほど、捜査官が身柄を確保したところだ」とフレデリック連邦検事。「諸君のおかげだ。これで、この都市の裏の勢力図が塗り替えられることになる」

「そりゃすげえ。どういう仕組みでそんなふうになったんだ？」とジョーイ。

「君らが保護した証人たちがいるからこそだ」クリストファーが、エリザベスに歩み寄った。「さぞお疲れでしょう。どうぞ、こちらに。コーヒーでもいかがかな？」

「いらないわ」とエリザベス。「ロックは、どうせすぐに出てくるんじゃないの？」

エリザベスの手を取り、ゆっくりと会議室へエスコートするクリストファー。「確かに保釈は認められるかもしれない。しかし市と連邦の二重の監視のもとでだ。傘下のグループは壊滅的にがたつくことになる。彼は手足をもがれたも同然だし、他の連中には、今さらあなたに手を出す必然が全くない。それより本当にコーヒーはいいのかね？　先ほど、もう一人の依頼人にも差し上げたが、なかなか良い味との評価を頂けた」

クリストファーが会議室のドアを開く——ボイルドたちセカンド・チームの面々も、何となくついてきていた。

「どこかの誰かさんが気に入っても、あたしは——」招き入れられたエリザベスは、その場でぎょっとなったように立ちすくんだ。

会議室の隅で男が椅子に座っていた。落ち着いたブラウンのスーツに身を包んだ、どこかの誰かさんは、立ち上がってコーヒーカップを掲げながら言った。

「やあ、ベス。ここのコーヒーは、警察で出される代物とはずいぶん違うね」

「デイヴィッド——」エリザベスは子供のようにスカートの裾を握りしめながら顔を真っ赤にしている。「なんで、ここに。あたしとは、もう——」

男はカップを置き、エリザベスに歩み寄った。「君が破棄し忘れたデータを見つけたんだ。ネット上にある君のフリーメール・サービスのアドレスにあったやつを。正確には、ミスター・クリストファーに見つけてもらったんだが。そのデータを保持している限り、私にも証人として保護を受ける権利がある――そう言われてね。君がなぜ姿を消したか、彼らのおかげでやっとわかった」

男がエリザベスの肩に触れ、相手を落ち着かせるように、ゆっくりと抱き寄せた。

クリストファーが言った。「彼――ミスター・デイヴィッド・マグリフィンが、最初に我々の保護拘束を受け入れたのだよ。自分の妻を、保護範囲にふくめるかたちで」

「夢みたい」エリザベス――その頬を幾筋も涙がつたわった。「本当に夢みたい」

「ねえ、俺たちがここにいる必要ないんじゃない？」ジョーイがこそこそ呟く。

「あたしは、レイニーが握ってた代物を分けてもらいに行くよ」とラナ。

「ハザウェイ」クリストファーが呼び止める。「君は地下の医務室へ。イースター博士が、君が受けた銃撃の解析をする。殺人犯を逮捕する上で必要な証拠になるからな」

「了解《コピー》」とハザウェイ。「ちぇ、俺だけ検診かよ」

二階――事務フロア／レイニーがビールの小瓶を回してきた。ボイルドはそれをひと口飲んだだけで、ジョーイに渡した。

ウフコックがボイルドの胸ポケットからデスクへと飛び降りた。その頭に、まだキスマークがうっすら残っていた。「俺たちは必要とされた。そしてそれに応えた。すごいことだと思わないか、ボイルド」

「ああ。上手くやれたほうだろう」

「エリザベスは、俺のことをキュートだって言ってくれた。お前も聞いただろ？　彼女は俺のことを受け入れてくれただけじゃなく、すごく好意的に評価してくれたんだ」

「その通りだ」ボイルドは言った。「俺が彼女でも同じ評価をしただろう」

「夢のようだ。今日はなんて素晴らしい日なんだ。俺が認められた。俺の存在が」

ウフコックの沸騰――止められそうになかった。

「滅茶苦茶な撃ち合いだったね。そうだろ、ウフコック？」ラナがそう言ってウフコックを手に抱いた。「こいつが武器になってぶっ放した弾数ときたら、あたしの連射もおっつかないね」

レイニーがげらげら笑った。「そいつはぜひ聞かせて欲しいだよ！」

ウフコックは、小さな手を突き出して、とくとくと説明した。みんなが大受けした。

ボイルドは、自分がそれほど濫用の苦痛をウフコックに与えていないらしいことに安心していた。しばらくすればウフコックは今日の戦闘について、あれこれ悩み始めるだろう。だが今のところは全て正しくやれたらしい。どうにか上手く立ち回れたのだ。

「賑わってるな」フライト刑事／両手に紙コップ――ボイルドに一つ差し出した。

「戦闘の後で神経を宥めるための方法だ。騒ぐうちに落ち着いてくる」ボイルドはコーヒーをすすった／濃厚／確かにひと味違う――クリストファーの趣味と知れる代物。

「市警への報告はどうするつもりだ？」

フレデリック連邦検事が、市警と合同でこの件を片付けるとは思えなかった。

フライト刑事は、市警の手柄になるべき仕事を０９法案に譲り渡す手伝いをしたのだ。

「署へ戻って、色々と小細工をしなきゃならん。何と言っても、あんたらは、たった一日で、考えられる限りのでかい的《まと》を沈めちまったんだからな。言いたかないが、市警じゃ無理だった。元娼婦のゴシップ記者が、ビルの窓から天国へ飛び立って終わりだったろう。深入りするには、おっかなすぎるんでな」

フライト刑事は、そのでかい手を差し出してきた。「あんたらのボスは、これから幾つも的を用意する気だ。引き続き、俺が、あんたの隣で現場での実地訓練《オン・ザ・ジョブ・トレーニング》を担当する」

「そういう取り引きか？」

「そういう段取りさ。何十人も撃ち返してくるような戦争は領分じゃないがな」

ボイルドはその手を握った――最初のときよりも互いに力をこめて。

一瞬、ビジョンが見えた。音速で飛ぶ戦闘機に乗っている自分――何かの力が加速させる感覚。いつもは星々のごとく赤い光点《ターゲット》が輝いているが、そのときは、たった一つの巨大な光点《ターゲット》が眼前にあり、ボイルドはそこへ飛び込んでゆく最中だった。ボイルドだけでなく０９法案に参加した全員が。到達点へ向かって軌道に乗っていた。

《諸君の活躍は見事だった》クリストファーの声――オフィスのスピーカー。

今日という日の勝利宣言——そしてあるいは、産声《うぶごえ》。
《マルドゥック・スクランブル－09は、本日をもって完全なる実働態勢に入った。我々十二人のメンバー、および法曹界と法執行機関の強者《つわもの》二人によって。諸君、この都市の最底辺へと階段を降り、最上階をも震え上がらせる激動をもたらそうではないか》

75

ウェストリバー沿いのアパート——その近所の安カフェ。

早朝からクルッツがオセロットをつれて新聞を、レイニーとワイズが雑誌を購入。

全員がそれを回し読みしながら朝食を摂《と》った。

「ロック・ネイルズの保釈金は史上最高額だそうだよ。なんでまた保釈を認めるのか疑問でねえか？」とレイニー。

「理由がぶったまげるぜ、兄弟。なんと初犯だとさ」とワイズ。

「俺たちの知らない世界の数字が出てるぜ」とジョーイ。「幾らだ、これ？」

「百十七万ドルだよ」とハザウェイ。「これが保釈金の額かよ。やってらんねぇ」

ラナはウフコックと一緒に、ボイルドが広げる雑誌を覗き込んでいた。

『声明!! デズモンド市長とフレデリック連邦検事の固い握手。互いを戦友《カムレード》と呼び合う二人の強者による正義の追求。戦場で友情を培《つちか》った二人は――』

「どこの戦場だっての。地図の見方もわかんねえまま、指揮司令所のでっかいソファでアイスクリームをぱくついてた連中だぜ」ラナが写真を指で弾く。

「フレデリック連邦検事は、市警との協力関係を強調している」クルツが言った。「今のところ我々の存在は表沙汰にしない方針らしいな。ウェストヴィレッジでの戦闘も、仲間割れによるものだと書いてある」

ボイルドの同意。「仲間割れは事実だ。ジョーイが確認した。ロックの息子のニコラスという人物が、叔父のチャップ・ネイルズを撃ったらしい」

クルツはうなずいた。「刑務所でレイニーが化けた男だ。そいつの情報はないな。逃げ隠れしたか、それとも市警か検察と取り引きをしているのか」

「不明だ。フライト刑事は何も言っていなかった」ボイルドの返答――ギャングの跡取りのことなど、どうでも良かった。気になること／ジョーイの報告――漆黒の軍刀《サーベル》。その使い手であるアイスブルーの目をしたピエロ。間違いないという思い。

研究所で自分の重力《フロート》の壁を突き破った敵――軍属崩れ＝ダークタウンの傭兵。

チャールズ・〝厚顔無恥《フェイスマン》〟・ルートヴィヒ教授の言葉が思い出される。

民間利用――むごたらしい結果しか生まない技術の末路。研究所が襲撃されるよりも前から、都市で民間利用されている者たち。

アイスブルーの目のピエロ——次は自分が相対したいものだった。

「殺人ビデオのことも何も書いてねえだよ。カトル・カールとかいう拷問のプロどものことも何もなしだ」レイニーがぼやく。「えらく不思議だよ。なんでこうも俺たちの知ってるのとは違うことが書いてあんだ？　聞かせて欲しいだよワイズ」

「証人の安全のためってやつだろうよ」とワイズ。「読者受けってのもな。子供をショットガンで吹っ飛ばすギャングの話なんざ、誰も読みたくねえかもだ。見な、五カ月後の市長選挙のことが書いてあるぜ。デズモンド市長の再選に向けての旗印だとさ」

「我々の手柄は彼らのものというわけだ」とクルッツ。「オセロットは五人も仕留めたというのに。ろくな褒美もやれないとは申し訳ない気分だ」

《命令通り行動できた》とオセロット。《俺は俺の仕事をした。それだけでいい》

「オセロットは、本当に心が強いな」羨ましげなウフコック。「どうしたら、そんな鋼のような心を持てるんだ？」

《どうしたら、お前のような煮え切らない心が持てるんだ？》とオセロット。《お前は不確定要素に心を砕きすぎる。二分後のことに集中して、二分前のことは忘れろ》

「とても無理だ。二分前のことを忘れようとするうちに、二分間経ってしまう」

「なあ、俺たち、いつ家具付きの部屋に住めるんだ？」とジョーイ。

「くそっ。このネイルズとかいう棺桶野郎、ずいぶんと儲けてやがる。あの工場で少しはぶんどっときゃ良かったぜ」ハザウェイ――真顔。

「あいつらの腕時計とネックレス、なかなかのもんだったね」ラナ――私掠《しりゃく》を肯定。

「あの刑事、市警にはなんと言い訳しているんだ、ボイルド？」クルツが訊いた。

「小細工をすると言っていた。だが昨日のフライト刑事の動きは、彼が属する組織からすれば看過できないはずだ。撃たれた車の言い訳も不可能だろう。エリザベスのことを報告せずに済ませるのも」

「やはりクリストファーと連邦検事は、市警と取り引き済みだな」とクルツ。

ワイズが口を挟む。「連邦検事が、地方検事の頭越しに捜査を指揮するのも無理があるってもんだ。戦場では、よくある光景だがな。それにしたって見栄えの良い言葉が使われるもんさ。非常事態における指揮の分担とか、部隊下士官の判断により権限を委譲とかな。そういうのが、どこにも見当たらないってのは変な話だ」

「なんであの刑事が選ばれたか、理由があるんでねえか？ ボイルド？」とレイニー。

「彼は俺を通して、市警の捜査術を０９メンバーにもたらすことと引き替えに、何かを与えられるんだろう。それ以上のことは、これから探るつもりだ」

「わかったら、ぜひ聞かせてくんな」レイニーの要請――全員を代表して。

ボイルドはうなずいた。フライト刑事と交わした握手――彼のもう一方の手が、誰の手を握っているか、あるいは握られているか、知っておくにこしたことはなかった。

「都市改造計画について書かれている」クルツが新聞の記事を指でなぞった。

『官民一体。マルドゥック市《シティ》の新たな夜明け。戦後最大の都市計画。リッチ建設、オクトーバー社、フェンダー・エンターテイメントなど多数の大企業が参加――』

「クリストファーの実家だったな、オクトーバー社の一族は」呟くクルツ。

うなずくワイズ。「都市改造計画ってのは、要するに金持ちどもの庭の手入れだ。利益を生む仕組みの整理整頓ってやつだ。そのレースに俺たちも乗せられてるかもだぜ。新聞やネットニュースには出ない、裏の注目株ってことでな。連邦検事が出張ってきてるってのは、そういうことに違いねえさ」

ジョーイが深々と椅子にもたれて言った。「そんな草レースのことより、いったいいつになったら俺たちゃ家具付きの部屋に住めるようになるんだ？」

答えを知る人物＝クリストファーからは午後にオフィスへ来るよう指示されていた。

勝利宣言を確実なものにするための多くの契約――工作、密談、取り引き、根回し、譲歩、交換条件といったもののためだ。戦闘員たちがカフェで雑談をしている間、指揮官クリストファーと参謀イースターは都市中を走り回っているというわけだった。

やがて午後。

揃ってオフィスへ〝出社〟――二階のデスクに座って待った。

指揮官不在／参謀不在――午前中にヘルパーの手で風呂に入れられたウィスパーは、三階の清潔なベッドの上で三十二台のコンピュータとプログラム言語で会話中。

ウィスパーの意図は誰も――ウフコックですら――推し量ることができない。イースターいわく、たまに気づかないうちに見たこともないアプリケーションが生まれていて、使用してみると地殻変動シンポジウムのサーバーとリンクし、六千年後の地球の姿を演算し始めたりするらしかった。また、気づかないうちに幾つかの非合法なバルク・メール請負会社に、隠密かつ壊滅的な打撃を与えるべく完璧な布陣を敷いていることもあるという。あるいは世界中の有名銀行の口にするのもはばかられるような危険な投資の詳細が、ジャズ音楽の即興演奏プログラムをダミーにして音符化されていたりした。いったいウィスパーは何を何のために集めているのか――イースターいわく「自分の人生の大半が、実は不随意神経の誤作動によって成り立っているという気になるから考えないほうがいいよ」ということだった。

そういうわけで会話にならない相手しかいないオフィスにあって、カフェでの雑談と大して変わらない時間が過ぎた。ようやくクリストファーとイースターが帰社し、会議室に呼ばれる頃には、誰もが、何が事実で何が憶測かも曖昧な気分になっていた。

「諸君は、私の予想を遥かに超えて優秀だ。そう言わざるをえない。それが今日、お偉方との見え透いた会話を通して、判明したことだ」

クリストファーは、まったくもって心外だと言わんばかりに、そう口にした。

「ある人物——大っぴらに口にはできないが、国務省のお偉方だ——などは、諸君らを政府要人の専属警護に当てるべきではないかと言ってきた」

「すげえ!」ハザウェイ——コーヒーを手に歓声。「月給六千ドルの仕事だぜ!」

「なんてこった。今日一日の疲れがふっとぶぜ」ポップコーンをほおばるジョーイ。

「今までのクリストファーの言葉の中で、一番クールだね」ガムを弾けさせるラナ。

「聞きたまえ諸君。そこで私は言った。彼らの有用性はあくまで市民を保護することであり、本来の都市改造計画において妥協してはならない非合法な組織的行為に対して、完全に独立した執行機関として機能するのだと。すると今度は、都市の大手警備企業の顧問もしくは取締役の待遇を与え、都市要人の警護指揮に当てろと言ってきた」

「これこそ本物の驚きのニュースってやつでねえだか?」バリバリと晩飯代わりのスナックを噛み砕きながら喋り散らすレイニー。「なあワイズ? 聞かせて欲しいだよ。俺たちゃ、こういうニュースを待ち望んでいたんでねえだか?」

「お前の言う通りだぜ、兄弟」火のついた煙草を指の間でくるくる回転させながら顔をほころばせるワイズ。「俺たちゃ、実績って名前の絨毯を知らねえうちに歩んでたってわけだ。今までは歩きにくかったそれが、気づかねえうちに出世っていう名前のふわふわした感触になってたってわけだ」

「まさに元軍人としては最高の待遇だな」すでにその待遇を与えられたかのように優雅に足を組むクルツ。

《褒美を与えられるようだ》とオセロット。《なんであれクルツが満足するものであれば俺に異存はない》

「みんなから物凄く喜んでいる匂いがする。俺たちは評価されたのか?」ウフコックがボイルドの肩で嬉しそうに訊く。

「ああ、そうだ。これ以上ないほどに」ボイルド——腕組み/この第三のキャリアが充実したものになるという実感。

「でもクリストファーは不満なようだし、イースターからは困った匂いがする」

ウフコックにそう言われて初めてイースターに目を向けた。

イースターは会議室の隅っこで、肩をすくめてこちらを覗き見るようにしている。まるでこれから起こる波乱に対して、あらかじめ防御を整えておこうというように。

「諸君、聞きたまえと言うのに。まったく嘆かわしい。彼らはどうして、ああも既得権益の坩堝に私の信者たちを放り込みたがるのだろう。その気持ちはわからないでもない。もし私が彼らだったら、同じことを、もっと手際よく本心を明かさずやるだろう。そんなわけで私は、はっきりと彼らに明言してきた。まさしく宣言と呼ぶにふさわしい、挑戦的かつ真実の言葉を叩きつけてきたのだ。そうだろう、イースター博士?」

「は、はい、プロフェッサー」イースター——どうにかして壁の一部になろうとするように巨体を部屋の隅に押しつけている。

全員の目がイースターを向き、それからクリストファーに戻された。ふいに全員が悟った。ありえないことが起きようとしている。何か容認すべからざる事態が。

「そんなわけで私はお偉方に対し、上流階級の作法にのっとり、気の利いたジョークを交えて、こう言ってやった。いいか業突張《ごうつくば》りども——君たちのその手には乗らないぞ。私の信者たちを君たちのようなあつかましいろくでなしどもにくれてやるくらいなら、兎が人間に汚された我が子をむしゃむしゃ食らってしまうように、メンバー全員を私の権限で今すぐ廃棄処分にしてゴミ缶に放り込むと」ハッハッハ——朗々たる笑い声。「君たちにはゴミ缶の中に手を突っ込む勇気などないだろうが、私のメンバーは家具なしアパートに五十日間近くも黙って住める忍耐強さを有しているのだ。よって私の目が届くうちは、つまらない小遣い銭で私の信者たちを誘惑するような汚らわしい行為は断じて許さないし、もしそんなことをしたら、この私が君たちには到底真似できないような遥かに汚らわしくてとんでもない手を使って、君たちの暴露すべからざる生活の汚辱を都市中にばらまいて失脚させてやるぞと」ハッハッハ——君たちも笑っていいんだよというようなウィンク。「すると彼らは大人げなくも憤慨し、バリエーションに富んではいるものの独創性に欠けた捨てゼリフとともにテーブルを立ったわけだ。それにしても、ちょうどそのときメインディッシュを運んできたウェイターの顔ときたら傑作だったな。私が、我々二人でそいつを平らげてしまうし、支払いは今しがた出て行った連中に回すことになっていると言ったら、さらに傑作な顔になったものだ。しかもイースター博士と私が本当に全部平らげてしまったものだから——」

「質問がある」クルツが全員を代弁——クリストファーを遮った。「メインディッシュの話はその後で聞かせて欲しい」

「遠慮なく訊いてくれたまえ、私の信者たちよ」

「つまり、お偉方からの報酬というのは、ご破算と考えていいのだろうか？」

「待ちたまえ。何を言っているんだ、クルツ。君ともあろう男が」クリストファーは、ここが肝心だというように指を立てて言った。「未来永劫、そんなものはありえない」

「質問なんすけど」ハザウェイの挙手。「俺たちの給料って、幾らなんすか？」

「月六百ドルだ」クリストファーの即答。

ハザウェイが、ジョーイが、ラナが、ワイズが、レイニーが、次々に手にしたものをクリストファーに投げつけた。「ふざけんな」飲み残しのコーヒー入り紙コップ。「誰が信者だ」噛んだガム。「傑作なのはあんたの髪だ」ポップコーン。スナック。火のついた煙草。

クルツが深々と嘆息した。主人の失望を嗅ぎ取ったオセロットが唸り声を洩らした。

「どうしたんだ！　みんな、ひどく怒っている！」おろおろするウフコック。

ボイルドは、ふとそこでイースターの挙動に気づいた。何か言いたいことがあるが厳しく発言を禁じられているというように両手で口を塞いでいる。

「落ち着きたまえ。諸君、冷静に。それでも元軍人か」クリストファーは顔にかけられたコーヒーを拭い、頭についたポップコーンを払った。スーツについた焦げ痕に顔をしかめ、火のついた煙草を拾い、テーブルに付着したガムに押しつけて消した。

それから、囂々《ごうごう》たる非難の声を浴びせ続ける面々を見渡し、言った。

「一人当たり約十一万ドル。それが今回の事件の解決報酬だ」

沈黙。

何か大事なことを聞き逃したというように全員が動きを止めた。

クリストファーは紙コップにガムと煙草を放り込んだ。「それが利益だ。０９法案の最大の特徴である、連邦司法局および都市法務局から支払われる報賞だ。服役中のオーディと、ジャーナリストのエリザベスにも、同額の利益がもたらされる。その仕組みに群がるハイエナどもなど、一切、恐るるに足りん」

そして全員を見渡し、警告を込めて言った。

「いかなるときも激情に身を任せてはいけない。それが武力と一体化した諸君の規律——有用性の大前提だ。私に物を投げつけなかったクルッツ、オセロット、ボイルド、ウフコック。次の土曜までにスーツを仕立てるか、体毛を整えるか、まあ、それらしい格好をつけたまえ。都市改造計画のお偉方が集まるパーティに連れてゆく。一杯三十ドルのシャンパンが飲み放題だ。やれやれ……半数が人間族以外とは。嘆かわしい」

「おい、そりゃないぜ、クリストファー先生」とハザウェイ。

「汚えよ、プロフェッサー。なあ、あたしのガムは当たらなかっただろ？」とラナ。

「十一万ドルって、どんくらいだ？　家具付きの部屋に住めんの？」ジョーイの困惑。

「馬鹿こけ、ジョーイ。家具付きの部屋を買っちまえばええだよ」レイニーの歓声。

「俺が何かを投げたなんてあんたの幻だぜ！」ひざまずいて言い募るワイズ。

「今度は、みんな喜んでいる！　何が起こったんだ？」目が回りそうなウフコック。

「クリストファーが、わざと残念がるようなことを言って、みなを試しただけだ」

そう言ってボイルドはイースターを見た。穏健で人なつこく、間の抜けた科学者上がりの参謀は、順調にクリストファーの影響を受けている証拠に、膝を叩いて笑っていた。

74

パーティ／六十四階建ての高層ビル――その落成式。

最先端技術を惜しみなく注ぎ込まれた、全面ガラス張りの多目的高層建築。

戦中から戦後にかけての経済の賑わいを一ヵ所に積み重ね、栄耀栄華《えいようえいが》とはどんなものであるかを誰の目にも明らかにする代物。その芸術作品を見上げる市民は、おのずから都市経済の新たな門出を祝い、それまで知らなかった欲求を喚起される。

現代都市の王侯貴族がその威光を知らしめるため、市民の出入りを許した至高の宮殿。

虹色の玄関／滝の落ちる壁面／三十二階まで吹き抜けになったエントランス――その中央＝時間ごとに光線と音楽と水の形を変化させ、企業のロゴを映し出す噴水。

オープン前からすでに三分の二以上も高級店で埋まったテナントの店名札――数々の文化施設。もう一つの都市を出現させたような立体的な生活空間。

エントランス前には〝天国への階段《マルドゥック》〟を表現した黄金の螺旋階段――成功者たちが身をもって経験した栄光を告示するモニュメント。

リッチ建設――不動産業、建築業、投資業。

その都市計画の偉大なる先駆け――マルドゥック・グランタワー。

研究所に匹敵する、巨大な消費の産物。

そのエントランスホールに、ボイルドはシャンパンのグラスを手に立っていた。

吹き抜けを見上げ、ざっと目算。ここから天井まで警報装置をかいくぐって走るのに要する時間。最短予想――十分。最長――どんな警備システムを駆使しているのか想像もつかない。五十五階から最上階は、超高級住宅のデラックス・ハンバーガーだ。とても一口でかじりつける代物ではなかった。

バンド演奏――有名ミュージシャン。

フェンダー・エンターテイメント――各種メディア産業の王。ビル十一階全部にテナント。都市に多数の映画館／劇場――噂ではカジノを都市に誘致。賭博を合法化する市条令――通称〝カジノ法案〟を成立させるための下地作りに明け暮れる幹部たち。

企業名が彫りつけられたカクテルグラス／黄金色のシャンパン／トレーを優雅に運ぶウェイターたち――その制服にも企業名。

オクトーバー社――製薬と化学開発＝睡眠薬／ファンデーション／香水を柱に莫大な財を成す。現市長と深いつながり――資金投下＝都市改造計画の裏の仕掛け人。一族は多方面で活躍――財界、法曹界、産業界、その末子は09法案の創始者クリストファー。

リッチ建設総裁――オートソール・リッチ。

フェンダー・エンターテイメントCEO――ライスビル・フェンダー。

オクトーバー社創始者――ファインビル・ノーマン・オクトーバー。

老いてなお君臨＝戦前のマルドゥック市《シティ》を戦中から戦後へ導いた三人の巨人たち。

現市長デズモンド・ハーヴェイ――元敏腕弁護士／再選を確実視される売れっ子／セレモニーで挨拶――多数の〝戦友《カムレード》〟を求めて企業人たちと握手、握手、握手。

クルツは入場を許可されたオセロットとともに、軍属上がりの盲人としては最高峰のダンディズムを発散しながら静かに葉巻を吹かし、目立たぬよう振る舞っている。

その多元的な視界は常にクリストファーとイースターの周辺をチェック——二人に話しかける人々の顔を、パーティが終わるまでに一人残らず記憶する気でいた。

ウフコックは現在、カタログで確認した十二万ドルの腕時計に変身《ターン》＝ボイルドの左手に巻かれている。宝石は模造——貯蔵していない物質への変身《ターン》は不可能。だがどんな鑑定士にも見破れないほど精巧な、実際のところ、限りなく本物に等しい偽物。

噴き上がる噴水——祝福の水しぶき。

医学界の面々——市の総合病院の首領たち。

中心人物ビル・シールズ教授——市の福祉政策の実行委員長。再犯の可能性の高い犯罪者に薬物を投与する〝治療〟／貧民街の子供たちの脳を改造してストレスを感じさせないようにしたA10《エーテン》手術による〝福祉〟／最近では麻薬ではない安価で安全な薬物をオクトーバー社の資金で開発——飲むだけで幸せになる魔法の薬を〝多幸剤《ヒロイック・ピル》〟と命名。連邦の認可を受けて発売——その共同権利保持者＝サラノイ・ウェンディ。

クラウンフード社——全国展開するチェーンレストランから高級パブまで幅広く経営／市警の情報によればネイルズ・ファミリーの隠れ蓑。

ブラウネル運送株式会社——クラウンフード社の企業舎弟／ロック・ネイルズの義理

の弟が経営／かつて遺体を密輸していた片割れ——麻薬と銃器密売の温床。

クリストファーはまだらに染めた髪をポニーテールにし、それ以外は切れ者の経営者といった塩梅《あんばい》で、従士然としたイースターとともに、そこら中の相手と談笑している。

クリストファーの笑顔／天真爛漫——おそらくこの世で最も信用ならない代物。

クルツがクリストファーに呼ばれ、何人かに紹介された。

次は自分だろうと思い、歩み寄った。

案の定、クリストファーの声。「我らのもう一人の英雄だ。ハロー、ミスター・モンスター。メンバー一の屈強な男、ディムズデイル＝ボイルドだ。こちらに来て、私の親族を紹介させてくれたまえ」

オクトーバー社の一族。

クリストファーの祖父／三人の兄弟——その両親は市長と談笑中。

一人の少女——おそらく兄弟のうち誰かの娘。

創始者ファインビル・ノーマン・オクトーバー——クリストファーの祖父。痩身を黒光りする杖に預け、穏やかにこちらを見返す／握手なし／笑顔なし／新しく買った家具でも見せられたような値踏みする目つき。オフィスで見たロック・ネイルズの顔写真を思い出す——〝いつでも踏みにじることができるぞ〟という雰囲気。体はロック・ネイルズの方が遥かに大きいが、踏みつける力はファインビルの方が遥かに強烈そうだった。

「……孫の新手の商売で、厳しい労働条件を課せられているのかね？」

「ノー、サー」軍人的返答＝最も無難な態度。

「忠誠は千金に値する」呟くようなファインビル。「良い社員だ、クリストファー」

「光栄ですよ、サー、お祖父様」クリストファーがおどけて言った。「こちらのお嬢さんが、私の姪――ノーマ・ブレイク・オクトーバーだ」

「初めまして、ミスター・モンスター」可憐な微笑＝特権的な生活を自然なものとして育った屈託のなさ。ハイスクールの制服／ぴったり結い上げたブロンド／その瞳――鮮やかな青さ＝孔雀《くじやく》を連想――無邪気に毒蛇をつつき回す鳥。

「強い男《ひと》は好きよ。ねえ、クリストファーおじさま。この方、私のボディガードに雇えないかしら」

「残念だがノーマ、彼の腕っ節は悪人を叩きのめすためのものでね」クリストファーのウィンク。「君を置き去りにして、ターゲットを探しに行ってしまうだろう」

「あら素敵」ノーマの笑顔――本物の屈託のなさ。「応援してるわ、モンスターさん」

「光栄です、ミス・ノーマ」またもや無難な返答。

続いてクリストファーの回れ右。「こちらが私の兄弟たちだ。それぞれ重要なポストに、座るのではなく、階段代わりに足を乗せている」

くくっと大柄な男が笑った――残り二人の男は無表情なまま。

「そう大した階段ではないさ」大柄な男が手を差し出してきた。「私は、長兄のグッドフェロウ・ノーマン・オクトーバー。オクトーバー社の現CEOだ。我らの連邦の盾となり矛《ほこ》となって戦った戦争の英雄に会えるとは嬉しい限りだ」

「光栄です、サー」ボイルドは手を握り返した。フライト刑事と同じくらい大きく、ごつい手だった。ちらりと手を見やる――グッドフェロウはその視線を読んで言った。

「オフの日はボクシングをしている。私の唯一の娯楽だ。若い時分にのめり込み、この歳までやめられずにいる」手を離すグッドフェロウ。左拳を軽く握る――〝今からお前に一発食らわせるが文句はないな？〟というような微笑。「君はやるかね？」

「訓練の一環としてです、サー」とボイルド。

「グッドフェロウおじさまとの試合なら、私も見たいわ」ノーマが口を挟む＝特権。

グッドフェロウの微笑――分厚い手でノーマの肩を叩く＝愛情のこもった仕草。

「いいとも。本格的な軍人ボクシングを見せてもらいたいものだ。先日、一時間五万ドルで、七度目の防衛に成功した連邦のミドル級王者を呼んで大いに楽しんだ。私は鼻を折られたからといって相手を訴えたりはしない。苦痛こそ勇者を育てる糧だ。戦場では大勢の男女が勇者に変貌する瞬間を見てきた。苦痛が彼らに神秘を与える瞬間を」

「恐縮です、サー」撤退的返答――本当にリングへ上げられかねない。馬鹿げたアルバイトを事前に断る。

くくっとまた笑い――グッドフェロウ。「こちらの弟たちは違うがね。特に、次男はその道のプロだ。シャンパンを一滴こいつのスーツに零しただけで、終身刑まで持っていこうと画策するかもしれない。要注意だ。ファニー、彼の手はなかなかのものだぞ」

「ファニーコート・ブレイク・オクトーバーだ」瘦身、眼鏡をかけた神経質そうな男の握手――手が離れるとき、その指がボイルドの手のひらを軽く撫でた。何かを推し量るような眼差しを向けてくる。無表情――何を意図しているのかわからない。

「パパはあまり自分の手を使わないわ」ノーマのくすくす笑い。「パンチより強い紙切れがあるものね」

父と娘――ミドルネームを共有／インテリ男と孔雀の娘＝妙なコントラスト。

「私は検事補をしている」たっぷりこちらの目を見てからファニーコートは言った。

「これから弟と――クリストファーと色々、協力関係になるだろう。よろしく」

冷淡な作り笑い。

市の地方検事補――市警とクリストファーの取りなし役か、それとも敵対しているのか。フレデリック連邦検事の存在を考えると、素直に味方になるとは思えない。

推し量りがたい無表情さ――ノーマの無防備な快活さとずいぶん違う。

「最後になったが、三男を紹介しよう」グッドフェロウの軽い手招き。

巨体――イースターの腹を遥かに上回る、ドラム缶のようなフォルム。

「クリーンウィル・ジョン・オクトーバーだ」剝き出しの横柄さ／握手――風船のような感触。もう一方の手に握ったグラスが揺れ、シャンパンが零れた。だが本人は濡れた手に気づいてなさそうだった。

「オクトーバー社の新事業部を手がけている」小さな三白眼《さんぱくがん》がせわしなく動く。「フェンダー・エンターテイメントなんかと」妙に幼い口調が混じる。「映画への出資やなんか」荒い息。「最近は、大きなビジネスなんかも任されるようになった」誇らしげ。

クリストファーが言った。「近頃注目の〝カジノ法案〟の成立をにらんで、彼の仕事は増える一方だ。四店の合法カジノがオープンを待っている」

「どれも良い店になると思う。チップをつかみに来るといい」クリーンウィルのどぎつい笑顔――根こそぎ奪い取るぞと言いたげ。

「光栄です、サー」最も気楽にできる返答。

「我が愚弟を支えてやってくれよ、モンスター」グッドフェロウの親しみのこもった軽いパンチがボイルドの肩へ。人なつっこい笑顔。クリストファーに似ているが、こちらの方が遥かに精悍だった。

「イエス・サー」

グッドフェロウのウィンク――姪っ子ノーマの肩に手を回す。

微笑むノーマ――グッドフェロウを慕うように。

その父親ファニーコートは、いやに執拗にボイルドを眺め回し、クリーンウィルはいつの間にか空になっているグラスを交換した。

全員が去っていった。祖父のファインビルは、とっくによそへ行ってしまっている。その隣には別の老人——リッチ建設の総裁オートソール。そばに背の高い女性——見覚えのある相手。

我関せずといった感じで葉巻を吹かしているクルツが、オクトーバー一族全員を監視下に置いているのが感じられた。

「どいつもこいつも変人だろう？」末子クリストファーのウィンク。「まあ、私ほどではないだろうが。彼らにしてみれば、私は趣味に没頭するあまり一家をないがしろにする放蕩者だ。私にしてみれば、家業である化学の知識など誰も持ち合わせていない、先祖伝来の技術をないがしろにする兄弟たちなのだがね」

「プロフェッサーは、あの検事補とは友好関係にあるのか？」

「私の事業を警戒している。都市の階段の最底辺を蹴飛ばせば、大勢が落っこちるはめになるかもしれないからな。だが逆に言えば、互いに有意義な取り引き相手でもある。無用な敵対は避け、都市改造計画における利益を共有したいと思っているだろう」かいま見える独立の意志——クリストファーはオクトーバー一族の結束から逸脱した上で、対等の取り引き相手になろうとしていた。

「相手が誰であれ、我々の規律は変わらない。証明すべき有用性に心を傾けたまえ」

そこへ——声／あるいは牽制。

「思ったよりも早く再会したわね」女の声——先ほど見た背中の主。

美貌の〝猿の女王《クイーン・オブ・エイプ》〟サラノイ・ウェンディ——背後に付き従うエッジス／やや離れたところにブレイディ。共有人格者《ユニット》——どちらも別々の動き＝シザースの社会適応。

「やあ、サラ。オクトーバーとは上手くやっているかい？」微笑むクリストファー。

「ええ、あなたのお祖父様は快く迎えてくれているわ」サラノイは言った。クリストファーの元婚約者——別れ／息子は家を離れ、他人であるはずのサラノイが入れ替わるようにして迎え入れられる／上昇志向主義者の立ち居振る舞い。

「そのうち君のことを娘呼ばわりするかもしれないぞ」

「すでに娘のように扱ってくれているわ。といっても他の兄弟たちと同じようによ」

一瞬、クリストファーとサラノイの間でだけ通じるような何かが交わされた気がした。

無線通信にも等しい伝達——沈黙のうちに確認される取り決めといったものが。

「老残《ろうざん》の男に、玩弄《がんろう》される君ではないと信じているよ」

「科学者上がりの四十代の女を、愛人に選ぶ人はいないわ」

「今の君を見て、そういうカテゴリーを思いつく者もいないだろうがね」

「都市改造計画の一員としてよ」サラノイの微笑——研究所時代よりも格段に人間らし

い。「ただ、あなたの意図について、兄弟たちに訊かれることが多いわね」

「さもあらん。なんて答えてる?」

「クリストファー・ロビンプラントという人間は、どんなに重要な苗を植えるにせよ、いつも遊び半分だって」

「そいつは本質的だな。君のプランは実現しそう?」

「あなたほど迅速ではないわ。今は市長選に向けて軌道修正をしているところよ」

「階段の頂上につく頃には、下を向いてみてくれ」

「あなたがいるから? 大声で呼ぶわ。返事を期待せずにね」サラノイ――さようならを言うときのような眼差し。ボイルドに顔を向ける。「クリストファーについていけなくなったら、いつでも私のもとに来ていいのよ。ウフコックも。いるんでしょう?」

「ありがとう、サラノイ」腕時計の声。「だが俺はクリストファーの理念に共感している。きっと変わらないだろう」

「残念だわ」サラノイは背を向け、上流階級がひしめく一角へ歩いていった。後に従うシザースの二人――彼らは一度もクリストファーに目を向けなかった。

徹底無視――クリストファーも、シザースには声をかけない。それでいて何か共通了解が成り立っているような気配――何らかの取り引きの存在をボイルドは感じた。

クリストファーがボイルドの肩を叩いた。「パーティを楽しみたまえ。帰ったら他の連中に自慢できるようにな。私は法務局の知人に09法案を売り込まねばならん」

「了解《コピー》」ボイルドのいらえ——クリストファーがイースターを呼んで群集の中へ。

ボイルドも二人を視野に入れつつ目立たぬよう移動——クルツも同様にしている。

「ボイルド」ふいにウフコックが呼んだ。

ボイルドは時間を見るふりをして腕時計に向かって言った。「どうした?」

「エリザベスを守ったとき、タクシーに襲われただろう?」

「ああ。それがどうした?」

「そのときタクシーに乗っていた人間がいる。匂いでわかる」

衝撃——ウフコックの鼻に間違いはない。ボイルドは素早く周囲を見回した。

「どいつだ?」

ウフコックの声。「右の方だ。そばに女性がいて話しかけている。何かを説得している匂いがする。女性からは拒んでいる匂いだ」

嗅覚だけで行動まで読んでしまうウフコックの力。

該当する人物——いた。

ブロンドの男女/両方こちらに背を向けている。

男は中肉中背、長い指、右手の薬指に細い金の指輪。

右前方へ数歩進み、男の顔を確認——すぐに誰であるかわかった。

ニコラス・ネイルズ——ロック・ネイルズの息子＝叔父を撃ったガンファイター。一瞬の早業でラナの武器を封じ、ハザウェイを射殺し、ジョーイを連れ去った男。ダークブルーの目、ブロンドに染めた髪——黒い根元。父親とは似ても似つかない小作りで端正な顔立ち。精悍な笑み。成熟した男と快活な少年が同居しているような印象。クラウンフード社のバッジがついたスーツ。自分が堅気であることのアピール。

「お前も来いよ、毒婦《ヴァンプ》。せっかくのお誘いだぜ」ニコラスが女に話しかけている——怒鳴り慣れたような低い声／楽しげなリズムを持った口調。

「三十二階で、私にチークを踊らせる気？」女の落ち着いた声——挑発的な響き／官能的と言ってもいい。

「おいおい、この毒婦《ヴァンプ》め。どうしても来ないってことらしいな」

女は掲げたグラスを眺めながら言った。「人の頭の上に住みたがる人たちの高級住宅なんて、今さら見る必要があるの？　私はビルの上のペントハウスに住んでいるのよ」

「住宅は余興だ。そこに住む予定の住人どもの話に付き合う。ついでに例の件を片付ける。それがビジネスってもんだ」ニコラスの笑み／ふくみのある感じ。

「ここで噴水を見ているわ」女——石のような返答。

「あれがどんな代物かわかってるだろうに。お前も趣味が悪いぜ」

女は手にしたグラスを見つめている。「あなたたちのビジネスも私の趣味じゃないわ。

面倒なトラブルが起きないうちに早く行くことね」

ニコラスは溜息をついた。「オーライだ。確かにお前の仕事じゃない。だが俺は行かないわけにはいかねえ。水を浴びないよう注意しな、毒婦《ヴァンプ》」

女は無言でホールの向こうを指さした。エレベーターホールへ続く道。ニコラスは肩をすくめてそちらへ歩いていった。

ボイルドはニコラスを目で追わず、クルツに監視を頼もうとした。

そのとき女がくるりと振り返って、こちらを見た。妙にいたずらっぽい動作——笑み。

「兄に何か用かしら？」女——ボイルドに歩み寄る。

「なに？」警戒——最大限の。

「ずっと私たちを後ろから見ていたわね？」女がグラスを掲げる。

真っ赤なブラディメアリー——グラスの表面に映るボイルドの顔／鏡代わり。

「偶然だ」ポーカーフェイス——目の前の女を素早く観察。

毒婦《ヴァンプ》と呼ばれた女——飲み物と同じ色の、体の線をはっきりと見せる真っ赤なドレス。

美貌——そばにいるだけで薔薇色のイメージに呑み込まれそうになる。

アップにしたブロンドの巻き毛——染めた感じはしない。

珍しいほど明るい緑の目。悪魔の火のような輝き。

余計なものは何があっても綺麗さっぱりそぎ落とす主義だとでも言いたげな雰囲気、

姿態、体型／そして油断のなさ。

ふいに連想——死んだ女／オードリー——無言のメッセージ〝隠し事は無駄〟。

心の中の幻影を振り払う／相手を見る。

「私の兄を知っているってことは、警察関係者かしら？」

そう言ってグラスに口をつける。ふっくらとした形の良い薄紅色の唇。質問の後で、わざと時間的余裕をこちらに与えている感じ——興味はないけれど、といった態度。尋問の始め方を心得ている女——なおさらオードリーの面影を思い出させられる。

「警察？　あんたの兄は警官なのか？」ボイルドのそらっとぼけ。

「警官たちと、一つの世界を共有しているのは確かね。あなたの顔、どこかで見たわ」

かまをかけてきている。

「いや、初対面だ」

「ネットニュースや新聞《ペーパー》に出たことはある？」

０９法案を取り上げたニュースは僅かしかない——写真は流れていない。

「いや。あんたは何か思い違いをしているようだ」

「思い通りよ」くすっと笑った。

意味不明——だが、いきなりアッパーカットを食らったような気分。

「さっき、あなたがオクトーバー社の重役全員と握手しているのを見たのよ」

「ああ――それで、何が思い通りだと？」

女の面白がっているような眼差し。初《うぶ》な男だとでも言いたげ。僅かに近づく。

「ハロー、モンスター」

クリストファーの声真似――一部始終を聞いていた証拠。

だがこの女が口にした途端、何か自分の知らない真実を告げられた気になる。

「私のタイプかもって思っただけ」

薔薇色のイメージが、食虫花に変わる。

甘い芳香／女の喉の奥まで――もっと奥まで、甘美な香りに満ちているような。

「光栄です、サー」ごまかし／あるいは防御。

女が意表を突かれたように噴き出した。本気で面白がっている目つき。

「私はナタリア。サーはいらないから名前を教えて」

「ディムズデイルだ」

「私、握手はしない主義だけど気を悪くしないで頂ける？」

「ああ」

「あなたの世界で、あなたをディムって呼ぶ人は？」

「今はもういない」

「誰？　ご両親？」

「ああ。どちらも俺が二十代のときに他界した」

「なら、三十代のそれを私に与えて下さらない？　ミスター・モンスター？」

返答に窮する。魂の掠奪と引き替えに願望を叶えてやると言わんばかりの女の笑み。

「ディム？」艶めいた声。「舌触りが良いわ。モンスターよりはね」

チェックメイト――あっさり奪い取られた／手際の良さに感心する。

「咄嗟に自分のことだとは思えないだろう」

権利放棄――すると今度は、ナタリアの申し訳なさそうな笑み。

「気を悪くしたかしら？」

徹底侵攻といった感じの踏み込み。白旗を振っても降り注ぐ銃弾のイメージ。

「いや。初対面の俺に親しくしても、あんたの兄は何も言わないのか？」

突き放そうとする。

「逢うべき相手には必ず何かの理由が生まれて、嫌でも逢わせられるものよ――そういう仕組みの中で生き続ける限りね。兄にはそう言えばいいわ」

複雑なステップで再び接近。かわせない――引き込む／相手の望み通りに。

「俺はこの都市に来てまだ日が浅いが、あんたが言うように嫌でも会う連中が多い。法曹界に関係した仕事のせいだ。あんたの職業は？」

「クラウンフード社で秘書の仕事をしているわ。あなた、やっぱり警官？」

「証人保護の仕事だ。逮捕は俺の領分ではない」

「優しい言葉に聞こえるわ。そういえば何とか法案が成立したって聞いたけど……」

「マルドゥック・スクランブル－09。あんたの父親を刑務所に送るため、証人を保護した執行機関だ」

ナタリアは微笑した。ベッドで男が服を脱ぎ始めたとでもいうような笑み。

「やっぱり、あなたがそうなのね、ディム――」

突然、ホールのどこかで金切り声が起こった。「あそこよ！　上！」

ナタリアが頭上を見る――ボイルドもその視線を追った。

吹き抜け――三十二階。

ガラス天井から四階分ほど下にある高架階段――だらんと腕を伸ばした誰か／意識もなく手すりに引っかかった姿／長い金髪が、風で猛烈に舞い上がっている。

「落ちるぞ！」絶叫――逃げる人々。「いや！　いや！」

意味をなさない叫びがエントランスに満ちた。

ボイルドは咄嗟に壁を登って走ろうと考えた――遠すぎる。

風に煽られたように、手すりから女の体が離れた――滑り落ちた／宙へ。

こちらに背中を向けている＝意識のない証拠。はためくドレス――鮮やかな青さ。

凄まじい落下／大勢の悲鳴／かつてないビジョン――ボイルドは第一のキャリアを失

って以来、繰り返し見てきた爆弾の幻が、女の形になって現実となったように思った。

動悸──全身の血が沸騰する感覚／戦慄／総毛立つ。

女の到来──爆心地《グラウンドゼロ》。

ぴたりと水しぶきが収まった瞬間──噴水の水面。

炸裂。

衝撃で人体が風船のように破裂した。引き裂かれた皮膚のひらめき──鮮やかな淡紅色をした体液と臓腑が盛大にまき散らされた。

雨のように降り注ぐ水──騒ぎ／沈黙──みながそれを見ていた。

噴水のパイプに串刺しになった大腿部──そのそばに半分になった頭部。

顔の左半分が上下逆さまになってホールを見つめている。

悪いことに、客たちが注目する中、噴水がまた水を噴き上げ始めた。大いにグロテスクな赤い水の宴──若い女を生贄《いけにえ》に捧げられて喜ぶ異教の神でも出現したようだった。

ばたばたと気を失って倒れる者が続出し、ホール中が騒然となった。

ボイルドの左腕で、きゅっと腕時計が縮んだ。大勢の恐怖と驚愕の匂いにウフコックが動揺したのだ。それをさすってやりながら、ボイルドはクリストファーを探した。

クリストファーは赤い水面を怒ったように見つめている。イースターともども無事。そばにはすでにクルツとオセロットがいて二人をガードしている。

サラノイも無事——シザースの無言の護衛。

茫然自失している男女多数、気絶して倒れる男女多数。

オクトーバー社の創始者ファインビルが杖を握りしめていた。まるで憤怒の表情。

隣にはぽかんとなっているクリーンウィル。

「噴水を止めろ！」ファニーコート検事補がわめき立てている。

グッドフェロウは——エレベーターホールから飛び出してきて、大きく目を見開いている。醜悪な深紅の噴水への焼けつくような視線——固く握りしめた両拳、いからせた肩／これから血の海に飛び込もうとするような姿。

グッドフェロウの背後——やや離れた位置にニコラス・ネイルズ／しかめっつら。

「ジェシカ!!　ジェシカ!!　ジェシカ!!」血を吐くような叫び——リッチ建設総裁＝オートソール・リッチ。

ぶるぶると震えながらその場にくずおれた老人を、慌てて大勢が抱き上げる。

「ジェシカ・リッチ……オートソール・リッチの孫娘よ」

ナタリア——テーブルに手をつき、青ざめた顔を噴水から背けていた。

「哀れな子」惨劇にショックを受けたというより、悲しむように顔を伏せる。

「大丈夫か？」ボイルドが手を伸ばす。

「駄目よ、触っちゃ」いたずらげな口調——顔はまだ青ざめている。だが、すぐそばで赤い水が泡立っているというのに、グラスの中身をひと息に飲み干した。

真っ赤なブラディメアリー。義務を果たすような姿――きつく眉をひそめていた。

「お話を続ける雰囲気じゃなくなってしまったわね」

そう言って飲み干したグラスを置いた。なぜか逆さまにして――間違っても彼女の唇が触れたものに、他の誰かが口をつけたりしないよう、警告するような置き方。

不思議なことに――ボイルドは、たった今目の前で吹き飛んだ女の残骸よりも、そのグラスの方を、薄気味悪く感じていた。

ナタリアがボイルドの目を真っ直ぐ見た。緑の目――悪魔の火。「あなたが父の逮捕に貢献してくれたおかげで、兄は父を殺さずに済んだわ。あなたには感謝よ、ディム」

ボイルドは無言。

ひどく無表情になったナタリアの顔――事実を口にしているという感じがした。

「またね、ミスター・モンスター。一度くらい、私の名前を口にして頂きたいわ」

背筋を伸ばし、ホールを去る――声をかけてくるニコラスを避けて早足で外へ。

そして一人でタクシーに乗り込んでどこかへ行ってしまうまで、ボイルドは女の後ろ姿を見送り続けていた。

73

『グランタワー落成式のパーティでリッチ家の息女死亡——落下事故？』

新聞の巨大な「？」。雑誌にも同じ「？」。そしてボイルドのデスクの上に行儀悪く座るレイニーの顔一面にも「？」。

「なあ、聞かせて欲しいだよ、ボイルド。目が合っただか？」レイニーの悪趣味な質問。

「女は背中から落ちてきた」ボイルドは新聞へ目を向けたまま言った。

朝のオフィス／雑談——議論。

「一つ聞かせとくれよ、ワイズ。こいつは事故だと思うだか？」

「自殺は普通、頭か腰からだ。故殺、事故——見当もつかねえな。てめえの一族が建てたばっかのビルで、娘が落っこちるなんて話は聞いたこともねえ」とワイズ。「クルッの親分のレポートを聞こうじゃないか。目は届いてなかったのか？」

うなずくクルッ。「頭上は視界の範囲外だった。ホールを重視していたせいでな。パーティの最中に何人か高層住宅へ向かうのを見たが、エレベーターで何十階も離され、私の視界から消えてしまった」

レイニーが自説を主張。「ニコラス・ネイルズがいただよな？　刑務所で俺が変身した男が。そいつが哀れな娘っ子を落としたんでねえのか？　俺はそう思うだよ」

同じデスクの上に座るウフコックが返答。「だがニコラス・ネイルズから殺意の匂いはしなかった。義務や倦怠、あと享楽の匂いだけだ。自分の手で誰かの命を奪おうとするような緊張の匂いはなかった。殺人だとしたら、別の人物である気がする」

残念そうなレイニー。

ジョーイが新情報を開示。「お前さんの鼻がそうだってんなら、そうに違いねえなあ」

後ろから覗くハザウェイ。「見ろよ、雑誌に結婚がどうこうって書いてある」

「親が決めた結婚に反対して飛び降りたんじゃないかとさ」

ラナが別の雑誌をジョーイのデスクに放る。

「結婚するかもしれないって友人に話してただけだってよ。それも嬉しそうにね。大金持ちの娘が死んで、疑われてんのは父親らしいね。血がつながってない娘――保険金がどうとか」

悪党にして賢者ワイズの呟き。「リッチ家の娘と結婚した男が、前夫との娘を殺したってのか？　だとしたら動機は野生動物の本能ってやつだろうよ」

オセロットが首を上げる。《そうなのか？》

「新しくボスになった個体が、自分の血筋だけを遺すために、前のボスの子を殺すのさ。古式ゆかしい野生の儀式ってやつだ」

《世代交代の概念だな。以前、研究所で学習した》訳知り顔のオセロット。《古い血筋の個体は、たとえ年齢が若くとも旧世代の一員とみなされる》

「そういうわけだ」ワイズのうなずき。

「すげえことが書いてあるぜ」ジョーイ――さらに新情報＝ゴシップ雑誌。

「死んだジェシカの母親ジョーン・リッチの、前の夫は、オクトーバーの長兄グッドフェロウだとさ」

思わずそちらを見るボイルド。「本当か？」

ジョーイの後ろから記事を指さすハザウェイ。「ワオ、本当だ。ここに書いてある」

興味を惹かれるレイニー。「へえ、そりゃまたなんで別れただ？　オクトーバー一族とリッチ一族が一緒になれば、とんでもない金持ちになったに違えねえのに」

肩をすくめるジョーイ。「旦那のパンチに耐えられなかったんだってさ。ひでえ暴力夫だな、こいつ」

「趣味はボクシングだと言っていた」クルツ――葉巻に火をつけながら。「妻までリングに上げていたとはな。案外、お前も気に入られるかもしれんぞ、ジョーイ」

「ファイトマネーを弾んでくれねえかな」ジョーイ――真顔。

レイニーが話を戻す。「てことはオクトーバー一族になってたかもしんねえリッチ一族の娘っこが、よりにもよってグランタワーの誕生会で吹っ飛んだってえのか？」

ワイズ――深くうなずいて。「そういうことよ、兄弟。なんともどえらい話だぜ」

「そんなにすげえことなのか？」とジョーイ。

「この街一番の大金持ちの孫娘だ。下手すりゃ連邦一の金持ちかもな」とハザウェイ。

「殺したがる人間は大勢いそうだ。あたしらに守ってもらえば良かったのに。哀れな娘だよ」同情的なラナ。

〝哀れな子〟――あの女の声のこだま。

〝ここで噴水を見ているわ〟

ニコラスとナタリア――兄妹の会話。

〝水を浴びないようにな〟

ニコラスが娘を落とした――あるいは指示した。どちらもありそうにないという直感。

タクシーで銃撃戦を仕掛けてくるガンファイターの流儀には思えない。

傍観――見物／あるいは見張りを任されていた――かもしれない。

〝ハロー、モンスター〟

ナタリアは何かを知っていたのだろうか。

ネイルズ・ファミリー／オクトーバー一族／リッチ一族――都市の巨人たち／ゴシップの多さが情報の確かさを曖昧にする。

ボイルドは言った。「いずれにせよ09の仕事ではないだろう」

結論＝レイニーが雑誌を閉じる。「クリストファーも、なんも言ってなかっただな」

間もなくクリストファーとイースターが葬儀から帰ってきた。

粉々になった娘は埋葬された。

グランタワーは無事にオープンした。

娘が落下した時刻になると噴水の色が赤くなるという噂が流れた。

都市最大の経済効果をもたらす高層建築――噂は根強く生き残った。

新たに始まる日々。

クリストファーが次々に示す09の任務――フレデリック連邦検事が五日に一度はオフィスを訪れ、フライト刑事は毎日のように顔を見せた。市警の代表によるOJT――実地訓練。ボイルドを筆頭にメンバー全員が警官の技術を学んだ。

ウェストサイドのアパートを最初に出たのはクルツとオセロットだった。

続いてラナ。ワイズとレイニー。ジョーイとハザウェイ。ボイルドとウフコック。

みな新たな住処を見つけて移り住んだ。

ファースト・チームが新たに仕事をこなした。

セカンド・チームが新たに仕事をこなした。

仕事の日々。

新たな戦いの日々。

何度かの合法的な市街戦――ウェストヴィレッジでの戦闘を上回る規模はない。

オフィスに堆積してゆくもの――書類の山。私物の山。実績。

殺到する依頼――大半はクリストファーが断った。〝指を鳴らせば葉巻に火をつけてくれるようなボディガードを雇いたければダウンタウンか警備機構へどうぞ〟

重要な証人／暴かれる犯罪——一日に何件も届く脅迫文／脅迫電話／脅迫ファックス／脅迫メール。イースターがそれらをプロファイルし、ウィスパーがあっという間に差出人を発見——さらに暴かれる犯罪。

何度かチームを分割して仕事をした。最大四チーム。クルッツとオセロット、レイニーとワイズ、ジョーイとハザウェイとラナ——もしくはボイルドとウフコックとラナ。

ジョーイとハザウェイとラナの三人だけの初仕事——麻薬売買を黙認してきた運送企業の会計士の護衛／ネイルズ・ファミリーの系列。

成功——グループを一網打尽に／多額の報賞。

記念＝ジョーイは刺青を入れた。右手の甲に『GOTO』、左手の甲に『HELL』。

記念＝ハザウェイはプレミアムのTシャツを大量に買った。

記念＝ラナは化け物じみた大型バイクを購入した。

パートナーのいないラナ——ジョーイとハザウェイ、ボイルドとウフコック、二つのチームを行ったり来たり。ラナが単独で仕事をすることはなかった。

アナログを好むクルッツは、解決した事件の新聞記事を切り抜いてスクラップブックを作った。全員がそれを回し読みした。何度となく。自分たちの足取りを確かめたくて。

レイニーとワイズは〝仕事用のスーツ〟を何着も揃えた。ギャング風／映画スター風

／ポン引き風／警官風。どんな場所にも潜入――根っからの斥候&通信兵。

ボイルドとウフコックは常に一緒だった――一心同体の使い手と武器。

ウフコックは滅多に一般人の前で姿を現さなかったが、現したときは大抵上手くやった。仲良くなり、気に入られた。そのたびに変身《ターン》できる道具の数を増やした。レイニーとワイズがするような馬鹿話も、少しずつ理解するようになった。

ボイルドは四度目の仕事をこなすと、まとまった金を費やして新車を購入した。

四輪駆動の青いフォードア・セダン――完全防弾。

フライト刑事のアドバイスに従い、あらゆるものを車内に搭載した。

オフィスとの相互通信、尋問のための嘘発見器、指紋のマッチングシステム、後部座席を留置所に変える装置――非合法すれすれの走る前線基地。

そいつがオフィスに届けられ、ラナが同乗をせがんだ。

承知すると、ハンドルを握らせろと言ってきた。却下――久々の感覚／自分専用の機体――その操縦。試したかった。冷静なビジョンとともに。

ラナは渋々、ウフコックを抱いて助手席に座った。

ボイルドの運転《ハンドル》――ミッドタウンからイーストサイドへ。

広い道路、ごみごみした道路、トンネル、橋、あらゆる場所を走った。

その全てでビジョンが見えた。戦闘機。真っ赤な光点《ターゲット》の群。降り注ぐ爆弾の雨。善も悪も塵に還る、炎、炎、炎。敵も味方もなく。自分の口から放たれる狂った叫び。

〝おお、炸裂《エクスプロード》よ！〟

いつものビジョン——その向こう側にかいま見える死者の群／オードリーの面影。

そして新たな要素。

漆黒の軍刀《サーベル》／銃に変身《ターン》するウフコック／落下する娘の青いドレス。

全てを冷静に見通した。

現れては消えるオードリーの美貌——そして真っ赤なドレスとナタリアの美貌／影と光のように。まるで黒い金属の美しさと、柔らかな薔薇の花のコントラスト。

何がオードリーの面影をビジョンにとどめているのか——告白されなかった悪夢／その代償。

夕暮れどき——車はイーストヴィレッジを抜け、シヴィックセンターへ。

法務局のビル／グランタワー／都市の心臓部／貿易施設が集中する地区。

やがて辿り着く湾岸の端——公園付近で停めた。

隣を見るとウフコックがいなかった。代わりにラナの手に革手袋がはめられている。

どうやら眠ってしまったらしい。

「ずいぶん走ったんじゃない？」ラナが言った。「今度はあたしにやらせてよ」

「そのうちだ」シートベルトを外し、窓を開けて海を見た。

「バイクの後ろに乗っけてあげるから」同じくシートベルトを外し、窓を開く。

「ハンドルは?」

肩をすくめるラナ/肩をすくめるボイルド/共通了解――元空挺隊員と元バイク兵。決して人にハンドルを譲らない強情なパイロットとライダー。

潮騒――二人ともそれに耳を傾けた。夕陽が沖合の海のすぐ上で輝いている。

「オードリーに見せたかった」

ラナの呟き――思わず振り返った。研究所時代から今に至るまで、ラナが死んだパートナーの名前を口にするのは、これが初めてだった。

「オードリーに、ここにいて欲しかった」

窓から突き出した肘――義手の上に形の良い顎を乗せ、ぼんやり海を眺めながらラナは泣いていた。最初は声もなく。じきに積み重ねられた悲しみが堰《せき》を切って溢れ出し、激しい嗚咽になった。てっきりウフコックが現れてラナを慰めるかと思ったが、その気配は全くなかった。やがてラナは泣き叫んだ。ボイルドは彼女の肩に手を当てた。

だが何の慰めの言葉も思いつかない。ラナがこちらを向き、子供のように抱きついてきた。その背を軽く叩いてやった。激情のせいで火のように熱い体――義手は冷たいままだった。両方とも固く拳を握って震えていた。

「プロフェッサーどもはオードリーがなぜ死んだのかわからないって言った」ラナのく

ぐもった声。「あたしに心当たりがないか訊いてきた。あたしが一番知りたいことを」

オードリー――本来いたはずの十三人目のメンバー。

失われたパートナーシップ――その亡骸《なきがら》を今も心に抱えるラナの声。

「たまに、オードリーは死んでないって思えるときがあるんだ。単にクリストファーに賛成しなかっただけで、実は街のどこかで暮らしてるんだって」

「そうだな」ボイルドは言った――内心ではその想像にぞっとしていた。夕陽の輝きのせいか、死者の影が色濃くラナを覆い尽くしている気がした。

ラナは滅茶苦茶な勢いで泣いた。その激しさが脳の血管なり、義手と人体の接続部分なりに悪影響を及ぼすのではないかとボイルドは本気で心配した。なのにウフコックは革手袋のまま現れずにいる。ラナが泣き始めるずっと前から、その悲痛を嗅ぎ取っていたはずだった。なぜ姿を現してラナを落ち着かせる手助けをしてくれないのか。

「ちくしょう、ボイルド」顔を伏せたままラナは言った。「オードリーは、あんたが麻薬でずたずたになった心を、必死に元に戻したことで勇気をもらってた。二度も特殊検診に志願して成功したあんたに憧れてた。どん底から、あっという間に這い上がった、あんたに。だからクリストファーは、あたしらと、あんたらを、同じ組《セル》にしたんだ」

「それは……知らなかったな」ボイルドは半ば嘘をついた――ベッドの使い道／悪夢の告白。だが、オードリーからそこまでストレートな心情を連想したことは一度もない。

「俺に、それができたのは――」

ウフコックがいてくれたおかげだ、と言おうとしてラナに遮られた。

「しかも、あんたはパートナーのためなら自分を犠牲にできるんだ。あのウフコックの検診だって、あんたはペナルティを恐れず止めてみせた。けれどあたしは、オードリーが死ぬまで何も気づいてやれなかった。あたしが悪いんだ。あたしが守ってやれなかったんだ」

「そうではない」ボイルドは、ウフコックならどう答えるか考えながら言った。「オードリーも、お前をそんなふうに責めたりはしないだろう」

「くそったれ」ラナはボイルドの胸ぐらをつかんでキスした。相手が受け取るにせよ受け取らないにせよ、とにかく渡しておかなければ気が済まないというようだった。

そしてすぐに顔を離して言った。「今のは、オードリーのためにしたんだ。あたしが、どうってんじゃないんだ。オードリーの代わりに、あの子がしたかったことをしたんだ」

ごしごしと口を義手で拭い、赤くなった目で、呆気に取られるボイルドを見た。

「そうだろ？」

「ああ……」ボイルドは、相手がまた泣き出さないのを確かめながら、ゆっくりうなずいてみせた。「お前がそう言うなら、そうだ」

ラナは盛大に洟《はな》をすすった。

夕暮れ――部隊員のメンタル・ケア／リーダーの義務／チームメイトとしての友情／そういったものを乗せ、青いフォードア・セダンは海に背を向け、都市へ。

「あたしは機銃掃射で何十人も真っ二つにした」ラナ――涙で腫れた目／疲れ切ったような声。「銃の前じゃ人間なんて虫けらだ。みんな蠅みたいにバタバタ死んでった。なのに突撃をやめないんだ。死体を越えてどんどんやってくる。だから、あたしはあの馬鹿どもに思い知らせてやんなきゃならなかったんだ。虫けらだってことを」

ボイルドは無言でハンドルを握っている――ウフコックはいまだに現れずにいる。

「そうするうちに銃が焼け始めた。そのまま撃ち続ければどうなるか、あたしはわかってた。でも止められなかった。そして銃は吹っ飛んだ。あたしの両手と一緒に。それであたしは泣いたんだ。さっきみたいに大声で。これでもう撃たなくて良いんだって」

悪夢の告白――かつてラナがオードリーにそうしたのだろうということがわかった。

オードリーが、ラナにそうさせたのだろうということが。

「でもあたしは研究所に行った。新しい腕をくれるって言われて。確かにこの両手は最高だ。あたしにしっくりくる。戦場じゃ、もう撃ちたくないって本気で思ったのに。研究所じゃ毎朝、両手が取れてなくなってるんじゃないかって心配で目が覚めた」

そこで初めてラナがこちらを見た――微笑／絶望を乗り越えた者の生命感。

「オードリーが言ってくれたんだ。その悪夢は、どうせあんたがその両手で自分の頭を吹っ飛ばすまで続くだろうねって。それであたしは、なんでか知らないけど安心した。気が楽になったんだ。なんでだと思う？」

「オードリーは、お前自身に、お前の中の悪夢を摘出させたんだろう」

「体ん中に残った破片か、虫歯みたいに？」

「ああ」

「オセロットが言ってた。二分後のことに集中して、二分前のことは忘れるって。そういう主義なんだ、やつは。あんたはどう？」

「なかなか、そうはいかない。俺は常に過去のビジョンに襲われながら生きている。冷静さを保つことが俺の主義だ」

「今日のことでも冷静になれる？」

「ああ」ちらっとラナを見る——頬杖／その左手の革手袋／ようやく、ウフコックがラナのために姿を隠したままでいることを理解した。

「ふうん。そうだろうなって思ったけどね。誰かと寝たいと思うことはないの？」

「あまりない。この街に来てからは特にない」

ふと脳裏で誰かの声が聞こえた——〝ハロー、モンスター〟。

だが、ただの連想だった。欲求を刺激された感覚はない。

「ハザウェイなんてナンパしちゃ肘鉄食ってるよ。ウフコックに気兼ねしてんの？」

「いや」

「麻薬や検診の後遺症？」

「だろうな。ただし精神面でだ。覚醒剤《アンフエタミン》が器官を損なうことはない。それと、無睡眠活動による欲求減退だ。性欲は定期的に活発化するものではなく、外界の刺激によるところが大きい。俺は全てに対して冷静でいる」

「恋人はいたって聞いてるけど？」

「今は結婚してどこかで暮らしているらしい。研究所に入る前に、そういう手紙が来た。それ以来、連絡は取っていない」

「部屋で一杯やってかないかって言ったら？　その気になるってことはある？」

「あるだろうな」相手に合わせる――本当のところは想像もつかない。

「やめてくれ、だ《ファック・オフ》。くそっ。ごめん。あたしは馬鹿だ」苦い顔――先ほど感じた死の影は全く見られなくなっていた。

「お前はパートナーシップを今でも抱き続けている。それがどれほど辛いかは、よくわかる。民間人で、親しくなれた男はいないのか？」

「いるよ」唇を尖らせる――後ろめたそうな口調。「こないだのオフにデートした。手を握っただけ。あたしの手を怖がらなかっただけでも上出来だけどさ」

思わず微笑。「どこで知り合った？」

「保護した証人だよ」いじけたような小声。「麻薬がらみで余計なことに首を突っ込んで、危険にはまっちまった、あほな弁護士。ひょろひょろしてるくせに強情っ張りで、自分の武器は法律だとかいって銃を持ちゃしないんだ」

情報を頭の中から引っ張り出す――麻薬／この都市の犯罪の大半を占めるもの。戦中、兵士に支給される大量の武器と麻薬が都市に運び込まれ、その一部が流出し、健康な市民を階級の区別なく中毒者に変えた。

その若い弁護士――口髭を生やして箔をつけようとする三十二歳のサム・ローズウッドは示談屋だった。訴訟で相手を前科つきにすることに代わる解決。警官から最も嫌われるタイプ――被害者と加害者の両方の弱みを握って金をせしめるという悪評。

そのサムが、市内で轢《ひ》き逃げされたハイスクール教師の訴訟の委任状を同僚から渡された。轢き逃げ犯が走行中に麻薬を使用していたことを立証するため独自に調査――その結果／麻薬の出所・詳細なルートが判明。

ブラウネル・ファミリー――ロック・ネイルズの義理の弟が牛耳るギャング組織。

轢き逃げ犯＝末端グループの一員／麻薬を運んでいる最中に教師を吹っ飛ばした。

さらに悪いニュース――グループは弁護士協会のメンバーにも麻薬を流していた。

同僚は、そのことを知っていてサムに委任状を渡したのだ――訴訟を避けて示談に持ち込ませ、ことをおおやけにしないために。

サムは憤慨した。示談屋という悪評に耐えていたのは、ひとえに前科者を少なくするためだったからだ。刑務所が〝それまで一般人だった者を、野心を持った悪党連中に変える場所〟であることを知っていたからだ。刑務所に入ることで〝連中の仲間〟となる確率は、示談で背負った借金を抱えて暮らす確率と、天地の差があったからだ。

そしてサムの独走――その懐にねじり込まれかけた賄賂《わいろ》を蹴飛ばした。

結果――弁護士協会はサムを除籍に／サム自身に麻薬密売の嫌疑。

結果――グループの殺し屋たちが出動／教師もろとも、職も命も風前の灯火に。

打開――09法案。ラナはジョーイとハザウェイのコンビとともに轢き逃げ犯を確保／グループと殺し屋たちを逮捕／グループの密売ルートを暴露。

「悪党の示談屋なのは確かだってサムが自分で言ってた。被告が金持ちのガキのときは人食い鮫になるって。可愛い顔してさ。あたしからすりゃヒゲの生えたイルカだね」

「その弁護士からデートに誘ってきたのか？」

むっつりするラナ。「まあね。向こうからしてみれば、あたしはモンスターバイクに乗った十六歳の女の子だなんてぬかすんだ。冗談じゃないよ」

どこかで聞いたフレーズ――オードリーがラナに言ったこと。

ラナはよく喋った――死の影を振り払おうとする、生者の行為。

車をラナのアパートメントの前で停めた。

ラナが思い出したように革手袋をボイルドに渡した。「よく寝てるじゃない？」

「そういう日もある。バイクの後ろにサムを乗せてやる気になったか？」

ラナは肩をすくめて車を降りた。

「あんたたち二人に感謝」そう言ってドアを閉め、窓の向こうで手を振った。

車を出した。ウフコックが変身《ターン》を解除し、ボイルドの肩に登った。

「ラナは苦しんでいた」呟くようなウフコックの声。「でも今日、お前と話せたことで落ち着いたみたいだ」

「ラナが喋りやすいように姿を隠していたのか？」

「ああ。でも半分は自分のためだ。俺はラナが怖かったんだ」

「怖い？」

「死の臭いだ。いや……死に悩む者の臭いだ。それは俺に、死の臭いよりも恐怖を感じさせるんだ。まるで、生きながら死ぬ者の臭いに感じられて、たまらなく怖くなる」

死の影――同じものに怯える大男とネズミのコンビ。

「もうラナを怖がる必要はない。次のオフでは、ラナも愛想良く振る舞えるだろう」

「それはとても良いことだ。あとはラナが上になるか下になるかだな」

ボイルドは眉をひそめた。「上になる？」

「ほら、研究所を出る前にクリストファーが質疑応答で言ってたじゃないか。上下関係を巡るトラブルは、つきものだって。ボイルドはどっちだと思う？　ラナが上かな？」

ボイルドは言葉を探した。「対等なパートナーシップを築くだろう。ただ、それはラナには言わないでおけ。ああ見えて、プライベートに言及されるのは好まないタイプだ」

「了解《コピー》」ウフコックは得意そうに言った。「俺も、だんだんと人間の機微《きび》について理解が深まってきたと思わないか？」

「ああ。ひやっとする」

車は住居へ――オフィスまで車で十五分の距離／ホテル型マンション。

ウフコックと食事／着替え――シャワーを浴びながら、取りとめもなく考える。

オードリー・ミッドホワイトの死／研究所が受けた襲撃。

黒い軍刀《サーベル》の使い手／アイスブルーの目をしたピエロ。

カトル・カール――ボイルドたちより以前に民間利用された軍属存在の可能性。

ロック・ネイルズの逮捕――09法案の定礎。

サラノイ・ウェンディ＝〝猿の女王《クイーン・オブ・エイプ》〟の上昇志向／〝市長選に向けて軌道修正〟。

シザース――露骨なまでにクリストファーを無視。

グランタワー――都市改造計画／リッチ建設＋オクトーバー社＋フェンダー・エンタ

ーテイメント／落下したジェシカ・リッチ＝グッドフェロウの娘。

オートソール・リッチ――〝ジェシカ!!　ジェシカ!!　ジェシカ!!〟。

オクトーバー一族の長兄グッドフェロウ――〝オフの日はボクシングをしている〟。

ゴシップ記事――ジョーン・リッチの前夫は暴力男グッドフェロウ。

ニコラス・ネイルズ――ガンファイター――〝お前もこいよ、毒婦《ヴァンプ》〟。

ナタリア・ネイルズ――ニコラスの妹――〝ここで噴水を見ているわ〟。

クリストファーはグランタワーでの一件を不思議なほど口にしない。

これからの自分たちに何が関係してくるのか、予測を立てる。

09が扱う事件――大半が麻薬がらみ／ロック・ネイルズの義理の弟＝ウォーター・ブラウネルのファミリーといずれ本格対立。

フレデリック連邦検事――09法案を通して都市改造レースに干渉。

フライト刑事による現場での実地訓練《オン・ザ・ジョブ・トレーニング》――市警との対決の布石か。

オクトーバー一族の検事補＝ファニーコート――フライト刑事に干渉する可能性。

自分の言葉――〝09の仕事ではない〟。

今はまだ。

そう思うと、不思議なほど気分が楽になる。いつか自分のものになるという期待。

部屋に戻って時計を見た――午後十一時三十二分。

また一日が過ぎた。住居を出てオフィスへ向かった。眠らない男——夜の仕事へ。眠っているウフコック＝拳銃姿——いざというとき即座に応戦可能なように。それがボイルドを安心させることをウフコックは知っていた。

夜間——ウフコックを懐に入れてオフィスに到着。

いるのはイースターとウィスパーだけ。二人ともオフィスの三階が住居——イースターは睡眠中／ウィスパーは眠りながらコンピュータと会話中。

事務所のデスク。がらんとした部屋で情報整理／意味づけ——あらゆる証人たちが直面する危機、可能性、背景を、いちはやく読みとれるように。

麻薬犯罪にのめり込む自分を自覚する。覚醒剤《アンフエタミン》のせいで味方の上に爆弾の雨を降らせた男——麻薬がもたらす破滅を冷静に見通せる。ウフコックを冷静に使用できる。

情報を見る／地図を見る／組織を見る——情報を突き合わせ、将来の保護証人の予測について、ウィスパーへの解析依頼プログラムに流し込む。

予測——あちこちで都市が膿《うみ》を出していた。作り替えられる都市——建設ラッシュ。

自分自身が造り替えられてゆくという意識——09法案の権限拡大＝力の目覚め。

自分たちは、この都市と一緒に羽化《うか》しようとしているのだという感覚があった。

加速——軌道に乗ってどこかへ突き進んでいるビジョン。

ふとモニターのメッセージ通知に気づいた。内容を表示——異様な文句の出現。

『衝撃限界《ダメージ・バウンダリ》理論とは、いかなる衝撃入力がダメージを引き起こすかを見極め、ダメージと非ダメージの境界領域を分ける手法である』

まるで意味がわからない――続きを読む。

『衝撃は〈速度変化《ヴェロシティ・チェンジ》〉と〈加速度《アクセラレーション》〉の二つによって定義される。このうち速度変化、すなわち衝撃の加速度波形の積分領域が、衝撃のエネルギー成分である。ダメージを引き起こす直前の速度変化である「限界《クリティカル》速度変化」の値から、自由落下における等価落下高さの範囲が求められ、耐衝撃落下高さが示される』

メッセージの出所＝オフィス内――ボイルドは誰がこれを送ったかを察した。

『限界速度変化以下では、加速度レベルがどれほど大きくともダメージは発生しない。また、ダメージを引き起こす直前の加速度である「限界加速度」以下においても、速度変化レベルがどれほど大きくとも同じくダメージは発生しない』

予言者の息づかい＝心を失った者――意味論的な囁き《ウィスパー》。

『すなわちダメージの発生とは、衝撃のエネルギー成分である速度《ヴェロシティ》の二つの軸――「限界速度変化」と「限界加速度」が、ともに限界値《クリティカル》を超えることをいう』

上階で三十二台のコンピュータと会話中のウィスパーが、先ほどの依頼プログラムへの応答の一つとして、何を考えたか、この奇怪なメッセージを送ってきたのだ。

あるいは本質。ウィスパーは爆心地《グラウンドゼロ》がどのようにして発生するかを説明していた。

キーを叩いた。
『俺の限界値《クリティカル》は？』
ウィスパーへの返信──仕事をしながら反応を待ったが、返事はなかった。
朝が来て、部屋に戻った。シャワー／ウフコックの目覚め──食事。
午前九時──再び出社。
メンバーが集まってくる／さっぱりした表情のラナ。
クリストファーの指示──新たな依頼／仕事の日々／戦いの日々／小規模な市街戦。
やがてグランタワーのパーティのことも色あせた。
毒婦《ヴァンプ》と呼ばれた女／落下して死んだ娘──どちらもビジョンの中へ溶けていった。
ある日、セカンド・チームに葉書が届いた。赤ん坊を抱いたエリザベスと夫の写真。
〝娘のジョディです。ありがとう〟メンバー全員への感謝。
〝キュートなネズミへ〟ウフコック宛てのキスマーク。
ボイルドが代表して葉書を預かった。ウフコックがいつでも見ることができるように。
ロック・ネイルズ──公判。あらゆる撤退戦術を封じられての有罪確定。終身刑──
ダークタウンの帝王が街を去る。
市長選は三カ月後に迫り、都市改造計画がたびたび市議会で議題にのぼった。
麻薬の取り締まり強化／スラム街の再開発／ギャンブルの合法化／市税歳入の見直し

／治安や福祉の見直し——どれもが複雑に絡み合っていた。

連邦の黄金の卵——マルドゥック市《シティ》／金＋選挙の票＋職＋成長企業＋娯楽＋実験精神——全てが集まって渦を巻く／あらゆる人間が群をなして湾岸都市へやってくる。

クリストファーはひんぱんにフレデリック連邦検事と連絡を取り、そして自分の親族たちと会っているようだった。オクトーバー一族——いまだ敵とも味方ともつかぬ相手。

０９メンバー全員が確実に事件を解決していった。

どんな執行機関よりも遥かに迅速に／確実に証人を保護し、事件解決によって多額の報賞を獲得する組織——０９法案は、都市改造計画のダークホースとなっていった。

そして事件が起こった。

全ての軌道を司る、最初の事件が。

72

夜——眠らずにいる男。

午後十一時三十二分を過ぎ、その日二度目の出社。

無人のフロア／クリストファーへの報告書をまとめていると、携帯電話が鳴った。

「俺だ、ボイルド」フライト刑事の声。「今すぐ移動できるか？」

「ああ」打ちかけの報告書――ファイルに保存しながら言った。「どうした？」

「サンフォード病院に来てくれ。一階、救命室のロビーだ。そこで話す」

「十分で行く」電話を切って駐車場へ向かった。

午前二時過ぎ――ウフコックは拳銃姿で、脇に吊ったホルスターの中にいた。

車を走らせ、ミッドタウンの緊急救命施設へ。道が空いていたおかげで六分で到着。

入り口から目的の部屋まで、交通事故による負傷者／急性中毒の麻薬患者／死にきれなかった自殺者たちがひしめいている。

「こっちだ」フライト刑事が手招いた。「見てくれ」

病室にフライト刑事とともに入り、ボイルドは、ベッドの上の真っ白い塊を見た。

首を吊った女を連想した。

オードリー・ミッドホワイト。その透き通るような美貌が背負っていただろうもの。

戦場での拷問――四肢の破壊／喪失／医学的見地から腐敗した器官を切除。

研究所にいる間もその傷をもたらした相手を追い求めたオードリー――自身の悪夢の行方を確かめるために。

ベッドの上の人物――男が、それらを思い出させた。

瀕死の肉塊――手足が全て切断されていた。

顔も体も包帯で覆われ、チューブやコードで生命維持装置に接続されている。肩や腰から先は太くて短い突起のようなものしかない。

いい、いい、なんだこれは――強烈なビジョンに襲われそうになり、咄嗟に目を逸らす。

「二時間ほど前、地下鉄の線路上で、全裸で発見された。手足は発見されていない。指紋は採れないし顔がずたずたにされていて網膜検査もできなかった。身元の特定が困難だったが――そばにマルドゥック市警のバッジが放置されていた」

「市警だと？」

「ウィルバート・アラン巡査部長。市警本部の麻薬取締課だ」

声とともにフライト刑事の動悸が聞こえてきそうだった。動揺――強い恐怖。

「列車事故じゃない。巧妙で容赦のない拷問、おそらくカトル・カールの仕業だ」

ダークタウンの傭兵――フライト刑事は瀕死の男から目を離せずにいる。

「なぜ市警の人間がいない？　フライト？」相手の視線を引き寄せる――怯えを隠そうとする目がこちらを向く。

「あんたら09に彼を保護してもらうためだ。今、クリストファーが法務局で手続きをしてくれている。じきに、あんたに連絡がくるだろう」

「そういう命令でも受けたのか？」

「そういう取り引きだ。カトル・カールに関してのな。聞いていないのか？」

「クリストファーは、そのときが来るまで何も教えないタイプの指揮官だ」

「なら詳しいことは彼に訊いてくれ。ところでウフコックは?」

「ここで眠っているが、いつでも起こせる。なぜだ?」

「別に——一人より、一人と一匹のほうが頼もしいからな」

フライト刑事が後ずさる——真っ青な顔が廊下のライトに照らされた。

「俺は署に戻って小細工をしなきゃならん。ここで彼を守ってやってくれ」

ボイルドはうなずいた。

「頼んだぞ」フライト刑事の退室——まるで逃げるように。

目の前に残された肉塊——広い肩幅が男性であることを示している。それ以外の個性を決して許さないというような壊滅的な打撃。

ふいに連想——黒い軍刀《サーベル》。ボイルドの重力《フロート》の盾を突き抜けた武器。その使い手/アイスブルーの目のピエロ——カトル・カールの一員?

研究所の襲撃/民間利用された軍属存在/ロック・ネイルズ逮捕のための証人保護。全てに関わる何かを感じたとき——突然、それが来た。

ビジョン——フラッシュバック。久々の——強烈な。

炸裂。

劣化ウラン弾の破片にずたずたにされた友軍の末路。手足を失い、体内に食い込んだ劣化ウランの破片が引き起こした放射能障害／生きたまま屑になってゆく者たち——味方／友軍／戦友／善も悪も塵に還る、炎の渦——暗い欲望／破滅をもたらす快感。沈黙の誓い。ボイルドがやったのではないという偽の証言——軍の面目を保つ。逆らえず——研究所送りに。贖罪の気持ちで特殊検診に志願した。

爆炎が広がる興奮を、もう一度味わいたい自分を消したくて。

大きく息を吸う／吐く。

激情を追い出し、冷静さを吸い込む。

話し相手が欲しかった——辛いほどの欲求。真実を告白したくなる。全ての悪夢を。

懐の銃を握れば、手のひらに移植された金属繊維からの信号で、一秒も経たずに内部のウフコックを覚醒させることができた。

ジャケット越しに、右の脇下——銃に触れた。

だが冷静さを取り戻すとともに、ウフコックを起こす気持ちが薄れてゆく。

もし起こせば——自分からどんな匂いがするか口にするだろう。

聞くまでもないこと。

内なるビジョン——悔恨や悲哀ばかりではない。それはときとしてセックスを超える快感、外界が喚起する性衝動を遥かに超える、内的絶頂体験《エクスタシス》をもたらすのだ。

心を振り絞って、その感覚を追い出した。

呻き声――誰かが喋っている。

「頼む《プリーズ》……」そう聞こえた。ボイルドは瀕死の男に近寄った。

ごろごろ濁った声。無意識――うなされている感じ。口腔内のチューブのせいで聞き取りづらい。相手の口元に耳をくっつけるようにして聞く。

「第三スタンプ」「頼む」「第三スタンプ」「誰も知らない」「頼む」「第三スタンプ」

異様な感じの繰り返し。他の語彙を全て内側から破壊されたというような幼稚な声音。

多重の薬物投与と拷問を想像した。徹底した人格破壊――必要なことだけを喋らせた
後は、誰かに何があったか説明することさえ不可能にするための。

携帯電話が鳴った。はっとなって患者から身を離し、ジャケットを探った。

通りかかった看護婦が睨みつけてきた。「ヘイ、ちょっと、外でやって」

廊下に出ながら電話を耳に当て、看護婦を振り返る。

「クリストファーだ。契約が成立した。その負傷者は我々の保護下に入った」

いつもより真剣味が増しているクリストファーの声。

看護婦は、電話の電波が生命維持装置の誤作動を招いていないか、わざとらしく確認
すると、すぐにこちらを向いた。「外よ、外」――刺客ではない。

部屋の出入り口を視野に入れたまま非常階段の方へ移動した。

「聞いているかね、ボイルド？」

「ああ。看護婦に追い出されそうになった」

「無線通信のほうが良かったな。法務局にいるので、イースター博士に頼んでウィスパーを通す手間を惜しんでしまった。ウィルバート・アラン巡査部長はまだ存命だな？」

「生命維持装置ともども無事のようだ」

「朗報だな。彼は重要証人だ。市警が引き渡しを拒んでも、こちらの強制執行が可能だ。彼が、他ならぬ同僚の手でとどめを刺されることはなくなる」

「警察組織内の事件なのか？」

「これからの可能性だ。現在、レイニーとワイズがひと仕事終えて、そちらに向かっている。到着したら護衛を交代し、君は証人が負傷した背景の捜査にあたれ」

「証人が、うなされて何かを言っていた。ウィスパーに解析させられないか？」

「またもや朗報だな。私からイースター博士に頼んでおく。何と言っていた？」

「第三スタンプ、頼む、何も知らない――この三つを延々と繰り返している。他にも何かを言ってるようだが、聞き取れない」

「ワイズがそちらに向かっているということが隠れた朗報だったな。ときどき私は自分の才能が恐ろしくなる。ワイズの聴覚なら判別できるだろう」

「あの男を09側で守るよう事前に取り引きしていたのか？」

「特定の誰かというわけではない。ダークタウンの傭兵の話は聞いているな？」

「カトル・カールのことか？　軍属だったという話だが」

「戦後、流出したのは麻薬と銃器だけではない。機械化された兵士の多くが、軍属を離れて都市に潜り込んだ。軍の備品と一緒に。そうした連中の一つがカトル・カールだ。彼らはいわばアンダーグラウンドの巡回牧師《サーキット》として、あらゆる犯罪に精通している」

「拷問のプロとしてか」

「暗殺・誘拐・拷問・脅迫のプロだ。中でも拷問が注目される理由は、この都市の主要産業の一つである化学薬品のせいだ」

「化学薬品？」

「自白剤の拮抗薬だよ。警察でも年々、頭痛の種になっている。ちなみに我々０９が地方検事と仲良くやっていられる理由もそこにある。私が有する識閾検査――人間の無意識を探る技術を、自白剤の代替品として提供する代わりに、我々の活動を黙認しているというわけだ。この都市の地方検事は、自白剤の使用がむしろ偽証を助長していることで怒《ど》髪天《はってん》を衝く状態だったからな。必然的に警察も、我々を黙認せざるをえない」

ダークタウンの拷問／都市の識閾検査――カトル・カールと０９が同じ血筋であると告げられたような感覚／強い対抗意識。

「では、その巡回牧師《サーキット》どもの関与が推測される事件は、証人確保における捜査や尋問をふくめ、全て０９に優先権があるということだな」

「正解だ。フライト刑事の実地訓練は着実に実を結んでいるな」

「もう一つ。あの巡査部長が自力もしくは誰かの協力で脱出したと思うか？」

「四肢を喪失した状態でかね？　奇跡の脱出だな。協力者がいたのなら地下鉄の線路で放置はすまいよ。ウィルバート・アラン巡査部長は、生きたまま釈放された捕虜だ。久久に軍事的な観点から思考するならば、見せしめ、メッセージ、取り引き、負傷者の存在によって相手の機動力を殺《そ》ぐ、といったところかな」

「では、あの男を狙う刺客は、もう存在しないということになる」

「我々が保護すれば話は違う。なにせ我々は都市治安における風雲児だ。また、警察の一員であったはずの彼の悲惨な姿は、どんな陪審員や判事も納得させられるほど、端的に一般市民の生活の危機を証明している」

「この男を、俺たちがカトル・カールを叩く根拠にするのか」

「そういうことだ。証人を守り、悪の巡回牧師《サーキット》たちを逆に異端審問にかけようではないか。私はオフィスに戻る。眠らぬ男の捜査に期待している」

電話をしまい、病室へ戻った。09に保護されたことで政治的な存在となり、むしろ命を狙われることになるだろう悲惨な男を見つめた。体と心を完膚なきまでに破壊された男——その無意識下で復讐を望んでいることを願うばかりだ。

間もなくレイニーとワイズが到着——たちの悪い場所に潜り込んでいたらしく、揃って光沢のあるシャツに派手な鮫皮の上着という最悪の姿で、看護婦をぎょっとさせた。

レイニーが唸った。「なんてこった。まるで俺がその昔に、火炎弾でローストされたときみてえだ。研究所に入ったときの有様そっくりでねえか、ワイズ？」

ワイズは違う連想を口にした――ボイルドと同じものを。「お前は自分がつけた火で敵ごと焼かれたが、こいつはちょいと違うぜ、兄弟。まるであの、オードリー・ミッドホワイトが受けた拷問だ。壊死《えし》するまで手足を痛めつけて、切り落とすかどうか本人に訊くっていうやり口だ。腐った血が回って死ぬぞって言ってな。むかつくぜ」

「ワイズ、この男は何かを喋っている。お前の耳で聞き取れないか？」

「俺の耳は何だって聞き取れるぜ。ウェストサイドの素敵な住宅にいたときは、娼婦どもの仕事の一部始終が耳に入ってきてうんざりしたもんだ。どれ。あまり良い夢は見てないようだが、ちょいと聞かせてもらうとしようか」

ワイズは、その場に立ったまま目を閉じた。相手の口元に耳を近づけようということもしない。左右の耳を交互に相手の方に向け、言った。

「第三スタンプ通路、信じてくれ頼む、拳銃はそこだ、部下は何も知らない――その繰り返しだ。イースターに音声データを転送した。ウィスパーが解析するだろう」

「俺はこれから、こいつをやったやつを捜査する。クリストファーは、例のカトル・カールという連中の仕業だと見ている」

「ははあ。オーディが言ってた、拷問マニアどものこったな？　人食い鰐《わに》どもの居所が知れたら、ぜひ教えて欲しいだよ」レイニーが勢い込む。カトル・カールに対しては自然と誰もが対抗意識を刺激されるようだった。

自分たちと同属だったかもしれない存在――ふと、オードリー・ミッドホワイトのことがまた脳裏をよぎった。ラナにはとても聞かせられない推測が口をついて出た。

「オードリーは確か自軍に救出されたんだったな？」

「んだ」レイニー――それがどうしたという目。「味方が来たときは手遅れで、拷問施設は空っぽんなってて、バラバラにされた捕虜が並んでただけだって聞いてるだよ」

「四肢の切断は、敵側の拷問の手口か？」

レイニーとワイズが、同時にひやりとしたものを呑み込んだような表情に変わった。

ワイズ――思案深げ。「どうやら、あの地域に特徴的な手口だったらしいな。人気バンドが似た言い回《フレーズ》しの曲を流行《はや》らせるのと一緒ってわけだ」

「オードリーは本当に自殺だと思うか？」

「おいおい、ボイルド――」待ってくれと言いたげなレイニー。

「研究所が襲撃されたとき、黒い軍刀《サーベル》を持った兵士がいた。ジョーイがウェストヴィレッジの廃工場で見たものと同一の品だと思う」

うなずくワイズ。「武器に愛着を持つやつは、ついそいつを名刺代わりにしちまうもんだ。カトル・カールが戦場上がりって噂が確かなら、もしかすると人気の手口《フレーズ》でも持ってたかもしれねえし、そいつをその昔、オードリーに施したってことも、あるかもな」

「なんてこったワイズ」泡を食ったようになるレイニー。「そんなニュースは考えたこともねえだよ。カトル・カールがオードリーを拷問したってえのか？　俺たちと同じ軍にいたらしい連中がやったってえのか？」

ワイズはすぐには結論に飛びつかなかった。「そうは言ってねえさ、兄弟。オードリーが味方に拷問されたかどうかはわからねえ。カトル・カールは軍のリストにも載ってねえようなやつらだし、もともと傭兵だったのかもだ。ただ、軍が研究所の処分のために派遣した部隊に、同じ武器を持ったやつがいたってのが引っかかってるだけだ」

「オードリーは自分を拷問した相手の正体を探っていた」とボイルド。「全員、戦死したらしいとわかっても、調べることをやめなかったとしたら――」

ワイズは肩をすくめた。「つまりだ。戦時中、オードリーや自軍の兵士を拷問にかけた連中がいた。そいつらの正体をつかんだせいでオードリーは研究所で自殺に見せかけて殺された。しかもその連中の一人らしい人物が、研究所の襲撃にも参加してた。さらにそいつは、今この都市のギャングの下で働いていて、今ここにいる哀れな男からも、どうやら同じ手口《フレーズ》が見て取れる。てことは、その全部にカトル・カールが関わってるんじゃねえかってことだ」

「とんでもねえこった」レイニーが声をひそめる。「本当かい、ワイズ」

「ただの仮説、こけおどしのたわごと、推測の域を出ねえってやつだ。だいたい二十四時間監視される研究所で、殺しができるのか疑問さ。ただしラナを月まで飛ばすにゃ十分だ。ラナのこった。フルスロットルで背後関係を考えず、最も荒っぽい手段に出るに決まってる。それじゃ、みすみす手がかりを失うだけだ。そうだな、ボイルド？」

ボイルドはうなずいた。「俺が調べる。はっきりするまで誰にも言うな」

急かすレイニー。「早いところ本当のことを聞かせて欲しいだよ」

にやりと笑うワイズ。「刑事仕込みの実地訓練《オン・ザ・ジョブ・トレーニング》を活かすときだぜ。夜の街を駆け巡りな、〝徘徊者《ワンダー》〟」

71

ボイルドは車に戻り、車内の端末に情報を転送するようイースターに連絡した。

ウィルバート・アラン巡査部長が発見された地下鉄の路線を確認——ミッドタウンの駅から一キロ離れたエクスプレスの路線上——列車回送時に発見。

現場は警察が封鎖済み——失われた手足の情報なし。

続いてウィルバート・アラン巡査部長のデータ。

麻薬取締課の捜査班――通称〝戦闘部隊〟を指揮する強面／四名の復員刑事たち――みな戦場上がり。彼らが逮捕した麻薬の売人たち――その面々から逆に取り引きで見逃したと思われるグループが浮かび上がる。〝戦闘部隊〟のあくどい一面＝汚職の臭い。

ウィルバート巡査部長の管轄区での事件一覧。

解決と未解決――特定のグループごとに編集。共通項の割り出し。

ネイルズ・ファミリーの眷属《けんぞく》である、ブラウネル・ファミリーの影がちらつく。

共存共栄――警官とギャング――〝一つの世界を共有する者たち〟。

ウィルバート巡査部長の管轄区へ。

ミッドタウンノース、イーストサイド、モーニングサイド、中央公園《セントラルパーク》の狭間で車を停めた。盛大な道路工事――入念に定められ、決して交差せず、すれ違うように作られる道路群。まるで都市住民の間で棲み分けが始まったようだ。

ウィスパーによる解析――進行中／過程の情報――何万件という該当項目。

『第三スタンプ通路、信じてくれ頼む、拳銃はそこだ、部下は何も知らない』

それらしい項目を、ウィルバート巡査部長の管轄区での事件からピックアップ。

去年――イーストサイドの下水道で、バラバラになった複数の子供の遺体が発見された。ロック・ネイルズの殺人ポルノを連想――だが、容疑者は麻薬中毒の男マイケル・

スタンプ＝精子バンクの清掃員。保存されている精子を自分の精子と交換しようとして捕まっている。男は大量の麻薬を自ら投与して自殺──幕引き。

おそらく無関係──その他の事件も似たような肩すかし。どれも猥雑。

ウィルバートの強引な性格と、ギャングとのその場しのぎの取り引きが見えるだけ。

拳銃密売＝ブラウネル・ファミリーの収入源の一つ。銃規制で、逆に価格が跳ね上がった。ウィルバートの〝戦闘部隊〟と拳銃密売の接点を探る。

密売／密告／司法取り引き──ウィルバートが抱える情報屋の目星をつける。

車を走らせ、イーストサイドの繁華街へ。

午前三時半──店から店へ／多くにクラウンフード社のロゴ──ネイルズ・ファミリーの隠れ蓑／第三スタンプという店名なし／店の支配人＋バーテン＋女たち＋ゲイたちに、ウィルバートに恨みを持つ者について訊いて回る。

０９法案のライセンス──みな、私立探偵と勘違い。０９に許された捜査権は、まだ探偵以下だ。それを悟らせず、情報料・バックにいる連邦検事・市警の刑事の存在をちらつかせ、店に入れさせて相手の口を開かせる──フライト刑事の訓練の賜物。

だが、これといったものはなし──カトル・カールは影も形もなし。

ウィルバートが拷問を受けたことは誰も知らない──そのことは伏せておく。

ネイルズ・ファミリーが打撃を受けたことで、下部組織による縄張り争いが激しくなりそうな予感に、戦々恐々とする者たち。

ついでにニコラス・ネイルズについて質問――ニコラスが父親のロックを陥れたことは周知の事実/ロックの義理の弟ウォーター・ブラウネルは、ニコラスが地歩を築く前に始末しようと躍起になっている。だがニコラスには強力なバックがいるので手が出せず、ファミリーの傘下は右往左往しつつ風向きを見守る構え。

ニコラスのバック――不明。

ニコラスの妹ナタリア・ネイルズについても尋ねてみる。クラウンフード社の重役秘書という噂/高級娼婦だという噂/政治家の愛人という噂――ばらばらなゴシップ。

繁華街をはしご――誰もかれも眠たげ/情報を検討――ボトルネックを狙う。

過去に〝戦闘部隊〟の情報源だった人間――だが仲違い/ウィルバートの強引な手入れで滅茶苦茶にされ、憤懣《ふんまん》やるかたなしのストリップバーの店主――勝手にボイルドを連邦捜査官だと勘違いし、ウィルバートの〝副業〟について話してくれた。

ギャングの密売を見逃す代わりに上前《うわまえ》をはねる――警察組織ぐるみの汚職。

警察に支給される銃器・弾薬の代金をギャングが肩代わりする/その分の余剰金が警察上層部の鼻薬になる/押収された麻薬がどこへともなく消える――気づけばロック・ネイルズ傘下のグループがそれを売り捌いている。

ウィルバートは、ギャングと警察の間の秘密外交官といったところか。

汚職の沼に首までつかっていた巡査部長は、どうやらロック・ネイルズに気に入られていたらしい――ニコラス・ネイルズの影がちらつき始める。

ウィルバートをむごたらしく拷問して、誰がどう得をするか訊いてみた。

「俺さ。胸がすっとする」笑うストリップバー店主。「でなきゃロック・ネイルズのやり方を嫌ってた連中だな」

ロック・ネイルズのやり方――警察組織が武装するための金を流す／強面の警官たちを抱き込む／自分のファミリーの言うことを聞かない売人グループの情報を警察に流す／押収した麻薬を横流しさせる＝自分の縄張りで売る／分け前を強面の警官たちに配分する――税務署の記録では年収一万ドルにも満たなかった男の荒技。

そのロック・ネイルズも終わり＝ストリップバー店主の口が軽くなっている理由。

車に戻る――ウィスパーの解析が進行中。

午前六時――ひとまず部屋に戻り、シャワーを浴びながら考えた。

ニコラス・ネイルズVSウォーター・ブラウネル――ダークタウンの支配を巡って対立する両勢力の狭間で、ウィルバートは上手く立ち回ろうとしていたはずだ。

『第三スタンプ通路、信じてくれ頼む、拳銃はそこだ、部下は何も知らない』

ウィルバートは何かに失敗した――そして見せしめにされた。

大前提――カトル・カールは金で動く。雇える人間は少ないにせよ、一度でも雇ったことのある者全員が、09にとってターゲットになる。

食事の用意――テーブルの上で拳銃が変身《ターン》を解除／ウフコックの目覚め。

「緊張と思案の匂いがする。何かあったのか？」と眠たげに目をこするウフコック。

「新しい仕事だ。街中を走り回って情報を集めていた」

ウフコックの欠伸《あくび》。「俺を起こさなかったのか？」

「必要があれば起こした。お前を使うべき事態ではなかったからな」

「そのときは必ず起こしてくれ。知らないうちに使われるのは、どうも落ち着かない」

「わかっている、パートナー」

食事をしながらウィルバート巡査部長について話した。拷問のことやカトル・カールのことは抽象的に説明した。オードリー・ミッドホワイトのことは話さずじまい――いったんボイルド自身が思案から外していた。カトル・カールの情報収集を最優先。

ウフコックは感心した。「まるで警察のような仕事ぶりだな、ボイルド」

「クリストファーがそれを望んでいる」

目覚めたウフコックとともに車に戻ると、ウィスパーの解析が終了に近づいていた。

第三スタンプ通路――該当項目のうちウィルバートの情報と比較検討し、最も意味のあるものが表示されている。その一つに有力な情報。「スタンプ」は戦前の有料トンネルの通行切符、「スタンプ通路」は料金所のある通路の俗語。

戦前の有料トンネルのうち、イーストリバーの中州へ通じるものがあったが、より多くの交通量が見込める吊り橋が完成したことで廃棄同然に。地下鉄の路線として再利用する計画も戦時中に頓挫——現在の都市改造計画では埋め立てがほぼ決定していた。

転送された図面を見る——全長一キロ弱、高さ四メートル弱。

イーストサイドの河岸から中州を通り、対岸へ。六車線の吊り橋が完成した今では無用の長物——中途半端に延長した穴が、ミッドタウンへ通じる地下鉄の腹に届いていた。

地下鉄の線路上で発見されたウィルバート。

クリストファーに連絡を取った。

「セカンド・チームでトンネルを調査したまえ。私が許可を申請しておく。拳銃についての言及があることから銃器密売に関係している可能性もある。くれぐれも慎重にな」

「了解《コピー》」ボイルドの応答＝午前七時半——イースターを通じて無線通信でメンバーを緊急招集＝ラナ、ジョーイとハザウェイを叩き起こし、現場で待ち合わせるよう指示。

フライト刑事とは連絡がつかず。

午前八時——イーストリバー沿いで待つボイルドとウフコック。ラナのモンスターバイクがけたたましい音を立てて到着。ハザウェイとジョーイが共同購入したステッカーだらけの車が到着。全員にプリントアウトした図面とペンライトを渡し、目的を説明。

「朝っぱらからモグラの真似ごとかい。潜って探すのは、ファースト・チーム向けの仕事じゃない？」さっそくラナが文句をつけた。

「彼らは証人を護衛中だ。それにセカンド・チーム向けの接近戦になるかもしれん」

「モグラじゃなくて白アリ退治の方か」欠伸を噛み殺すジョーイ。

「ジョーイ、お前が先頭で行け。朝から死にたくねえよ、俺」溜息をつくハザウェイ。

「俺が先頭で行く。誰かがいればウフコックが嗅ぎ取る」ボイルドが言った。

地下への入り口——錆の浮いた鉄格子と鎖。旧式の閉鎖処置。

ウフコックが鍵に変身《ターン》——錠前を開いて中へ。

「あんたら、ほんと警官っぽくなっちゃって」眠たげに笑うラナ。

ペンライトの光で地下を照らす。ウフコックを銃に変身《ターン》させ、埃臭い階段を降り、水溜まりだらけの非常用通路を通ってトンネルに出た。

二車線分しかない横穴。淀んだ臭いのする冷たい空気。

センターラインを踏むようにして進み、数百メートル先で第三スタンプ通路の入り口に到着——封鎖されており、料金所は埃で覆われている。

ボイルドは通路へのドアに手をかけた——鍵はかかっていない。

「匂いがする」拳銃姿のウフコックが言った。「人がいたような匂いだ。今は誰もいないが……大勢の人間が興奮していた感じがする」

「十年前じゃないだろうね」からかうラナ。

「ここ数日だ。それに……変な匂いがする。誰かが死んでいるのかもしれない」

「死んでんなら怖がるこたねえや」とジョーイ。

ボイルドはドアを開いた。暗闇の向こうから、かすかな風——ペンライトを向ける。

誰もいない。通路を進むうち、痕跡が現れた。幾つもの足跡。走り回ったような乱れ方。

「確かに大勢って感じがするぜ」ハザウェイが言った。

「ヘイ、リーダー。ここに便利そうな代物があるよ」とラナ——壁に照明のスイッチ。

「オンにしてみろ」

闇が消えた。蛍光灯の列——廃棄された施設が上げる断末魔の声のような明滅。

「便利なもん見つけたな」ジョーイがペンライトを尻ポケットに突っ込む。

にわかに声。

「誰だ？」とハザウェイ。

「しっ」ラナが身を低めつつ前進——散開。四方を警戒しつつボイルドが管理室のドアを開く／黴の臭い／放置された事務机とロッカー——無人。

ジョーイがさらに通路を進んで奥のドアを開く——空調・電気管理室。

ハザウェイが部屋に入る／ラナとボイルドが通路の前後を警戒しつつ後に続く。

「水族館かよ」ハザウェイが呆れる。

広い部屋——立ち並ぶ機械の向こうに、視界を遮るように組み立てられたラック。

幾つも並ぶ大きな水槽。どれも空――なぜか鍵付きの蓋。蓋には空気穴。

どの水槽も中に何かの染みがこびりついている。

「血の臭いだ」ウフコックの声。

迷路のような水槽の群――先頭を進むジョーイの叫び。「大変だ！」

全員が集まってそれを見た。

水槽の一つ――十歳ぐらいの全裸の女の子が中で弱々しく泣いている。

「くそっ。まさか、この水槽全部に――」ハザウェイが唸る。

ジョーイが慌てて鍵を引きちぎり蓋を開く――ハザウェイが女の子を抱き上げる。

絶叫――ハザウェイの腕にしがみつき、火がついたように泣き出す。「いや！　お兄ちゃん！　殺さないで！　お兄ちゃん！　殺さないで！」

「オーケー、オーケー、もう安全だから、オーケー」ハザウェイが必死に宥めつつ、苦心惨憺《さんたん》しながらTシャツを脱いで女の子にかけてやる。

「なんてこった、くそっ」ジョーイが拳を握りしめる。「白アリはどこだ」

「オーケー、ね？　オーケー、君は幾つ？　ね？　名前は？」困り果てるハザウェイ。

女の子の金切り声／ボイルドとラナはさらに奥へ。

ラナがトイレのドアを開く――無人。

ボイルドがモニター室のドアに手をかけた。

「死の臭いだ」ウフコックの声。

ドアを開いて銃を構えた——一転して綺麗に掃除の行き届いた部屋。

そして酸味の混じった猛烈な異臭。

横向きに倒れた男が一人。膝が軽く折り畳まれ、頭の下で血溜まりが乾いて黒くなっている。ひざまずかせた状態で、頭部に銃弾を一発。

顔を見るためにゆっくり移動——革張りのソファを押しやる。

最新のモニター施設。奥の壁には巨大スクリーン——ブラックアウト中。

元はトンネルの監視施設——現在は誰かのビデオ鑑賞室。

稼働音に気づき、デスクの下に屈み込む。端末——ビデオデータ再生用。

銃口でボタンを押す——ドライブ内は空。

接続端子を覗き込む——データスティックを発見。

それを抜き取り、銃を構えつつ男の顔を見る。

衝撃——息を吞む。青黒く浮腫《むく》んだ顔。額に大きな銃創。

最期まで〝踏みにじってやるぞ〟という意志を込めた目——間違いなかった。

ロック・ネイルズ——刑務所にいるはずの男が、廃トンネルの管理室で射殺体に。

ラナが来て、ぎょっとなった。「ねえ、こいつって——」

ふいにウフコックが声を上げた。「誰かが来る、ボイルド」

トンネルの向こうから突然の怒声。「警察だ！　動くな！」

「なんだって？」ぽかんとなるジョーイ。少女を抱えたまま棒立ちになるハザウェイ。

部屋に飛び込んでくる私服の男たち――バッジ／銃。

咄嗟にウフコックを変身《ターン》――左手を覆う革手袋／入手したデータスティックを左手に移す――以心伝心――革手袋がデータスティックを呑み込んで隠した。

「銃を捨ててひざまずけ！　手を頭の後ろに！」男たちの怒号。

《抵抗するな》ボイルドの無線通信。《ラナ、ジョーイ、ハザウェイ、何も喋るな》

男たちが女の子を抱き上げようとして抵抗を受ける――ハザウェイにしがみつこうとする。「お兄ちゃん！　お兄ちゃん！　お兄ちゃん！」

「レイプされてるな、この子」男たちの一人が言った。

女の子を引き剝がし、Tシャツをハザウェイに放る。「お前の妹か？」

ハザウェイは無言で睨み返しただけ。

膝をついて頭の後ろで手を組みながら、ボイルドは彼らのバッジを見た。

バッジ番号を見るまでもなく、不思議と見当はついていた。

四人の復員刑事――〝戦闘部隊〟――全員、ウィルバート巡査部長の部下たち。

70

午前十時過ぎ——釈放。

メンバー全員で無言を通し、クリストファーが手を回して全員を解放させた。

ラナはボールベアリングの玉だけで銃を持っておらず、ジョーイとハザウェイの拳銃は登録済み。誰も発砲さえしておらず、トンネル調査はすでに許可が下りている。完全な合法——刑事たちがつけいる隙はない。

三人ともボイルドより早く釈放され、文句たらたらで河岸に戻り、それぞれバイクと車でオフィスへ向かっていた。

ぐずぐずとボイルドを拘留したがる復員刑事たちのタイムオーバー——保護拘束下にある彼らのボスの引き渡しは、どだい不可能だった。憎々しげな彼らの視線を尻目に、革手袋＋携帯電話＋ライセンスが返却される——イーストサイドの警察署を出た。

「このまま檻に入れられてしまうのかと思った」革手袋姿のウフコックの安堵。

「データスティックは？」

「無事だ。なぜ警察が来たんだ？　ドクターも訳がわからないって言ってる」

ドクター——イースター＝メンテナンス担当。みな彼を〝ヤブ医者《ダック》〟や〝博士《ドク》〟など、そのときどきで好き勝手に呼んでいた。

「わからない」地下鉄に乗り、置きっぱなしの車を取りに行く間、どういうことか考えた。フライト刑事から連絡なし。こちらからもまだ連絡していない。

車に乗り、やはりフライトからメッセージがないことを確認。

オフィスに向かって車を走らせながら、車内電話で連絡。

「災難だったね、ボイルド。ラナたちはもうこちらに着いてるよ」とイースター。

「クリストファーはそちらにいるか？」

クリストファーの声。「信者たちの怒りを宥めるために仮眠から叩き起こされたところだ。ラナの報告によれば、意外な人物と遭遇したそうだが？」

「ロック・ネイルズが死んでいた。釈放されていたのか？」

「いや。それどころか数日前、連邦一厳重な刑務所に移送されたはずだ。何者かが脱走を手引きし、殺されたのだろう。フレデリック連邦検事に確認したところ、〝信用に値しない者たちが刑務所を運営しているようだ〟との所見を頂いた。あれは冷静に見えて、本心では激怒しているほうに百ドル賭けるよ、ボイルド」

「あんたが賭けるなら間違いないだろう。それと現場でデータスティックを入手した。中身は確かめていないが、ビデオデータのたぐいだろう」

「ウィスパーに任せよう。ウフコックの所見は？　遺体から何か嗅ぎ取れたかね？」

「彼の凄まじい怒りの匂いが残っていた」革手袋姿のウフコック。「それと痛みに耐えようとするような緊張の匂いだ。格闘していたのかもしれない」

「顔が腫れ上がっていた」とボイルド。「それ以外に観察する余裕はなかった。検屍データは手に入れられないか？」

「フライト刑事に、搬送先の死体安置所《モルグ》に同伴してくれるよう打診したまえ」

「彼から連絡がない。俺たちが拘留されたことを知らないのかもしれない」

「警察内部で彼に反感を持つ者が多くとも、署長が彼に連絡するはずなのだが？」

「そういう取り引きか？」

「善意の期待だな。お互いの利益を守るための」

「フライト刑事に確かめたい」

「その前にオフィスに戻りたまえ。まず我々だけが持つ情報を増やそうではないか」

「了解《コピー》」

渋滞を避けながらミッドタウンに入り、オフィスへ。その間ずっと考えていた。被害者が警察関係者なら、加害者にも同種の人間がふくまれているのではないだろうかと。

事務所に入ると、ジョーイとハザウェイがぐるぐる歩き回っていた。

ハザウェイが歩き回り、それをジョーイが追いかけているのだ。

「十歳にもなっていないような子だぞ！　畜生ども！」ハザウェイのわめき声。

「落ち着けって、ハザウェイ」困った顔のジョーイ。

「なんでまた兄ちゃんだと思われたかね」ラナがボイルドに向かって肩をすくめてみせる。「ハザウェイには刺激が強すぎたみたいよ」

〝世話焼き〟ハザウェイ――旺盛なレスキュー精神。負傷者・非武装者の救出に命がけ――あれこれ諭すファースト・チームの面々は不在／代わりにボイルドが命令。

「無駄足を使うな。ウィルバート巡査部長の拷問者、ロック・ネイルズの脱獄と殺害の犯人、調べることは山ほどある」どんな犬でも食いつきそうな骨を投げてやる。「あの子が誰で、なぜあそこにいたか調べてこい。市の養子縁組斡旋《あっせん》の関係施設を全て当たれ。警察が押さえる前に、彼女を我々の側の証人にしろ」

ハザウェイは無言ですっ飛んでいった。

「待てよ、どこ行くか本当にわかってんだろうな」呆れたように追いかけるジョーイ。

「命令する前に、あいつのTシャツが前後逆だってこと教えたげたら？」ラナの真面目な意見。「で？　あたしはどこに突撃《ファック》すりゃいいんだ？」

「お前はギャングどもの銃器密売について、ウィスパーに解析させながら調べろ。ウィルバートの『銃《ガン・ホー》』について特定しなければならない。突撃はまだ先だ」

「退屈。弁護士どもから情報を仕入れるついでに彼氏と飯食ってきていい？」

「サムに、ロック・ネイルズの弁護士について訊け。脱走の手助けをしたかもしれん」

「了解《コピー》。くそ、また仕事以外の話題はないのかって言われちまう」渋々とジャケットを肩に担ぎ、事務所を出てゆく。

ボイルドは三階へ——09の創始者にして総指揮官クリストファーは、トランクスと靴下だけという姿で、通信室のソファで腹をかきながらコーヒーを飲んでいた。

無言のボイルド——クリストファーが真面目くさって言った。「オフィス内での服装規定について、私がとやかく言ったことがあるかね？」

「声をかけていいか迷っただけだ。セカンド・チームを捜査に当てた。入手したデータを、ウフコック」

「少し待て。壊されないように衝撃吸収剤で覆った」革手袋の手のひらで、ぐにゃりと突起が生じ、データスティックを現した。

「イースター博士」眠そうにクリストファーが呼ぶ。

「イエス、プロフェッサー」のそのそとイースターがやってきてボイルドからデータスティックを受け取った。その向こうには、ゆっくりと頭を左右に動かしているウィスパー。二階の事務所に比べて、ここにくると時間の流れが半分以下に感じられた。

クリストファー＝欠伸混じり。「ロック・ネイルズの検屍を理由にフライト刑事とコンタクトしたまえ。午後の捜査ののち、君の時間を使って、ウィスパーの解析結果を確認だ。どこかにボトルネックのヒントがあるかもしれんからな。第三スタンプ以外の拷問施設を特定したまえ」

「了解《コピー》」オフィスを出て車に戻る。ファースト・チーム――ワイズからのメッセージ。ウィルバート巡査部長が危篤状態に――緊急治療中／心の中で舌打ち／ウィルバートが死ねば、証人を失う上に、警察と一悶着起こすことになる。
その前にウィルバートの悪行をメディアにリークして世間にさらし、警察にとっての価値を下げるか――咄嗟に思いつく小細工＝フライト刑事の訓練の賜物。
無線通信。《ジョーイ、ハザウェイ、女の子は現在どこにいる？》
すぐさまハザウェイから応答。《ケイティーは市警を出た。今は福祉局の児童虐待相談所が保護してる。セラピストが俺をケイティーに会わせてくれねえんだ》
《ケイティー？》
ジョーイの補足。《ケイト・ホロウって名前。養子斡旋所で検索した。里親はクラウンフード社の重役。ロック・ネイルズじゃヒットしないから会社名で探した》
意外に冴えているし素早い。《その重役を当たれ。第一発見者が我々であることを強調し、重大な児童福祉法違反に関しては一般人でも逮捕権が認められていることをちらつかせろ。その重役に09法案と契約させて、ケイティーの身柄を保護する》
《了解《コピー》》煮えたぎるようなハザウェイの返答。《ぶっ殺してやる》
《ハザウェイを落ち着かせろ、ジョーイ》
《了解《コピー》》一瞬の沈黙。《首の骨をへし折った。しばらく生き返らないよ》

心の中で溜息。《死体を隠せ。捕まるぞ》

《おっと、やべえ》

通信――ラナへ。《ジョーイとハザウェイと連絡を取り合え。二人が証人確保に手間取るようだったら、お前がバトンタッチしろ》

沈黙。サムが目の前にいる証拠。

《ラナ、ロック・ネイルズの弁護士について今すぐ訊け》

《くそったれ、了解《コピー》》

交差点の赤信号――車内電話に手を伸ばし、フライト刑事に連絡。

二度のコールで出た。「ボイルドか。拘留されたと聞いた。対応できなくてすまない」

「ロック・ネイルズについては何か聞いているか？」

淀みない返答。「寝耳に水だ。こっちも大慌てで事実確認をしている」

「ロック・ネイルズの検屍に立ち会いたい。あんたが一緒なら可能なはずだ」

困惑。「いや――それは、今は難しい。俺から、懇意にしている主任検屍医補佐に連絡しておく。お前たちだけで行ってくれ」

〝たち〟――ウフコックをふくむ。青信号。車を出しながら思案。

「ある重要な件について、会って話をしたい」

どうかわすか見物。「それが……０９がウィルバート巡査部長を保護した途端、署内での俺への風当たりが強くなってな。今は動けん。明日になれば署長に頼んで、ウィルバート巡査部長の容態を確認しに行くという名目で動ける。しばらく待ってくれ」

半分の真実。そこに誰かいるのか？　訊きたくなる気持ちを抑え、代わりに挑発。

「わかった。身の危険を感じるなら俺たちのそばにいたほうがいい。ウィルバート巡査部長の部下たちに会ったが、〝戦闘部隊〟などと呼ばれているわりには、どいつもひ弱そうな連中だった。あれならイースター博士でも、あんたを護衛できる」

気まずい気配。「彼らは叩き上げの現場主義者たちだ。甘く見ないほうがいい」

声を通して恐怖の匂いが嗅ぎ取れそうだった。

「会えるようになったら連絡をくれ、コーチ。俺は死体安置所へ向かう。お互い背中に気をつけるとしよう」

呻くような声。「ああ。では――」

電話を切り、死体安置所へ向かう。車の窓を全て開き、バックミラーをチェックした。

「ウフコック、フライト刑事は何を隠していると思う？」

「隠し事をしているのか？　声の調子だと逃げたがっている感じだったが」

「おそらく隠せそうにないから逃げたいんだろう」

「なるほど。……もしかして俺と会うのが嫌なのか？　匂いを嗅ぎ取られるから？」

「そうだ。今、誰かの作為的な匂いはしないか？　尾行者は？」

「そういう匂いはしない。そうか、そういうふうに拒まれるのは悲しいものだな」

場合によっては、お前の鼻ほど人を怖がらせるものはない――全く歪みのない真実の鏡を見る恐怖／そう口にしかけてやめた。

死体安置所の駐車場に停車――まるで巨大な倉庫。

どこかで見た資料によれば八百体の遺体を同時に冷凍しておける死者のパンテオン。都市の治安や交通安全や福祉が、決して誉められたものではないことの雄弁な証明。

受付で名前を告げ、主任検屍医補佐を呼ぶよう頼んだ。

すぐに通路の奥から白衣を着た肌の黒い男が現れて言った。「剖検はもう終えたが、直接、遺体を見ながら説明して欲しいのかね？」

ボイルドは09のライセンス証を見せた。「ぜひお願いします、サー。私はディムズデイル＝ボイルド。遺体の第一発見者でもあります」

「これはこれは、礼儀をわきまえた御仁だ」男は笑った。

柔和な笑み――穏やかな雰囲気。衝撃を吸収する分厚い繭で覆われている感じ。むしろ無表情よりも意図が読めない。小柄、短く刈った髪、蠍《さそり》のような黒い肌。

動かない左目――良くできた義眼／電子製品ではなくガラス玉の。

「私はテイラー・モス。市の主任検屍医補佐だ。親しい者はみな、ワン・アイド・モスと呼んでいる。あるいは〝蛾人《モスマン》〟などと。どちらも過分に敬意のこもった渾名《あだな》だ」

ボイルドは無言。〝正体不明《モスマン》〟と自分から名乗ることが牽制に思えたが確信はない。

「礼儀正しい御仁には、不可解なジョークを言ってしまったかな」ワン・アイド・モスことテイラー・モスは言った。「緑の方の〝苔《モス》〟にかけて〝時代遅れ《モスマン》〟と呼ばれるという意味だ。ああ、わかったようだね。いつまでも、こいつを電子義眼にしないせいだ。長年この視界に慣れているので、完全に照明が消えるまでは取り替えるのも面倒でね」

「それは失礼しました、サー」無難な返答を選択——そうしながら誰かを連想した。

「私こそ失礼した。では来たまえ。私の最新の友人のもとへ」時間稼ぎをしていたわけではなさそうな様子で、通路の奥へ歩みながら手招きする。

「クリストファーに似ている」こそっとウフコックが呟く。それで連想の意味がわかった。ウフコックにそう言わせるほどだから一筋縄ではいかない相手だろう。

「さあ、こちらへ。足下に気をつけて。フライト刑事から署長の名前を出されてまで紹介された相手に、粗相があってはいけない。そういう大事なお客様は普通、主任検屍医がお相手を務めるのだが、いかんせん多忙な人物でね」ワン・アイド・モスは肩をすくめて微笑んだ。「イーストサイドのノミ屋と馬券売り場が彼のもう一つのオフィスなのだよ。市のギャンブルが公営化されたらそこが彼のリビングになるだろうな」

密告ではない。かまをかけてもいない。周知の事実をネタにしたジョークらしかった。

エレベーターに乗って地下の冷凍保存室へ。特大のロッカールーム。壁を埋め尽くす死者たちの仮の住居の一つを、ワン・アイド・モスが引っ張り出した。

　金属音をこだまさせて、凍りついた裸のそれが姿を現す。

「午前中を通してずっと私と話し続けていた被験者ナンバー10132、またの名をロック・ネイルズ。ダークタウンの超有名人だ。見た通り、決定的な死因は左眉の付け根の上から侵入し、脳をずたずたにして後頭部へ突き抜けた一発の弾丸だ。彼の魂は五分の一秒以内に肉体から解き放たれたろう。弾道検査はすでに終わっていると連絡を受けている。最新式の検査でね。たとえ使用済みホローポイント弾だろうと、二十分以内に銃器を特定してしまう優れものだ」

　ふいに赤い光点《ターゲット》のビジョン――『銃』――『信じてくれ頼む』――証拠物件。

「弾道データを、あなたを通してこちらに頂けますか、サー？」

「フライト刑事から教えてもらった、君のオフィス宛でいいかね？」

「はい。助かります――」

「サーはなしで結構だよ、ミスター。お互い壁と話している気にならんかね？　さて、市警の科学班が発見した九ミリの強装弾が分析済みとのことなので、凶器が発見されれば特定は容易だろう。詳しい死亡状況は科学分析の結果待ちだが、特徴的なのは上半身前面に見られる打撲と、両拳の傷だ」

「格闘していたのですか？」

「当意即妙だな。拳闘というやつだ。ただし彼は素手、相手は両拳をテーピングしている。彼の顔面の皮膚からボクシングで使うテーピングと同種の繊維が検出された」
「つまり、本当に拳闘を——競技種目のような勝負をしていたと?」
「武器を握る相手と戦った形跡は皆無だ。彼が殺された場所の四方にロープが張ってあったとしても不思議ではない。皮下溢血《いっけつ》、鼻骨骨折、頬骨の亀裂骨折、口唇部の裂傷、歯の破損、胸部と腹部の鬱血。それに肋骨の骨折具合から見ると、相手は左利きだ」
ふいに無線通信。《こちらジョーイ。重役をとっつかまえてサインすることを了解させた。今、そいつと一緒に車でオフィスに向かってるところ》
《よし、ご苦労》
《こいつ、後部座席でハザウェイが死んでるのに気づいて真っ青になってんの。そんでハザウェイが生き返ったの見て、すげえ勢いで叫んで——》
《クリストファーに服を着るよう言っておけ。俺は別ルートで調査中だ》
《了解《コピー》》
ワン・アイド・モスは、上半身から下半身へと焦点を移していった。
「腰から下は驚くほど無傷だ。右足の側面に僅かな擦過傷がある。裸足で戦っていたんだ。足の裏には埃と微生物が大量に付着していた。脚部の酵素の量から、六ラウンド分は動き回ったのがわかる。勝敗は不明だが、〝試合〟後三十分以内に射殺されている。

勝負の余韻の中で死んだのなら、恐怖心や悲哀は感じずに済んだかもしれない」

「遺体に、戦った相手の血液や唾液、汗は付着していなかったんですか？」

「相手のフットワークが巧みで一方的に打ちのめされた可能性もあるが、それでは拳の裂傷の原因が説明できない。壁や家具を殴っていた痕跡はない。死んでから入念に拭い取られたのと、相手はスウェットスーツ姿でマスクでもしていたのだろう」

容易な連想——ドアの向こうの『大勢の足跡』——即席の拳闘試合会場。

「こんなところだ。それ以上のことは、今後の科学分析を待ってくれたまえ」

「ありがとうございました——サー」

ワン・アイド・モスの微笑。遺体を元通り収め、手を差し出してきた。

ボイルドはそれを握った。

「ここには色々な者が運ばれてくる。ときには私が言葉を交わした者も。八百体も保存できると、そういうことが起こるのだ。君がどんな仕事をしているのかは知らないが、私よりも年下の君と、そんな再会の仕方をすることだけは御免こうむるよ」

「了解です、サー」内心では、この人物ならば遺体となった自分を預けてもいいという気にさせられていた。そして納得——人からそう思われることの悲しみが、ワン・アイド・モスを覆う、柔和で分厚い繭となっているのだ。

地下を出て、生者の地上へ。

車に戻る――ロックを外す直前にウフコックが言った。「誰かがここにいた」

ボイルドは四つのドアを一瞥して回った。無理にこじ開けようと試してもいない。

どうやらこの車体の防犯設備が、美術館並の予算をかけた偏執狂的な代物であることを事前に教えられていたのだろう。下手にロックを外して中に入れば、防弾ガラスに加えて鉄のシャッターが車内を牢獄にする。もしレッカー移動を試みれば、無線通信を通して即座にオフィスと自分に警報がくる。

ウフコックの裏づけ。「匂いでわかる。車の中を探ろうとしたが諦めたんだ」

「諦めの早い警官だ。ぐずぐずしていてくれれば捕まえられた」

車内に乗り込む――ラナからメッセージ/ロック・ネイルズの弁護士についてサムからの情報。やり手の弁護士――連邦裁判所への上訴を控えているにもかかわらず、脱獄という最悪の手段に出て報酬の全額をもらい損ねる真似はしないだろう。

簡潔で手慣れた報告書だと思ったら末尾にサム・ローズウッドの署名/追伸――〝自分と付き合うことについてラナを後押ししてくれたと聞いた。協力できることがあれば何でも言って欲しい。代わりに彼女との週に二度のランチ（あるいは深夜に及ぶ可能性のあるディナー）を許して頂けないだろうか。云々〟。

懇切丁寧/弁護士との取り引き――異存なし。

安カフェで食事を摂った。ウフコックをテーブルに座らせても文句を言われない場所。

ネズミに話しかける大男を見て、ウェイトレスがくすくす笑っていた。

クリストファーに連絡──朗報。ジョーイとハザウェイが連れてきた男が、09法案の書類に喜んでサイン。水槽の中に監禁されていた少女ケイト・ホロウ──おそらく殺人ポルノの唯一の生存者。その保護を自分の生命保全ともども承認──ロック・ネイルズの権力の残滓《ざんし》は消滅する一方なので、願ったり叶ったりだろう。

ついでラナ本人の報告＝無線通信＝書類での報告を面倒くさがる／銃器密売は下火＝ギャングたちの縄張り争いの激化＝銃器ディーラーたちの警戒。

ウォーター・ブラウネルが姿を消した──ニコラスを追いつめているという噂。

ロック・ネイルズとウィルバート巡査部長がいなくなり、色々な噂が飛び交っている。

サムについて一言。《追伸について、おおむね承知したと伝えてくれ。ディナーの件は、緊急事態を除いて、なるべく意向に添いたい》

《追伸？　くそ、あの馬鹿正直野郎》ラナの狼狽《ろうばい》。

セカンド・チームの動きを整える──焦点を〝戦闘部隊〟に当てて捜査。

昨夜に続いて繁華街へ──リストをしらみ潰し／〝戦闘部隊〟の様子を聞いて回る。

メンバー全員が非常に苛立っているという噂。どこもロック・ネイルズが死んだという話題で持ちきりだが、〝戦闘部隊〟はその話題になると苛々し始める、かっかする。

証拠物件──『銃』。

途中で一息入れるついでに、フライト刑事に連絡を入れる――つながった。

「ワン・アイド・モスに会った。非常に好意的な人物だった」

「そうか。彼は名物だからな。彼に気に入られたなら、ミッドタウンのモルグのフリーパスを手に入れたようなものだ」声が軽い――ボイルドは周囲を見渡した。監視者、尾行者、暗殺者――今のところなし。

直感で喋る。「〝戦闘部隊〟は、まだ拳銃を入手していないな?」

「なに? なんのことだ?」

「ロック・ネイルズを撃った銃のことだ。ウィルバート・アラン巡査部長の武器は、九ミリのホローポイント強装弾か?」

「いや、もっとでかい。腰にぶら下げていたのは、ほとんど、はったり用の大口径の銃だ。それより、ロック・ネイルズを撃った銃だと?」

直観――ロック・ネイルズが死んでいた現場は、ウィルバートと〝戦闘部隊〟が発見するはずだった。

フライト刑事の声が軽い理由――すぐそばで見張られているのではない。

小手調べ。「今から会いたい。あるものが手に入った。そいつを調べているところだ」

「いや――今、下らない張り込み仕事で身動きがとれん」滑らかな嘘。「あるものってのはなんだ?」僅かな興奮。「教えてくれ」

声が軽い理由――携帯電話を盗聴している〝戦闘部隊〟のメンバー。

「フライト刑事、一つ言っておきたいことがある」

「――なんだ？」

「あんたは最高のコーチだ。俺は素晴らしい技術を手に入れたと実感している」

息を呑むフライト刑事。その心情が手に取るようにわかった。自分を監視する人間たちよりも遥かに怖い相手と会話しているのではないかという疑念――不安。

〝ハロー、モンスター〟

女の声が脳裏でこだまする。真実の声で。

「またこちらから連絡する。あんたの都合の良い状況で会おう」

電話を切り、ミッドタウンからイーストサイドにかけて回遊――推測。

ウィルバートの背後には、ロック・ネイルズをさんざん殴ってから殺した人物がいる。

ウィルバートはその際、ロック・ネイルズにとどめを刺した拳銃を手に入れた。

そしてカトル・カールの登場――拳銃の在処／見せしめ。

雇い主はニコラス・ネイルズか？　ウォーター・ブラウネルか？

車を降りる／街を駆ける〝徘徊者《ワンダー》〟の質問――ウィルバートはボクシング好きか？

質問――ウィルバートは拷問好きか？

質問――ウィルバートは何かを手に入れたと言ってなかったか？

質問――ウィルバートはどちらの側につくか言ってなかったか？

取り留めのない断片的な返答の山。一方で街の情報からオッズを引き出す――ニコラスVSウォーター。一対三。若いニコラスが不利。その打開策――強力なバック、武力。

ニコラスと軍刀《サーベル》使いのピエロ・コンビが、チャップ・ネイルズを抹殺した。

カトル・カールが一枚岩ならば、今もまだニコラスに雇われているという直感。

カトル・カール自体が分裂した、もしくは傭兵らしく敵味方に分かれたという考えは、ぴんとこない。都市で成長する上での命題――結束せよ。アンダーグラウンドに潜ることで生きているなら、なおさらだろう。

目的＝カトル・カール。

論点＝誰がカトル・カールを雇った？

仮説＝裏社会の秘密外交官ウィルバート・アラン巡査部長は、ニコラス側につきつつも、証拠物件となる『銃』を確保し、いつでもウォーター・ブラウネルの援護射撃ができるようにしていた。

〝戦闘部隊〟は、ボスの個人的判断ミスで死に物狂いになっている。

ロックを誰が撃った？　ニコラス・ネイルズか？

『銃』はどこだ？　第三スタンプ通路になかったのか？

繁華街を歩いていると、ウフコックが声を上げた。「尾行されている」

〝あるもの〟が、よほど気になったらしい。わざと裏通りを歩くが、仕掛けてこない。こちらの武力を知っているのか、確証を得るまで尾行するだけのつもりか。

車に戻り、徹底的に引きずり回し、相手を確認。

〝戦闘部隊〟のメンバー一名――オフィスに帰る前に姿を消していた。

ファースト・チームからの連絡。朗報――ウィルバートの容態が快方に向かう。

クルツに相談――〝戦闘部隊〟の情報を送るので、ワイズとレイニーに、連中と警察署全体に共通する弱み＝世間の耳目を惹くネタを探ってもらえないか。

クルツの了承。「今や、街中がお前にとっては床だな、〝徘徊者《ワンダー》〟」

いったん住居に戻る――シャワー／夕食。

午後十一時三十二分――また一日が過ぎた。そしてボイルドの時間の始まり。

ウフコックは銃の姿で眠り、懐に。オフィスに二度目の出社――三階。

データスティックの解析結果――通信室に入る前に、呻き声が聞こえた。

トイレを覗く――イースターが大便器に突っ伏して盛大に嘔吐していた。

「どうした？」ボイルドが近寄って背に触れる。汗でびっしょり濡れていた。

イースターは、がたがた震えながら、あらん限りの敬虔さでこう言った。

「ああ、神様、神様、神様、神様」そしてまた嘔吐――首や腕に鳥肌。「あんなもの……頼む、交代して……ああ、神様……」

「地下へ行ってシャワーを浴びろ。俺が代わる」

よろめくイースターをエレベーターに乗せ、通信室に入った。

三十二台のコンピュータに接続されたウィスパーの傍らへ立つ。

壁一面のモニターの半数に、それらの映像。解析中の様々なシーン。子供の目玉をペニスにすりつけて激しくしごいている。頭皮ごとむしった髪でしごいている。『気持ち良いよパパ』麻薬で陶酔した子供――その腕が吹っ飛ぶ。『気持ち良いよ、パパ、気持ち良い、パパ』機械的に繰り返す子供、その右腕、左腕、右脚、左脚が、バン、バン、バン、バン。裂かれた腹から腸が零れ、傷口に顔を突っ込む悪鬼、子供を背後から抱いてショットガンの引き金を引かせる悪鬼、ショットガンの銃床で子供を滅茶苦茶に叩き殺している悪鬼、真っ二つになった子供の下半身を犯している悪鬼――ロック・ネイルズ。犠牲者の子供たち。最低八人はいる。そして『お兄ちゃん、殺さないで、お兄ちゃん、殺さないで』ケイト・ホロウがショットガンの引き金を引く――バン。『ケイト、気持ち良いよ、すごく良いよ』おそらく兄の脚が吹き飛ぶ。真っ赤な光点《ターゲット》となって。

いきなり、病院でウィルバートを見たときとは比較にならないビジョンがきた。

かつてなく凄まじい快感の渦――内的ビジョンによる絶頂体験《エクスタシス》。

全身を貫く痙攣――快感。苦しすぎて息もできない。

(おお、炸裂《エクスプロード》よ!)

涙が溢れた。セックスを遥かに超える悦楽の地獄。
理解――この男はかつて大きな罪を犯したのだ。
理解――たとえ誰もがそれを罪ではないと言ってくれたとしても。
偽証――爆弾を落としたのは自分ではない――軍の体面。苦痛。
理解――そして心躍る希望。それらは実は罪ではなかったのだという大転換。
妄念――彼らは喜んだに違いない。爆弾を落とされた彼らは、幸福だったのだ。
侵犯――素晴らしい価値の転換。罪の苦しみから逃れる至高の突破点。
侵犯――自分は良いことをしたのだという全精神の大逆転。
侵犯――救いが欲しくて／自分から錯乱状態へ落下する。
軌道――闇の奥／究極の聖域に向けて。
到達――それは全ての良心が炸裂する爆心地《グラウンドゼロ》だ。
涙／ひざまずく／嗚咽／ロック・ネイルズに感情移入する自分を止められない。
ウフコックが必要だった。懐に入れようとした手を、もう一方の手が止める。
ウフコックが必要だった。必要なら起こしてくれるかとウフコックは訊いた。
必要だった。
ビジョン――そして究極の聖域が出現した。
手足を吹き飛ばされた友軍の面々／生ける屑――哀れな生存者たち。

みな微笑んでいる／劣化ウランの破片──放射能障害／人間性の全てを奪われた者たちがボイルドに感謝の念を表している／歓喜の念──快楽にのたうち回る姿。

美しくも激しい恍惚の炎、炎、炎。

（おお、炸裂《エクスプロード》よ！）

亡者たちの大合唱＝ありがとう、ありがとう、ありがとう。

そこでは自分は英雄だった。王だった。生きとし生けるものの主人。聖人だった。

感謝されていた。褒め称えられていた。祝福──解放してくれたことへの。

ひざまずいて床に額をこすりつけた──ああ、神様。それだけは。

暗黒の聖域──醜い妄想／ぞくぞくする快感／罪と懺悔《ざんげ》の喜び。

それらをウフコックに知られたくなかった。

自分から、どんな匂いがするかなどと。

言って欲しくはなかった。それだけは。

69

午前六時──自分のマンション。

オフィスを出るとき、イースターは鎮静剤を飲んで仮眠室で眠りこけていた。

ウィスパーの解析は二時間前に終了——収穫あり。

シャワー——体から匂いを洗い落とす／ちらつくビジョン——冷静さを取り戻す。

衣服を洗濯機に放り込み、駐車場へ降りて車内に消臭剤を吹きつけた。

午前七時——食事の用意／テーブルの上の拳銃が目覚めてウフコックの姿に戻った。

眠たげに顔をこするウフコック——ふいに、はっと顔を上げた。

「ボイルド？」

「どうした？」席につくボイルド——冷静／完全に。

「いや……気のせいだったみたいだ」ウフコック——じっとボイルドを見つめて。「何となく……お前から、傷ついたような匂いを感じた。悲しくて苦しんでいる匂い……」

「そういう人間は大勢いる。都市のそこら中に。そいつらの匂いが移ったんだろう」

「そうかもしれない」ウフコックの思案——確かめるように。「……なあ、ボイルド」

「うん？」

「俺が必要なときは……たとえ眠っていても起こしてくれるか？」

「ああ」ボイルドは言った。「もちろんだ」

「そうだよな」ウフコックの安心——微笑。「俺たちはパートナーだものな」

「ああ」ボイルドの微笑——冷静さの賜物。

午前八時。

車でイーストサイドへ——ミッドタウンのオフィスには出社せず。車内電話でクリストファーに報告と提案＝ウィスパーの解析。「撮影場所」の特定——一連の作戦。ボスの承認。「ふむ、それは気に入った。よし、やれ、やっつけろ」

ついでファースト・チームとコンタクト——協力の要請。

クルツの承認。「実　地　訓　練《オン・ザ・ジョブ・トレーニング》の中間試験といったところだな。良いだろう。レイニーとワイズをそちらに回そう」

クルツとオセロットは引き続きウィルバート巡査部長を護衛。

車内電話で確認——レイニーとワイズ。

レイニー＝くすくす笑い。「楽しみだなあ。あとで詳しく話を聞かせて欲しいだよ」

ワイズ＝快活な声。「頼まれた件はイースターとウィスパーに報告してある。連中にかかりゃ一晩で電話帳並の書類が出来上がるぜ。適当なところで止めさせておきな」

ファースト・チームの成果を確認——文句なし／元狙撃兵＆猟犬＋筋金入りの斥候兵＆通信兵——覗き込む・嗅ぎつける・潜り込む・聞きつける。

車を停めてセカンド・チームからの報告を読んだ。

〝戦闘部隊〟についての詳細な噂＝ウィスパーの解析によって裏付け。

多数の証拠書類——その中にマイケル・スタンプの検屍書類。精子バンクでひと騒動起こした麻薬中毒者――子供殺し犯に仕立て上げられ、自殺に追い込まれた男。

発見された子供の手足／ロック・ネイルズの殺人ポルノの解析＝ウィスパーの無垢なる理性が〝一致〟の結果を出す。

〝戦闘部隊〟の汚れ仕事の一つ――ロック・ネイルズの狂った饗宴の後片付け。

マイケル・スタンプを犯人に仕立て上げた――死んだ子供たちの偽りの墓標。

殺人ポルノの生存者ケイト・ホロウ――書類上は０９の保護下に。引き続き市の児童虐待相談所のセラピストたちが保護＝クリストファーの判断。

どういうわけかケイトは、ハザウェイを自分の兄だと思い込んでしまった。

自分が撃ち殺した兄／躍起になってケイトを慰めようとするハザウェイ。

ケイト――〝お兄ちゃん、行かないで、お兄ちゃん〟＝ハザウェイを呼び続ける。

ハザウェイを遠ざけるセラピストたち＝〝彼女に、これ以上の歪んだ認識を与えてはならない〟――彼女の現実認識が確かなものにならない限り、証人として通用せず。

セカンド・チームの三人にメールで指示――〝戦闘部隊〟について。

準備完了――クリストファーから四人分の契約書のコピーが送られてくる＝証人保護。

全て車内で完結――走る前線基地。目的地に向かって走り出す。

「ずいぶん手慣れたな、ボイルド」肩の上に乗ったウフコックが感心する。

「良いコーチがついたからな。これから彼に話を聞く。作戦開始だ」

車内電話のリダイヤル――二度のコール＝フライト刑事の声。「俺だ、ボイルド」

「了解《コピー》」

「これから会って話がしたい。個人的に。俺一人だ。パートナーはなしで」

「――いいだろう。ちょうど下らん張り込みから解放されたところだ」開き直り／見え透いた返答。

「俺の車で迎えに行こう」

「いや、自分の車で移動する。このまま、お互い車内で話そう」

予想通りの答え――行動。「目的地の設定を転送した」

「オーケーだ……一番街の一三二丁目か。イーストサイドの再開発予定地区、かつてのロック・ネイルズの本拠地だ。今はニコラスとウォーター・ブラウネルが奪い合っていて、噂じゃ、ここにも合法カジノがオープンするらしい」詳細な呟き――睨みを利かせる〝戦闘部隊〟へ場所を教えているのだ。あるいはフライト刑事からボイルドへのメッセージ――〝俺はこの通りの有様だ。そちらで上手くやってくれ〟

「ウィルバート巡査部長と彼の部下たちは、多額の収入をこの一帯で得ていた」

「おいおい、穏やかじゃない表現だな。証拠はあるのか？」

「書類を用意した。我々がウィルバートを保護する上で必要な書類だ。どこにでも提出できる」どこかで〝戦闘部隊〟の連中が目を剝く姿がありありと想像できた。

「警察組織の一員としては、彼らのプライバシーは守秘してもらいたいところだ。警察の悪評が盛り上がると誰かがスケープゴートにされなきゃならなくなる」

「こちらも、いたずらに保護証人の名誉を損ないたくない」

タイヤがプラスチックを踏み割る音――散乱したプラカード。住民たちのデモの跡／分裂した組合同士が乱闘した跡／ひっくり返ったバス／警察の封鎖用テープ――死者の輪郭をかたどったマーク。

「デモの跡が見える。市の立ち退き要求に抵抗する一派と、従う一派の乱闘跡だ。立ち退きを承知した市民には、住居と、多額の移転金が支払われる。だが犯罪歴がある者には、移転金の減額か、もしくは住居を諦めて市外へ出るかを選択させられる」

「何が言いたい、ボイルド」

「住民の立ち退きに、警察が裏で協力している。警察以外にも、税務署、福祉局、健康保険局も。何か一つでも引っかかれば移転金の額を下げ、住居の用意をしなくて済む。ウィルバートと〝戦闘部隊〟は、ギャングと協力し合って地上げに貢献していた」

「何の根拠があって――」

「警察にとって〝戦闘部隊〟は、スケープゴートにするには良い集団だ。ボスであるウィルバートが警察以外の組織に保護されている現状では特にな。署長も条件次第では我我との取り引きに容易に応じるだろう。そうなれば〝戦闘部隊〟は肩身の狭いギャングとして生きるしかない。堅気になるには色々と知りすぎている。再就職先は、企業同士のデモ操作かデモ潰しのためのスパイといったところだろう」

沈黙――フライト刑事の思案／盗聴中の〝戦闘部隊〟の怒りと狼狽。

「ボイルド、いいか、お前にだけは言っておく。たとえ09法案のバックに連邦検事がいようと、警察組織の一員を葬ることに俺が加担すると思うな。現場に精通した組織員は、多かれ少なかれ汚れをひっかぶっている。ダークタウンにはダークタウンの秩序がある。ロック・ネイルズという悪の権化でさえ、街を完全な無法地帯にさせないためには利用せざるをえなかったんだ。それを責めることに俺は協力しない。絶対にだ」

フライト刑事の本音が飛んできた。それを腹の中で受け止めてやる。

「フライト。これは俺の想像だが、フレデリック連邦検事は、あんたを連邦の捜査官として引き抜きたがっているのではないのか？」

「そいつは真っ平御免だと言ってやった。コーチから一つレッスンだ。他人の縄張りに入り込んで、土地のルールも理解せず、手柄を奪い取るためだけに長年積み重ねた苦労をぶち壊しにして、後片付けもせず出て行くような連中こそ、クズの中のクズだ」

「了解《コピー》。先に目的地に着いた。どれくらいで来られる？」

「あと十分だ。着いたら話の続きをたっぷりしてやるからな」

「俺は車のそばにいる」車を停めて車内電話をオフに――外へ出た。

再開発を待つ薄汚れた小工場の群。ごみごみした建物の隙間から、イーストリバーの流れがかろうじて見える。

すぐ先の曲がり角から声。

「言われた通りの姿で待ってただよ」レイニー——外見は完全に別人になっている。

「すごい。注意して匂いを嗅がなければわからないぞ」ウフコック＝ボイルドの肩。

「念入りに消臭剤をふりかけといたからなあ。スーツも、おめえさんの趣味にぴったりだろ〝徘徊者《ワンダー》〟？」レイニーがにやりと笑う——ボイルドの顔／靴まで似たようなものを揃えていた。〝砂男《サンドマン》〟レイニーの真骨頂を見た気分。

「完璧だ。笑い方だけ注意してくれ。フライト刑事が注目する点だ。ワイズは？」

「現場にいるだよ。ありゃあ間違いねえ。放棄された施設ってやつだ」レイニー——陰鬱な声。「おめえさんも見てくりゃいいだよ、あの地獄の底を。朝っぱらから糞まみれになった気分になるに違えねえだ」

うなずく——ウフコックを左手の革手袋に変身《ターン》。「ここでフライト刑事を迎えてくれ。俺は現場を見てから姿を隠す」

「了解《コピー》。後で、おめえさん方がどうやってここを見つけたか、聞かせて欲しいだよ」

「ウィスパーに見つけてもらった」それだけ言って工場の一つへ足を運んだ。

無人——古びた紡錘《ぼうすい》加工の機械が並んでいる。

《足音で誰だかわかるぜ、ボイルド》ワイズの通信。《地下に来な。そこから右に二歩、真っ直ぐ五歩だ》

ぴったり言われた通りの歩数で地下入り口に辿り着いた。階段を降りる。頑丈なドア――防音。錠が全て開かれている。ワイズがやったのではなく、放置されたもの。

闇へ――ビジョンに襲われないよう冷静さを保つ。

「ひどい臭いだ。どこもかしこも、死の臭いしかしない。似たような臭いを、無理やり一ヵ所に集めた感じだ」ウフコックの不快そうな声。

そっと革手袋を撫でてやる――地下へ。

高い天井。広々とした施設。洒落た岩模様の壁紙。幾つも並ぶ空調機。

壁の一つに銃架――ショットガン。

食器棚、冷蔵庫、ガスレンジ、並ぶ拷問器具。

大きな洗面所、水道とゴムホース、海水浴場にあるような一人用シャワーブース。

中央で腕を組んで立っているワイズ――その隣に立って同じ光景を見る。

ワイズの険しい顔。「オーディって殺し屋が言ってた。カトル・カールの拷問施設の一つで、子供の腹を裂いたってな。その後、やつは結局だんまりを決め込んじまったが、こうして俺たちが見つけたってわけだ」

右奥――猛毒の廃液の臭い＝濃硫酸のプール。分厚いガラスの底に沈んだ白骨の群。

背面からのライトアップ。肉体が溶けてただれていく様子がよく見えるように。吊した鎖。手錠つき。両手を上げて足から溶かされる。

プール手前に、床に固定された鋼鉄製の椅子が三つ。どれも血がこびりついている。左奥――射殺現場。子供が何人も手足を吹き飛ばされて死んだ場所。

そして、そこに一人の男の死体。全身に銃弾を撃ち込まれている。手足は無事――そばに焼け焦げた別の人間の手足が転がっている。おそらくウィルバート巡査部長の四肢。

ビジョン――赤い光点《ターゲット》がちらつく。冷静さを保つ。爆弾の雨の光景。それを心に抱きとめながら、ボイルドは死体に歩み寄った。

何度か写真で確認した顔／ラナの報告では姿を消していた人物。

ウォーター・ブラウネル。

ブラウネル・ファミリーのボス／ロック・ネイルズの義理の弟／麻薬と銃器密売の元締め的存在――全身を蜂の巣に。

「ニコラス・ネイルズの逆転勝利ってやつだ」ワイズが言った。「俺が街で仕入れたオッズじゃ、一対四でウォーター・ブラウネルの勝ちだったんだがな」

ボイルドはうなずいた。「フライト刑事が来る。俺は所定の位置につく」

「俺も外に出て待機するぜ。やれやれだ。糞だまりってやつは不快感でもって人の目を釘付けにしやがる。さっさと出ないことには、根が上品な俺まで毒されそうだ」

ともに外へ。ボイルドは工場の外＝建物の陰に。

ワイズは工場一階の事務室の奥に身を潜めた。

数分後——フライト刑事の到着。車を降り、ボイルドに化けたレイニーと工場の中へ。

ワイズが二人の声を中継——ボイルドの車とオフィスに転送＝録音。

離れた一角に別の車が来た。ボイルドはそちらに歩み寄った。

運転席——先日来の尾行者＝〝戦闘部隊〟の一人。耳にイアフォン／フライト刑事に仕込んだ盗聴器に耳を澄ましている。

「行くぞ、ウフコック」革手袋が変身《ターン》——鋼鉄の震動型粉砕器に／接触した対象にだけ強烈な打撃——問答無用で相手の運転席の窓に叩きつけた。

驚愕の声——窓が防弾だろうが、ドアがロックされていようが、委細構わず相手を窓から引っ張り出し、地面に叩きつけた。そいつのイアフォンとマイクをむしり取り、車のドアに顔を押しつけ、抵抗する余裕を与えず腕をねじり上げる。

革手袋に戻ったウフコックが、手のひらの部分を変身《ターン》。手錠が出現——男を後ろ手に拘束／引きずって運ぶ／まるきり警察による暴徒鎮圧のやり方。

わめき散らす男を、自分の車の後部座席に放り込んだ。

前の座席とは空気穴の空いた防弾ガラスで仕切られた座席——移動可能な牢獄。

「ここで大人しく書類を見ていろ」

プリントアウトした書類――09法案の証人保護。それをダッシュボードから引っ張り出して男の膝の上に置く／ドアを閉める――スチール製の網がスライドし、後部座席の窓とリアウィンドウを覆いつくした。効果抜群。男は呆然となって動くのをやめた。

ボイルドの無線通信。《ターゲットを一名確保した。レイニー、フライト刑事に、そこにあるもの全てが、どう秩序の維持に必要なのか訊け》

ワイズが中継――フライト刑事の癇癪《かんしゃく》を起こしたような叫び。〃ちくしょう黙れ！〃

静まるのを待ってから、また通信。《彼についた盗聴器をチェックし、破棄だ。その上で、ターゲットを一名確保したことを教えろ》

ワイズのサポート。《集音感――ベルトだな。それと携帯電話。通話しっぱなしだぜ》

フライト刑事の声。〃何を考えてる！　俺に何をさせる気だ！〃

ボイルドの通信。《フライト刑事に、09法案との取り引きの内容を話させろ》

フライト刑事。〃くそっ。俺の相棒だ。お前のボスから聞いてないのか？〃

レイニー＝ボイルド。〃相棒？〃

フライト刑事。〃尋問中に容疑者が死んだ――相棒がこっぴどく殴ったんだ。相手は密売屋どもの一員で、そいつのグループに潜入捜査官が入り込んだが、消息を断っていた。その潜入捜査官は相棒の従姉だったんだ〃

レイニー＝ボイルド。〃潜入捜査官は死んだのか？〃

フライト刑事。〝その密売屋が殺した〟

レイニー＝ボイルド。〝相棒はどうなった？〟

フライト刑事。〝事故死でけりがつきかけたが、誰かがグループにタレこんだんだ。それで密売屋の弟が雇った弁護士がしゃしゃり出てきて、相棒を有罪判決にまで追いつめかけた。刑務所に入れれば相棒は復讐される。そこでフレデリック連邦検事が出てきた。相棒の身柄を連邦捜査官が引っさらっていった。取り引きだ。俺が彼らに協力するのと引き替えに、相棒は刑務所送りを免れた。だが今度は〝戦闘部隊〟の連中が、俺と連邦の取り引きを嗅ぎつけた。やつらに協力しなければ、俺が連邦の犬であることを警察中にばらした上で、俺の相棒の有罪証拠を公開すると言ってきたんだ〟

レイニーの同情。《なんだか哀れになってきただよ。おめえさんが直接話したらどうだい、ボイルド》

ワイズの同情。《相棒思いの良いやつだぜ》

《よし。彼を一階に》

ボイルドは再び工場の中へ／ワイズは姿を見せない――全ての声を記録する伏兵。

フライト刑事、レイニーの順に地下室から出てきた。

「いったい、お前は……」フライト刑事の声が尻すぼみに／紡錘機の隣に立っている、もう一人のボイルド＝本物に目が釘付けになる。

「俺たちのプロフィールは全部読んだんでなかったんか？」レイニーの地声。

拳を握りしめるフライト刑事。「俺をはめる気か」

「我々が捜査中の第三スタンプに〝戦闘部隊〟が来たのは、あんたが連絡したからだ」

「おあいこってわけか？　俺が喋ったのは、あんたらが捜査を開始するだろうってことだけだ。何が望みだ？　俺と相棒を破滅させる気か？　それとも取り引きか？」

「状況を確認してからだ。少し待て」

セカンド・チームの状況を確認。《ラナ、こちらは予定通りだ。そちらの準備は？》

《あんたの号令待ちさ。いつでもどうぞ》活気に満ちたラナの返答。

《やれ》

《ジョーイ！　ハザウェイ！　突撃だ《ファック・ゼム》！》

不審そうなフライト刑事。「おい、何をしている？」

「一分待て」ボイルドは心の中で数えた。

十――二十――ジョーイ。《確保》

二十五――三十――ラナ。《確保》

三十五――ハザウェイ。《この野郎、撃ちやがった。痛えじゃねえか。確保だよ》

ボイルドはフライト刑事に向き直った。「〝戦闘部隊〟の残り三名を拘束した。ウィルバート巡査部長と同じく法務手続きを経て、彼らを保護拘束下に置く。あとは彼らが生命保全プログラムに応じるかどうかだ。彼らを守るにはこれ以外にない」

フライト刑事の棒立ち——レイニーのくすくす笑い。

ボイルドは言った。「俺たちの狙いはカトル・カールだ」

硬直——フライト刑事の顔に浮かぶ恐怖の色。

「やつらを雇った全ての人間がターゲットだ。フライト刑事、あんたの経験から言って、カトル・カールは秩序の維持に必要な存在か？」

「いや、まさか——だが、しかし、やつらは怪物だ。圧倒的に不利だったニコラス・ネイルズが、いともたやすくウォーター・ブラウネルを殺れたのは、カトル・カールがいたからだ。連中は、いわばあんたら09のダークタウン版だ。とても——」

「だからこそ我々が倒す。〝戦闘部隊〟は『銃』について何も知らないのか？　ニコラス・ネイルズのバックについている人間については？」

「両方とも不明だ」フライト刑事の目の奥で恐怖の光が踊っていた。「どっちも〝戦闘部隊〟が躍起になって探っていた。だがウォーター・ブラウネルは死んだ。〝戦闘部隊〟はニコラス・ネイルズにつくしかない。そうしなければ彼らも消される」

ボイルドは左手を掲げた——革手袋。「本当のことを言っていると思うか？」

そっとした顔のフライト刑事——後ずさる。その気持ちはボイルドにもよくわかった。

「嘘の匂いはしない。ひどく怖がっている」ウフコックの同情するような声。「怖がらないでくれ、フライト刑事。逃げたいのに逃げられないという感じの匂いだ」

ボイルドは相手に歩み寄り、その広い両肩を強くつかんだ。

「あんたが他に何を隠しているかに興味はない。だがあんた自身を隠す必要はない」

「殺される。俺も連中の……カトル・カールの餌食になる。やめてくれ。変態どもの慰み物にされて殺されるのは嫌だ」

手にフライト刑事の震えがつたわってきた。ひどい怯え——妊娠したジャーナリストや自殺志願の殺し屋と変わらない恐怖の念——ウフコックでなくとも嗅ぎ取れるもの。

それを、ひと息に吹き飛ばしてやりたくなった。

「09が、あんたの恐怖を消してやる。我々の有用性を賭けて、あんたたちを守る」

To be continued…

日本ＳＦ大賞受賞作

上弦の月を喰べる獅子上下
夢枕 獏
ベストセラー作家が仏教の宇宙観をもとに進化と宇宙の謎を解き明かした空前絶後の物語。

戦争を演じた神々たち［全］
大原まり子
日本ＳＦ大賞受賞作とその続篇を再編成して贈る、今世紀、最も美しい創造と破壊の神話

傀《く》儡《ぐつ》后《こう》
牧野 修
ドラッグや奇病がもたらす意識と世界の変容を醜悪かつ美麗に描いたゴシックＳＦ大作。

マルドゥック・スクランブル（全３巻）
冲方 丁
自らの存在証明を賭けて、少女バロットとネズミ型万能兵器ウフコックの闘いが始まる！

象《かたど》られた力
飛 浩隆
Ｔ・チャンの論理とＧ・イーガンの衝撃――表題作ほか完全改稿の初期作を収めた傑作集

小川一水作品

第六大陸 1

二〇二五年、御鳥羽総建が受注したのは、工期十年、予算千五百億での月基地建設だった

第六大陸 2

国際条約の障壁、衛星軌道上の大事故により危機に瀕した計画の命運は……。二部作完結

復活の地 I

惑星帝国レンカを襲った巨大災害。絶望の中帝都復興を目指す青年官僚と王女だったが…

復活の地 II

復興院総裁セイオと摂政スミルの前に、植民地の叛乱と列強諸国の干渉がたちふさがる。

復活の地 III

迫りくる二次災害と国家転覆の大難に、セイオとスミルが下した決断とは？　全三巻完結

神林長平作品

戦闘妖精・雪風〈改〉

未知の異星体に対峙する電子偵察機〈雪風〉と、深井零の孤独な戦い——シリーズ第一作

グッドラック 戦闘妖精・雪風

生還を果たした深井零と新型機〈雪風〉は、さらに苛酷な戦闘領域へ——シリーズ第二作

狐と踊れ

未来社会の奇妙な人間模様を描いたSFコンテスト入選作ほか六篇を収録する第一作品集

言葉使い師

言語活動が禁止された無言世界を描く表題作ほか、神林SFの原点ともいえる六篇を収録

七胴落とし

大人になることはテレパシーの喪失を意味した——子供たちの焦燥と不安を描く青春SF

ハヤカワ文庫

神林長平作品

プリズム
社会のすべてを管理する浮遊都市制御体に認識されない少年が一人だけいた。連作短篇集

今宵、銀河を杯にして
飲み助コンビが展開する抱腹絶倒の戦闘回避作戦を描く、ユニークきわまりない戦争SF

機械たちの時間
本当のおれは未来の火星で無機生命体と戦う兵士のはずだったが……異色ハードボイルド

過負荷都市
過負荷状態に陥った都市中枢体が少年に与えた指令は、現実を〝創壊〟することだった⁉

Uの世界
「真身を取りもどせ」——そう祖父から告げられた優子は、夢と現実の連鎖のなかへ……

神林長平作品

あなたの魂に安らぎあれ

火星を支配するアンドロイド社会で囁かれる終末予言とは!?　記念すべきデビュー長篇。

帝王の殻

携帯型人工脳の集中管理により火星の帝王が誕生する――『あなたの魂～』に続く第二作

完璧な涙

感情のない少年と非情なる殺戮機械との時空を超えた戦い。その果てに待ち受けるのは？

我語りて世界あり

すべてが無個性化された世界で、正体不明の「わたし」は三人の少年少女に接触する――

魂の駆動体

老人が余生を賭けたクルマの設計図が遠未来の人類遺跡から発掘された――著者の新境地

神林長平作品

宇宙探査機　迷惑一番

地球連邦宇宙軍・雷獣小隊が遭遇した謎の物体は、次元を超えた大騒動の始まりだった。

蒼いくちづけ

卑劣な計略で命を絶たれたテレパスの少女。その残存思念が、月面都市にもたらした災厄

ルナティカン

アンドロイドに育てられた少年の出生には、月面都市の構造に関わる秘密があった——。

親切がいっぱい

ボランティア斡旋業の良子、突然降ってきた宇宙人〝マロくん〟たちの不思議な〝日常〟

天国にそっくりな星

惑星ヴァルボスに移住した私立探偵のおれは宗教団体がらみの事件で世界の真実を知る⁉

著者略歴　1977年岐阜県生，早稲田大学中退，作家　著書『マルドゥック・スクランブル』（早川書房刊）他多数

HM=Hayakawa Mystery
SF=Science Fiction
JA=Japanese Author
NV=Novel
NF=Nonfiction
FT=Fantasy

マルドゥック・ヴェロシティ 1

〈JA869〉

二〇〇六年十一月十日　印刷
二〇〇六年十一月十五日　発行

（定価はカバーに表示してあります）

著者　冲《うぶ》方《かた》丁《とう》
発行者　早川浩
印刷者　草刈龍平
発行所　株式会社早川書房

郵便番号　一〇一 - 〇〇四六
東京都千代田区神田多町二ノ二
電話　〇三 - 三二五二 - 三一一一（大代表）
振替　〇〇一六〇 - 三 - 四七七九九
http://www.hayakawa-online.co.jp

乱丁・落丁本は小社制作部宛お送り下さい。送料小社負担にてお取りかえいたします。

印刷・中央精版印刷株式会社　製本・大口製本印刷株式会社

ISBN4-15-030869-1 C0193